L'HISTORIOGRAPHE DU ROYAUME

Maël Renouard, né en 1979, est un écrivain, essayiste et traducteur français. Il a été récompensé par le prix Décembre en 2013 pour *La Réforme de l'opéra de Pékin*. Il a été finaliste du prix Goncourt 2020 et de plusieurs prix littéraires pour *L'Historiographe du royaume*, qui a reçu le prix des Lecteurs des écrivains du Sud en 2021.

MAËL RENOUARD

L'Historiographe du royaume

ROMAN

GRASSET

ISBN : 978-2-253-93496-7 – 1re publication LGF

PREMIÈRE PARTIE

I

Je fus en grâce autant qu'en disgrâce. De l'un ou l'autre état les causes me furent souvent inconnues. À l'âge de quinze ans j'avais été placé au Collège royal, dans la classe de l'aîné des princes. L'ancienne noblesse chérifienne, la bourgeoisie fassie et les dynasties d'administrateurs au service du Makhzen y étaient naturellement plus représentées qu'à proportion de leur nombre dans le royaume, mais l'on avait soin de choisir dans toutes les couches de la société les jeunes garçons qui devaient accompagner la scolarité de ce prince, et je ne fus pas longtemps à m'apercevoir que j'étais celui dont la naissance était la plus humble. Les recommandations de mes maîtres, la moralité de ma famille, les mérites de mon père – et la déférence pieuse dont ses relations avec les autorités furent constamment empreintes – firent sans doute que je me trouvai élu parmi tant d'enfants de mon âge dont les parents, sinon eux-mêmes, aspiraient à ce privilège.

Tout le peuple en connaissait l'existence par une rumeur profonde, mais se perdait en conjectures lorsqu'il s'en figurait les procédures mystérieuses. Les époques où le prince commençait une nouvelle étape de son cursus scolaire donnaient lieu à une certaine fébrilité. Dans les petites villes, où les inconnus passent rarement inaperçus, il suffisait qu'un étranger eût une allure digne et grave, conforme à la manière dont on se représentait un haut fonctionnaire arrivant de la capitale, pour que l'on crût avoir affaire à l'un des « envoyés » en charge de détecter les camarades du prince. Pendant quelques jours, l'homme au complet sombre était la fable des mères de famille. Puis les semaines passaient, la vie reprenait son cours, rien n'arrivait. Probablement sa visite avait eu un tout autre objet, et si on le connaissait quelquefois, cela ne dissipait pas le fantasme. Lorsque quelqu'un disait : « je tiens de mon frère à la mairie que c'est un monsieur qui est venu s'entretenir avec le président du Conseil des oulémas », ou bien : « il est arrivé spécialement d'Oujda pour présenter les remontrances du gouverneur qui s'inquiète des retards pris dans les travaux d'extension de la voirie », il y avait toujours un sceptique, un rêveur ou un malin pour répondre : « Il faut bien trouver un prétexte, et d'ailleurs cela ne l'empêche pas d'aller parler au directeur de l'école. » Bien que, d'année en année, rien n'eût prouvé l'existence des envoyés, et qu'il eût été raisonnable d'écarter cette croyance à force de n'en jamais voir le moindre effet, ni le moindre indice, les gens des provinces préféraient inlassablement inventer toutes sortes de raisons de s'y raccrocher – et en définitive, disait-on, c'étaient les enfants de l'école qui ne savaient pas attirer sur eux l'attention des émissaires du sultan, reproche que l'on ne formulait pourtant qu'avec tendresse, car aussi bien ne seraient-ils jamais emportés au loin par cette bonne fortune, dans une destinée que l'on imaginait certes fort éclatante, mais d'une manière si vague qu'elle pouvait également inquiéter, en tout cas davantage que les perspectives familières que leur promettaient ces qualités imparfaites, médiocres et touchantes, dont le maître des mondes, dans sa clémence et sa miséricorde, avait établi qu'elles étaient leur lot. On balançait entre ces pensées consolatrices et le muet désir, malgré tout, que dans la petite ville quelqu'un fût un jour l'objet de cette extraordinaire distinction – et pourquoi pas l'un des miens, se disait chacun sans oser le penser trop clairement, pour ne pas risquer le châtiment de son égoïsme, pourtant si simple et si humain.

À mesure que le temps passait, le moment approchait où le prince quitterait l'école, et où la logique aussi bien que la lassitude devraient avoir raison de la foi dans les envoyés ; mais je connais des villages où elle a persisté longtemps après dans les esprits, parce qu'elle était l'une des formes les plus concrètes de l'espoir inexorable que quelque chose arrive enfin dans une vie et l'affranchisse, comme par un enchantement, de sa monotonie. On m'interrogea souvent sur le moment où passaient les envoyés, sur les vertus qu'il fallait cultiver pour les intéresser, sur les paroles magiques qu'il convenait de prononcer devant eux. La vérité est que les élus étaient maintenus dans l'ignorance des voies et des motifs qui avaient conduit cette grâce jusqu'à eux. Je n'ai jamais rencontré les envoyés. Je ne saurais dire s'ils ont un jour existé.

Le Collège royal était situé dans l'enceinte du palais du sultan, dont les bâtiments aux toits de tuiles vertes formaient comme une petite cité à part, à distance de la médina, dans une zone qui confinait jadis à la campagne et que parcouraient maintenant de larges avenues, entre lesquelles la ville européenne avait étendu quelques-uns de ses nouveaux quartiers au plan en damier. On était venu me chercher à la gare et pour la première fois de ma vie, j'étais monté dans une automobile. Les vitres arrière pouvaient être obturées par des rideaux, ce qui me parut la marque d'un grand luxe ; je compris plus tard que c'était l'une des voitures qu'empruntaient les princesses ou les concubines favorites, pour se rendre dans la ville sans être vues. Après avoir contourné une longue muraille au-dessus de laquelle se déployaient les nombreux arbres d'un grand parc, elle s'engouffra dans une porte monumentale ; quand nous nous arrêtâmes, un serviteur vint ouvrir la portière pour me laisser sortir, un autre se saisit de mon bagage, et l'on me guida à travers des jardins, des cours et des patios qui me semblèrent se succéder sans fin. Le soir venait ; des oiseaux planaient dans le ciel bleu et rose, le calme n'était rompu que par l'eau des fontaines qui jaillissaient au centre des bassins, et de temps à autre, des serviteurs ou des gardes, les uns vêtus de blanc et les autres de rouge, passaient sous les arcades en s'efforçant de se rendre peu visibles.

Il me fallut quelque temps pour me rendre familière de la disposition des lieux. Ce vaste domaine comprenait une mosquée, des garages à voitures, un bâtiment réservé aux esclaves mariés, un autre qui hébergeait les gardes royaux, une clinique, des terrains de sport et une ménagerie où l'on avait recueilli vers 1910 des lions de l'Atlas, peu avant que cette espèce disparût à l'état sauvage. Dans le palais proprement dit, il y avait en réalité plusieurs palais, qui communiquaient entre eux par de longs couloirs : celui du sultan, celui d'Oum Sidi et celui de Lalla Bahia, ses deux femmes légitimes, enfin celui des concubines, dans lequel chacune avait un appartement. Je ne pouvais naturellement prétendre accéder à ce dédale plein de secrets, dont je ne pressentis l'étendue que dans les rares moments où je fus convoqué en audience chez le sultan.

Le prince me parut réservé et doux, le premier jour où je le vis. Nous ne fûmes ni inséparables ni hostiles. Je le surprenais quelquefois en train de m'observer fixement ; alors il ne détournait pas les yeux, mais prenait le temps d'aller jusqu'au bout de l'analyse silencieuse qu'il avait entamée, sans s'interrompre ni se sentir gêné parce que j'avais pris conscience des regards qu'il braquait sur moi. J'avais garde de ne pas troubler cette prérogative du sang ; je me penchais studieusement sur mes notes, comme si de rien n'était, ou feignais d'être suspendu aux gestes du maître qui déroulait son cours sur l'estrade. Cherchait-il à faire sur moi le compte de tous les signes propres à établir dans son esprit la différence de nos rangs ? S'interrogeait-il sur les jeux du destin, qui l'avait fait naître prince et moi sans privilèges ?

À quoi tenait que je ne fusse pas à sa place et lui à la mienne ? Voyait-il en moi un double régnant dans un autre monde, ou bien dans celui-ci un rival d'autant plus étrange que, quelles que fussent ses victoires, elles seraient à jamais vaines ?

Il existait entre nous un contraste facile à observer. L'effort physique lui plaisait à l'évidence. Devenu roi, il le montra dans les longs séjours qu'il fit sur les théâtres de nos armées. Je l'entendis souvent citer un vieux dicton qui dit qu'un bon sultan doit avoir une selle en guise de trône et le ciel pour baldaquin. En revanche nos instructeurs avaient compris qu'ils ne tireraient rien de moi. Le prince ne semblait pas mépriser ma faiblesse. La peine immédiate que m'infligeaient ces exercices du corps, la lassitude morose qu'ils m'inspiraient sans que j'eusse la force de la dissimuler rachetaient peut-être à ses yeux les supériorités que l'on me prêtait dans les disciplines de l'esprit.

Il était entendu qu'aucune faveur particulière ne devait troubler le tableau d'honneur à son bénéfice. Nos professeurs auraient été durement blâmés s'ils avaient été convaincus de le faire. Nous n'eûmes jamais le sentiment qu'une injustice de cette nature était en train d'être commise. Pourtant, que de fois j'ai cru faire vaciller la ligne de partage du ciel et de la terre, lorsqu'on déclamait mon nom au premier rang dans l'ordre des mérites ! Je me suis longtemps demandé si ces moments avaient aiguisé en lui la rancœur ou l'humilité.

En classe d'histoire, nous avions un jeune professeur français qui avait été élève de l'École normale supérieure de la rue d'Ulm, à Paris. Il était de la promotion de Georges Pompidou. Nous l'apprîmes plus tard, naturellement ; à l'époque, Georges Pompidou était encore tout à fait inconnu. Ce professeur avait en partie dû sa nomination à un lien de parenté avec la femme du résident général, en partie à ses talents qui avaient été très tôt reconnus et salués par d'éminents historiens d'avant-guerre. Quand il avait seulement vingt-trois ans, un chapitre de son diplôme d'études supérieures avait été publié sous la forme d'un article dans les *Annales d'histoire économique et sociale* : « Les papes et le conflit franco-anglais en Aquitaine de 1259 à 1337 ». Nous ne savions pas quelle bifurcation de l'existence l'avait conduit dans notre pays, où il ne resta, je crois, que quatre ou cinq ans. La perspective d'une carrière trop linéaire à l'université l'avait peut-être, tout simplement, ennuyé.

Les professeurs d'histoire donnent rarement le sentiment qu'ils pourraient avoir été – ou bien être, un jour prochain – des acteurs même de second rang des événements qu'ils enseignent. Ils trouvent tant de causes à ce qui arrive qu'ils verrouillent l'histoire sur elle-même. Delhaye, notre professeur, nous déconcerta par son attitude qui était l'inverse de celle-là. Quelques-uns parmi nous s'en défièrent. J'étais de ceux, plus rares, qui furent conquis. Il nous invitait à considérer les situations historiques avec les yeux des hommes qui les avaient vécues et en avaient décidé. Il nous montrait qu'un choix n'a jamais le sens univoque que lui trouve la postérité, parce qu'elle se croit instruite de l'enchaînement des faits. On pense qu'une décision ferme des possibles, disait-il, et que, de décision en décision, l'infini du possible se réduit graduellement. En vérité, chaque décision ouvre autant de possibles – et même davantage – qu'elle n'en ferme.

« Il faudrait écrire l'histoire en style de chancellerie, me dit-il un soir à la fin d'un cours. C'est le style de ceux qui l'ont faite et qui savent qu'il faut toujours conserver aux paroles et aux actes des significations diverses ; de sorte qu'ils vivent dans plusieurs mondes, celui qui advient finalement étant un parmi d'autres, qu'il n'écrase du poids de ce qu'on appelle sa "réalité" qu'aux yeux des hommes de la postérité. »

Je me plaisais à figurer ces mondes que des phrases sibyllines maintenaient en équilibre ou en lutte. Plus tard, je dis au prince que Delhaye m'avait fait voir le possible ; le prince me répondit qu'il lui avait fait toucher du doigt la nécessité. « S'il y a tant de choses possibles et qui sont aussi près d'être réelles, m'expliqua-t-il, alors les choses qui ont lieu finalement doivent être appelées, portées, entraînées par un surcroît de force immense et implacable. » Je compris la logique de sa position, mais n'abandonnai point la mienne.

Vers la fin des années cinquante, Delhaye occupa un poste de sous-directeur à l'Unesco, et lorsque Georges Pompidou devint Premier ministre – puis président de la République à plus forte raison –, il caressa l'espoir d'être nommé ambassadeur de

France dans notre pays. Il ne fut pas exaucé. Je sus qu'il se demanda longtemps si son ancien élève devenu roi n'avait pas fait échouer sa nomination non pas en la refusant, mais en l'appuyant trop peu, pour des motifs qu'il ne savait percer ; certains le lui avaient laissé entendre. Je n'avais jamais observé d'hostilité entre eux, cependant ; bien des années après, à plusieurs reprises, le prince devenu roi avait dit à des journalistes que si le sort ne l'eût appelé sur le trône, il aurait voulu être historien, et dans l'une de ces interviews il avait rendu hommage expressément à son professeur du Collège royal. Peut-être avait-il simplement trouvé déplaisante la perspective de se retrouver dans la peau du jeune élève qu'il avait été, quand il aurait en face de lui le représentant de la France.

Le sultan Sidi Mohammed avait soumis le prince à un régime sévère. Il se pliait comme nous aux règles de l'internat. Elles n'avaient pas changé depuis des décennies, et le souverain entendait bien forger le caractère de son fils à la discipline de cette tradition qu'il devrait à son tour incarner sans avoir la prétention de l'assouplir ou d'y déroger par confort. Pour moi, je souffrais peu de cette atmosphère stricte, car chaque minute était gagnée sur un destin obscur. Je crus voir que l'ennui lui pesait davantage. Le soir, il s'efforçait de le distraire par des parties d'échecs où il affronta tour à tour ses compagnons d'étude. Mais soit qu'ils fussent véritablement malhabiles, soit qu'ils eussent trop peur de vaincre, ils lassaient vite la patience du prince par leur médiocre adversité.

Il faut dire qu'il tentait à dessein leur lâcheté – ou leur courage – en appelant devant eux les échecs « le jeu des rois », comme s'il y avait eu là une sorte de domaine réservé où il eût été sacrilège de lui disputer la suprématie. Je sentis qu'il méprisait ceux qui s'inclinaient volontairement sans être capables de tenir un semblant de combat. Alors j'osai remporter notre première rencontre, puis humblement lui offris de prendre sa revanche. Je le laissai gagner cette seconde partie de haute lutte. J'étais habile à feindre la défaite, sans trahir un grossier relâchement. Vint la manche décisive, où je fis en sorte d'être un peu plus facilement battu. Le prince me crut fier, coriace, sans peur ; il dut me louer d'établir authentiquement ses forces. Ce fut ma première entrée en grâce.

Ma première disgrâce survint peu de temps après. Pendant quelques semaines, je fus son unique partenaire de jeu. Je répétai mon scénario en le variant assez. J'étais maître dans l'art d'utiliser les pions pour d'abord étendre sur la partie mon emprise, puis la laisser refluer en abandonnant quelques-unes de ces pièces mineures sans que cela parût le moins du monde un sacrifice aberrant, le geste inepte d'un fou ou d'un débutant ; je ne brisais pas le fil de la joute en abandonnant indûment l'une ou l'autre de mes pièces fortes. Mais un soir, le prince ne fut pas là à l'heure convenue. J'avais disposé l'échiquier dans la petite salle commune où nous avions l'habitude de jouer, au bout du couloir qui donnait sur nos chambres. Je patientai longtemps, debout, adossé au mur (il ne convenait pas de s'asseoir avant le prince), jusqu'au moment où l'un de nos camarades entra et me transmit le message que Son Altesse était souffrante et se trouvait au regret de différer pour un temps nos parties. Elles ne reprirent jamais. Le lendemain, je vis le prince en grande forme qui me salua d'un imperceptible hochement de tête, sans desserrer les lèvres. J'avais eu le malheur de laisser entrevoir mes ruses à l'un de nos condisciples, un soir où elles m'avaient tant exalté que je peinais à les maintenir secrètes. J'ai lu plus tard qu'Al-Kushâjim, dans son traité de *L'Art du commensal*, qu'il destine à ceux qui vivent dans la compagnie des grands et doivent partager leurs dîners et leurs jeux, notamment celui des échecs, dit qu'il n'est pas de plus grande colère que celle d'un prince qui découvre qu'on a feint de perdre pour lui plaire.

Nous vivions une époque pleine de troubles, où se décidait le sort du monde, et nous en étions tenus à l'écart. L'enceinte du Collège royal était un filtre épais à travers lequel peu d'informations nous parvenaient. Quand j'y entrai, la grande guerre occidentale approchait de sa fin. Les destinées étaient mûres. Celle de notre pays n'était pas la plus dédaignable. Les liens qui l'attachaient au sort de la France l'avaient à maintes reprises placé au milieu d'un conflit qui ne le concernait pas directement. Le sultan avait joué une partie très subtile avec les belligérants, qui étaient plus préoccupés de se combattre mutuellement que de lui imposer leurs vues. Il avait su en tirer avantage. Il ne s'était pas plié à toutes les volontés de l'administration de Vichy ; il ne s'était pas montré hostile aux requêtes des Américains ; il n'avait pas empêché les Français libres de circuler et de s'organiser sur son territoire ; il n'avait pas fait hâtivement meilleur accueil au général Giraud qu'au général de Gaulle ; enfin il avait laissé les mouvements d'émancipation nationale accroître leur influence dans notre peuple.

Quelquefois il emmenait avec lui le prince son fils pour l'initier à la diplomatie et le présenter à des dirigeants étrangers. Une joie candide et martiale rayonnait sur le visage de l'adolescent lorsqu'il se savait soudain libéré de l'internat ; il relevait augustement son regard, comme pour faire entrer les lointains dans sa sphère d'influence ; mais quand on le réintroduisait parmi nous, tout aussi brusquement, tel un animal de laboratoire remis en cage après avoir été sorti pour une expérience, sa souffrance était à la mesure de ce qu'avait été son euphorie. Il revenait exalté, sombre, encore plus impatient d'exercer à son tour ses forces dans le monde, et de régner.

Tous les élèves de la classe – nous étions une douzaine – furent reçus au baccalauréat. Mais les résultats étaient sans éclat. Le bruit courut que le sultan, mécontent de ceux du prince son fils, méditait de lui imposer un redoublement qui se fût aussi appliqué, nécessairement, à ses camarades – même à moi qui avais été noté de la manière la plus favorable, conformément aux attentes de nos professeurs. Il n'en fit rien cependant, ayant sans doute jugé qu'il ne convenait pas de retarder l'achèvement des études de son fils, dans une période où les événements risquaient de s'enchaîner très vite ; le prince héritier devait être en mesure d'assumer sans délai les responsabilités que le sort pourrait à tout instant lui remettre. Il fallait accepter qu'il ne fût pas cet homme à l'esprit souverainement agile que le sultan son père avait rêvé de former, comme pour prendre sa revanche sur sa propre éducation, que la tutelle française avait sciemment laissée incomplète, dans le dessein de mieux le manœuvrer.

Notre classe allait se disperser, désormais, bien que chacun sût qu'il retrouverait tôt ou tard, au cours de sa carrière, plusieurs de ses petits camarades du Collège royal. La perspective de l'indépendance, devenue de plus en plus tangible à la faveur de la guerre, était dans toutes les têtes, et il était évident que ceux qui avaient accompagné le jeune prince au lycée seraient les premiers à être appelés pour former un noyau dur de cadres nationaux, lorsque verrait le jour une monarchie de plein exercice. On ne savait si cela prendrait cinq ans, dix ans ou vingt ans ; on ne savait si le premier souverain de l'indépendance serait le sultan, ou bien le prince son fils. Mes camarades étaient conscients des rôles éminents qui, s'ils ne décevaient pas, les attendaient dans les affaires, l'administration ou la hiérarchie militaire. Un pacte implicite les liait au futur régime ; en échange de leur adhésion et de leur soutien – sous quelque forme que ce fût – aux menées émancipatrices, on leur attribuerait, le moment venu, les places de choix.

Au début de l'été, le sultan nous reçut un à un. Il s'enquit de nos projets de carrière, prodigua des encouragements, se dit certain de nos succès ; il trouva les mots qui l'assureraient de notre fidélité.

Il se montra chaleureux avec moi, bien qu'il fût, par tempérament, peu disert. Ma volonté n'était pas tout à fait identique à celle de mes camarades. Je ne cherchais pas le pouvoir ou l'influence, ni l'accumulation des richesses, ni les plus hautes dignités sociales. J'avais commencé à écrire, au cours de cette dernière année passée au lycée, l'ébauche de ce qui deviendrait mes *Élégies barbaresques*. Je désignai là ma vocation. Le sultan hocha la tête avec bienveillance ; il dit que l'indépendance était aussi un combat spirituel. J'étais naturellement prêt à me mettre à sa disposition si, dans les années à venir, il attendait de moi que j'exerçasse une quelconque fonction dans l'appareil d'État. Lorsque j'évoquai mon souhait de partir étudier à Paris, il répondit en me garantissant les moyens dont j'aurais besoin. Je le quittai confiant ; j'avais l'impression d'une grande faveur. Le prince héritier, quant à lui, allait faire son droit à Bordeaux, et je me figurais vaguement que cette divergence était proportionnée à nos mérites. C'est plus tard que je me suis demandé s'il s'était bien agi d'une faveur, ou si l'on m'avait opportunément éloigné en accédant à mes désirs.

J'avais à l'époque le sentiment d'être revenu en grâce à la suite d'un fait auquel j'ai longtemps prêté une signification décisive.

Souvent, quand j'avais quelques heures libres, je quittais l'enceinte du palais – au sein duquel était situé le Collège royal – et je marchais en direction de la mer. Elle était assez éloignée ; il fallait commencer par suivre une grande avenue où les promeneurs étaient rares. Puis, si le vent était fort, je traversais le quartier de l'Océan, en bravant les nuages de poussière qui virevoltaient dans l'air, et j'allais voir rouler les grandes vagues grises le long de la corniche ; si l'air était chaud, j'empruntais les ruelles ombreuses de la médina et je bifurquais à droite vers l'embouchure de l'oued. Alors je m'asseyais au bord d'une digue et je suivais des yeux les barques bleues qui allaient et venaient en traînant de petits filets ; ou bien je m'allongeais sur une étendue de sable et, les mains jointes sur le ventre, le regard perpendiculaire au ciel, je me laissais bercer par le vol des oiseaux de mer.

Un jour, sur la jetée, je vis deux adolescents – ils devaient être un peu plus jeunes que moi – qui maltraitaient un vieil homme. Ils s'étaient emparés de sa canne à pêche et jouaient avec elle en la tenant hors de portée ; ils donnaient des coups de pied contre le seau où se trouvaient ses poissons, en faisant mine de le renverser dans la mer. Peut-être étaient-ils éméchés ; ils avaient l'air, quoi qu'il en soit, de s'amuser beaucoup. Cette méchanceté me glaça le sang. J'allai sur eux en hurlant violemment. Je ne prétends pas en toutes circonstances au courage ; cependant ma qualité d'élève du Collège royal me procurait, comme un talisman, un sentiment d'invulnérabilité qui donna libre cours aux forces dont j'avais besoin. J'avais sur moi ma précieuse carte, que je n'eus même pas à sortir. Ils partirent en m'injuriant, en me lançant des gestes de défi ; mais ils partirent. À la fin j'étais moi-même étonné de mon autorité, de la vitesse avec laquelle tout s'était déroulé.

Mon action avait, à la vérité, un motif supplémentaire. J'avais aperçu, près de l'entrée de la jetée, un homme assis sur un banc, qui portait des lunettes sombres et maintenait entre ses genoux une canne blanche. Quand la scène que j'ai décrite commença, il me parut de loin singulièrement attentif. Or, je savais que le sultan, comme le calife de Bagdad dans *Les Mille et Une Nuits*, se promenait de temps à autre au milieu de son peuple sous des déguisements divers, pour s'instruire de la vie et de l'opinion des gens aussi directement que possible. Méconnaissable, il s'arrêtait dans la rue pour parler aux marchands ; parfois, au volant d'une voiture quelconque, il embarquait des auto-stoppeurs qui lui faisaient librement la conversation sans se douter que leur chauffeur n'était pas un homme comme les autres.

Je fis le pari que l'aveugle était le sultan. Ma bravoure me vaudrait sa considération, ma disgrâce auprès de son fils serait effacée. Tandis que le vieillard me prenait chaleureusement les mains, je regardai vers le banc ; l'aveugle avait disparu. Les choses semblèrent se passer exactement selon mes hypothèses ; mais rien ne vint jamais établir qu'elles étaient vraies.

II

À Paris, je m'installai boulevard Saint-Michel, au numéro 57, dans l'un des appartements du sixième étage, sous les toits. Il avait été convenu qu'il serait incommode pour moi d'être hébergé dans l'un des foyers destinés aux étudiants marocains de Paris, car celui de la rue Bonaparte était nettement connoté « protectorat », tandis que celui de la rue Serpente était tenu par les autorités françaises pour un repaire de nationalistes, et serait d'ailleurs bientôt fermé sur ordre de la préfecture de police. Il me fallait un lieu neutre. L'appartement que je choisis d'occuper était la propriété de riches commerçants casablancais qui avaient des intérêts en France, mais se disaient liés à la famille du sultan par de lointains cousinages que le palais avait la mansuétude de ne pas infirmer publiquement, signe de faveur qui importait infiniment plus que la vérité ou la fausseté intrinsèque de ces prétentions. Il était situé non loin du siège de l'Association des étudiants musulmans nord-africains en France – l'AEMNAF –, qui se trouvait un peu plus haut vers Port-Royal, au numéro 115 du boulevard Saint-Michel. Là était le point de rassemblement des nationalistes du Maghreb qui étaient de passage à Paris ; il y régnait une effervescence extraordinaire. On disait « le 115 », et tout le monde savait de quoi l'on parlait.

Les différences profondes qui pouvaient séparer les Algériens, les Tunisiens et les Marocains – qu'elles eussent trait à l'histoire, aux manières de vivre, aux régimes politiques que ces nations aspiraient respectivement à se donner quand elles seraient libres – disparaissaient dans l'atmosphère de société secrète et de joyeuse compagnie qui était particulière à ce lieu. Cela valait aussi pour chaque pays pris à part : sous les portes cochères du Quartier latin, j'ai vu fraterniser des communistes marocains avec des gens de l'aile droite de l'Istiqlal, ceux qui voulaient pour le monarque les plus grands pouvoirs, et pour la religion la plus profonde influence. Au moment où j'étais à Paris, quelques années avant les indépendances, l'exigence d'union sacrée dominait les esprits ; la moindre division, disait-on, serait exploitée comme un avantage par les Français. L'exil aussi favorisait la solidarité. C'est plus tard que des divergences profondes apparurent, et qu'elles devinrent quelquefois des conflits armés.

Souvent, au sortir de réunions ou de conférences qui avaient eu lieu au 115, j'invitais des camarades chez moi, si bien que mon petit appartement du numéro 57 avait été surnommé « le demi-cent quinze » ou « le cinquante-sept et demi ». Quelques années plus tard, quand je rencontrai Ben Barka au Maroc, dans je ne sais plus quelle circonstance officielle, la première chose qu'il me dit fut : « Alors, c'était vous l'homme du cinquante-sept et demi ? » Cet humour potache semblait le réjouir, comme s'il lui plaisait de rappeler le souvenir de son ancien état de professeur de mathématiques. Il avait enseigné cette discipline au Collège royal, avant que j'y entrasse ; l'aîné des princes avait été son élève, et ne semblait pas avoir eu lieu de se plaindre de lui.

J'étais allé l'écouter à Paris en 1951, mais sans l'aborder à la fin de sa conférence. Je n'avais d'ailleurs pas pris moi-même l'initiative de me rendre à cette réunion. C'était Noureddine Mestiri, un Tunisien que je voyais beaucoup, qui m'avait proposé de l'accompagner. Qu'est-il devenu ? À la fin des années soixante, j'appris qu'il avait été emprisonné. Il avait pris part à la création de l'Union générale des étudiants tunisiens ; ses options politiques avaient toujours été très à gauche ; rapidement il contesta le régime mis en place autour de Bourguiba ; quand on l'arrêta, il s'évertuait à acclimater le maoïsme en Tunisie. À Paris, il appartenait à un petit cercle de jeunes intellectuels nord-africains auxquels Sartre accordait régulièrement audience. Ce grand écrivain était d'un abord facile ; il se montrait loquace et drôle. Ils allaient le voir à l'étage du Falstaff, ou bien, plus rarement, chez lui, rue Bonaparte.

Noureddine m'invita à les accompagner plusieurs fois. Au début, Sartre se méfiait ou se moquait de moi, car j'entrais mal dans les catégories de sa vision du monde. Je compris assez vite qu'à ses yeux un élève du Collège royal, camarade de classe d'un prince, appartenait à un univers traditionaliste qui lui était fort étranger, et dans lequel il devait juger que les professions de foi émancipatrices étaient soit suspectes, soit formidablement héroïques. Pour lui, logiquement, comme s'il existait une sorte d'internationale de l'iniquité, les vieilles élites, oppressives dans leur propre société, étaient en définitive du côté du système colonial, lequel avait d'ailleurs soin de les maintenir artificiellement à l'écart de la plèbe en leur préservant un semblant de pouvoir ; si elles soutenaient la cause de l'indépendance, il était fatal que tôt ou tard, lucidement ou aveuglément, elles se sacrifiassent en tant que classe dominante. Mon cas personnel était, de surcroît, rendu particulièrement complexe par le fait que je n'avais ni fortune ni privilège de naissance ; mes souvenirs du Collège royal l'intriguaient beaucoup. « Ainsi donc, me dit-il un jour, on sélectionne les meilleurs écoliers un peu partout dans le pays, et on les met dans la même classe ? Comme les khâgneux qui vont à Henri-IV ? Hé hé, c'est singulier, ça. » En tout cas, je l'intéressais ; à deux ou trois reprises, il m'interrogea longuement sur la société marocaine. Mais sa vision du monde ne varia pas. Il finit par résoudre sommairement les problèmes que je lui posais en me disant la bonne aventure : mon attachement à la monarchie était pure coutume, ou plutôt *mauvaise foi* ; j'accéderais un jour à la conscience réflexive qui m'en libérerait ; je jetterais à terre les hochets que me tendait mon souverain pour faire de moi un chien de garde de son régime archaïque ; j'embrasserais la cause du prolétariat universel et je combattrais pour la vraie justice. Les discours de Sartre ne m'ébranlèrent presque pas, mais je les écoutais sans déplaisir, car il était, quand il parlait, comme un conteur dont on ne se lassait jamais.

Je m'attirai d'autres amitiés, plus inattendues encore. Je fus un jour pris à partie, dans un café du boulevard Saint-Germain, par deux étudiants en droit qui, tandis que j'étais paisiblement en train de lire un livre, assis sur une banquette, me hélèrent en m'appelant « Mohammed », et me lancèrent toutes sortes de commandements dégradants, sur un ton de mauvaise farce. Ce n'était pas, comme on peut s'en douter, une scène nouvelle pour moi ; nul ne pouvait dire, en ce temps-là, qu'il ne l'avait jamais vécue, pas même le prince. Mais ce qui fut remarquable, cette fois-ci, c'est que ces deux personnages, après m'avoir considéré avec le plus grand mépris, me virent quelques instants plus tard paré du plus grand des prestiges, et se prirent pour moi d'une amitié d'autant plus ardente qu'ils avaient à cœur de racheter à mes yeux leur épouvantable conduite ; et voici comment la chose se passa.

J'attendais, dans ce café, l'une de mes condisciples de la faculté d'histoire, qui se trouva être une amie de mes deux bourreaux. Quand elle entra, elle fut surprise et attristée de la scène à laquelle elle assista, et elle résolut d'y mettre fin au plus vite. Elle reprocha vivement à ses amis leur grossièreté, et dut pressentir qu'en leur apprenant qui j'étais, et en particulier que j'appartenais, en quelque sorte, à la cour d'un prince appelé à régner, fût-ce sous la tutelle du protectorat, ils changeraient soudain leur jugement à mon égard, et n'aspireraient plus qu'à rechercher mes bonnes grâces ; car ils étaient, l'un et l'autre, de fervents défenseurs d'un rétablissement de la monarchie dans leur pays, à quoi il me sembla ensuite qu'ils avaient d'autant plus intérêt qu'ils appartenaient, ainsi qu'ils m'en firent confidence, à de très anciennes familles dont plusieurs membres avaient jadis servi les rois de France. Cela se produisit en effet, selon ce plan, dès que notre amie commune m'eut présenté à eux. Ils me posèrent toutes sortes de questions sur les institutions du sultanat ; leur curiosité était intarissable. Que la dynastie alaouite fût la plus ancienne au monde – plus ancienne même que celle de la jeune reine d'Angleterre, ainsi que je le leur appris – ne laissait pas de les plonger dans un grand songe. De toute évidence, l'attrait de ma personne à leurs yeux grandissait d'instant en instant ; et lorsque je leur révélai que le prince, au Collège royal, était appelé « Monseigneur » par ses professeurs et ses camarades de classe, ce qui était le titre par lequel ils s'adressaient à leur prétendant, c'est à peine s'ils ne me baisèrent pas la main en se prosternant, comme si j'eusse été moi-même ce monarque qu'ils n'avaient plus, et s'ils n'embrassèrent pas soudain la cause de l'indépendance, pour favoriser au Maghreb la floraison d'un régime plus proche de leur rêve que la république qui exerçait sur lui son protectorat, et dont ils étaient pour ainsi dire les citoyens contre leur gré.

Ils s'appelaient Jean de Malglaive et François de Beaurecueil. Nous fûmes, pendant quelque temps, inséparables. Ils se découvrirent des oncles officiers qui avaient servi sous les ordres du maréchal Lyautey, et des aïeuls qui, à des époques plus anciennes, avaient pris part à des ambassades envoyées au « royaume de Maroc » pour négocier le retour des captifs. Ils me donnèrent le goût du langage héraldique ; ils m'apprirent quelques-unes des distinctions subtiles, mais profondes, qui traversaient la noblesse de leur pays, et faisaient qu'ils se sentaient appartenir à son cercle le plus pur ; ils m'accueillirent sur les terres de leurs familles, dans la campagne française, des métairies et des forêts qui me parurent immenses, et qu'administraient leurs grands-parents en exerçant sur les édiles des villages alentour une autorité naturelle, comme inscrite dans l'ordre des choses, et que je trouvai, contre toute attente, peu érodée par les révolutions successives de ce peuple.

Ces partisans de la monarchie avaient parfois des querelles étranges qui affectaient leur amitié, et je fus un jour non seulement le témoin, mais involontairement la cause de l'une d'entre elles. Beaurecueil avait résolu de me présenter à l'une de ses cousines, Caroline de Frécourt, car elle était la petite-fille d'un homme qui avait été le plus proche ami de jeunesse de Lyautey, et elle détenait maintenant les lettres que celui-ci avait écrites à son grand-père. La mémoire du maréchal Lyautey était toujours honorée dans le sultanat, même par les nationalistes, ainsi que je l'avais appris à Malglaive et Beaurecueil, et ils avaient pensé que je serais heureux de voir de mes yeux quelques-unes de ces épîtres ; quant à celle qui les avait en sa possession, ils ne doutaient pas qu'elle ne fût honorée de les montrer à un visiteur singulièrement capable d'en apprécier la valeur. Ce dessein fut si bien approuvé que nous nous retrouvâmes, quelques jours plus tard, chez les Frécourt, boulevard Saint-Germain, dans un salon orné de meubles précieux de toute espèce. Caroline, dont je fis ainsi la connaissance, avait choisi quatre ou cinq lettres écrites à différentes époques de cette correspondance, et traitant de matières dignes de nous intéresser.

Dans la première que je fus invité à lire, Lyautey, qui n'avait pas trente ans, racontait l'audience que lui avait accordée le comte de Chambord, en 1882. Quelques années auparavant, ce prince, qui se serait fait appeler Henri V s'il avait régné, avait compromis pour longtemps, par sa demande extravagante d'abandonner le drapeau tricolore, la possibilité d'une restauration monarchique, au moment même où les circonstances lui étaient le plus favorables. Il vivait maintenant en exil en Autriche, dans la ville de Goritz, et c'était là que Lyautey lui avait rendu visite. L'incapacité du comte de Chambord à se saisir du trône n'avait pas atténué la ferveur avec laquelle les jeunes monarchistes de ce temps-là se ralliaient à lui. On le voyait dans cette lettre, où Lyautey écrivait à son ami : « Je viens de Le quitter. L'émotion est telle, l'emprise si forte que je ne parviens pas à reprendre conscience de ma personnalité, abdiquée, fondue en Lui pendant ces heures de grâces. Le Roi de France !

– Je L'ai vu, je L'ai touché, je L'ai entendu... » J'avais pris note de ces phrases, le soir même ; on nous avait tellement enseigné que le protectorat était une œuvre de la République, et de la philosophie du siècle des Lumières, que ces effusions monarchiques m'étonnèrent, de la part de l'homme qui l'avait incarné mieux que personne.

Je remarquai que Malglaive et Beauregueil étaient émus par ce récit. Ils n'avaient pas connu cette époque, où la restauration était une hypothèse sérieuse, que soutenait toujours une large proportion de la société. Ce n'était plus, maintenant, qu'une rêverie dont s'exaltait une poignée d'esprits chimériques. Ils en avaient conscience, mais ils étaient comme prisonniers de ce jeu mélancolique.

La deuxième lettre que Caroline de Frécourt nous montra eut sur leur humeur des effets encore plus considérables. Dans l'année qui suivit l'audience de Goritz, le comte de Chambord mourut sans descendance. Les partisans de la monarchie se demandaient s'ils devaient à présent accepter pour prétendant à la couronne le comte de Paris ; il pouvait leur en coûter, car ce prince était Orléans, c'est-à-dire qu'il descendait d'un cousin de Louis XVI qui avait voté, pendant la Révolution, sa condamnation à la mort, ainsi que du roi Louis-Philippe qu'un autre soulèvement populaire, en 1830, avait installé sur le trône à la place du dernier des Bourbons. Les débats et les conciliabules se multipliaient. Les partisans d'un ralliement ne manquaient pas de rappeler que le comte de Chambord, dix ans auparavant, avait reçu son cousin de la branche cadette en lui rendant tous les honneurs possibles, comme pour marquer publiquement qu'il acceptait de voir en lui le futur chef de la Maison de France. Ceux qui étaient hostiles à ce dessein préféraient encore consentir à la République, pourvu qu'elle fût conservatrice. Dans sa lettre, Lyautey racontait une anecdote qui était la cause de controverses très vives parmi ses amis : l'un des chefs du parti monarchiste était revenu d'une visite qu'il avait faite au comte de Paris en rapportant que ce prince saluait d'une simple poignée de main, ce qui frappait tous ceux qui avaient connu les usages du comte de Chambord, dont on baisait la main.

À ce moment de notre lecture, Malglaive parut bondir sur son fauteuil, et se tourna vers moi en me demandant comment nous en usions à la cour de notre sultan. Je répondis que nous lui baisions la main. Malglaive prit alors la parole, avec beaucoup d'emportement, et fustigea cette lignée des Orléans, d'une manière qui me parut surprendre beaucoup ses amis, avant de louer, une fois de plus, notre sultanat chérifien, où se conservaient, loin de France, les us de la vraie monarchie. Cela était d'autant plus remarquable et digne d'éloge, ajouta-t-il, que le reste de ce pays était plongé dans une grande arriération matérielle et spirituelle, qui aurait pu conduire à l'abandon de ces raffinements. Alors il parla de la branche des Bourbons qui se trouvait en Espagne, depuis qu'un petit-fils de Louis XIV était devenu le souverain de cet État, et dit qu'il fallait se demander avec tout le sérieux possible si le véritable prétendant ne devait pas être cherché parmi ces princes, qui avaient peut-être moins cédé aux instances de la modernité. Beaurecueil demeura d'abord interdit, puis, surmontant sa consternation, exhorta son ami à retrouver la raison ; il ne lui cacha pas qu'il trouvait ridicule cette hypothèse d'Espagne, dont il n'entendait certes pas parler pour la première fois. La monarchie, dit-il, ne pourrait revivre si elle s'agrippait à de vieux rites et se montrait incapable d'être moderne en quelque manière ; on l'avait bien vu en 1873, quand le comte de Chambord avait tout perdu en s'obstinant à réclamer le drapeau blanc ; et l'arriération du Maroc, au contraire de ce qu'avait dit Malglaive, devait plutôt conduire à ne pas imiter son exemple.

Cette dispute, qui éclatait maintenant, fût un jour ou l'autre survenue sans que j'y eusse aucune part, car il y avait déjà quelque temps, à l'évidence, que Malglaive méditait en secret tout ce qu'il avait dit. Je fus peiné, cependant, d'avoir bien malgré moi mis le feu à cette poudre, et peut-être plus encore d'avoir entendu que mes deux amis, comme s'ils eussent soudain oublié ma présence et les égards qu'ils avaient accoutumé d'avoir pour moi, prenaient l'arriération du sultanat chérifien pour argument de leur dispute, l'un en faveur des Bourbons d'Espagne, et l'autre contre ces princes.

J'achevai mes *Élégies barbaresques* à la fin de l'été 1952. J'avais passé les mois de juillet et d'août entre mon appartement brûlant et les pans d'ombre du jardin du Luxembourg, situé à deux pas. Je décidai que Delhaye serait mon premier lecteur. Je l'avais revu à plusieurs reprises. Une fois par semaine, il donnait un cours dans les bâtiments arabo-mauresques de l'École nationale de la France d'outre-mer, avenue de l'Observatoire ; quand il finissait, il nous arrivait de marcher à travers le jardin du Luxembourg, que l'on rejoignait par cette avenue en quelques minutes, puis nous nous entretenions au café Capoulade, au coin de la rue Soufflot et du boulevard Saint-Michel. Il me complimenta, en me marquant qu'il n'entendait que peu de chose à la poésie, mais qu'il aurait à cœur de m'aider. Il se trouvait que Delhaye connaissait Léopold Sédar Senghor, dont j'avais lu les *Chants d'ombre* ; ils avaient été dans la même classe de khâgne, avec Georges Pompidou. Il me promit de lui faire parvenir mon manuscrit, et dut tenir parole, car je reçus, quelques semaines plus tard, une lettre aux insignes de l'Assemblée nationale qui m'était envoyée par *Monsieur le député du Sénégal*. À propos de la « Complainte des adorateurs de l'étoile du matin », l'un des poèmes de ce recueil, Senghor m'écrivit ceci :

« Me frappe, cher ami, la douceur implacable de votre aède sanguinaire, Sindbad-pirate guettant le passage des vaisseaux ventrus d'Europe dans sa crique de Port Kahar Allah, et singulièrement les versets que voici :

Gens de fureur et gens de malencontre, nos gens immodérés qui aiment le vin noir et les captives blanches.

Frères du sang et de la malemort, nos frères irrémédiables qui arrachent les cris aux chiourmes d'infidèles.

Je suis sensible à toute la vigueur poétique que vous extrayez de la cruauté, moi qui place cependant la plus haute vocation du chant littéraire dans l'exaltation de l'universel (du point de vue de l'esprit) et de la fraternité (du point de vue du sentiment). Croyez d'autant plus à l'admiration que m'inspire votre jeune talent[1]. »

Cette lettre m'encouragea à envoyer ces poèmes à la revue *Présence africaine*, qui en publia une grande partie dans trois livraisons successives ; et en 1957, ils furent réunis en un seul volume, aux éditions du Seuil, ce dont je me flattais beaucoup, car c'était une maison en renom, par qui Senghor était publié.

À la Sorbonne, je rédigeai pour l'obtention de mon diplôme d'études supérieures un long mémoire

---

1. On s'étonnera peut-être d'apprendre que l'amitié qu'avaient pour moi Malglaive et Beaurecueil ne fut pas tout à fait étrangère à l'inspiration de ce poème. Une tante de Beaurecueil se trouvait alors en possession d'une île entière sur la Côte d'Azur, du nom de Port-Cros, où son neveu se rendait quelquefois en vacances, et dont il me faisait des récits émerveillés ; or il y avait, à quelques milles marins de là, une autre île, plus grande, qui s'appelait Porquerolles, et l'une des hypothèses qu'avaient forgées les érudits de la région pour expliquer l'étymologie de ce nom était qu'on pouvait y entendre une transformation d'un nom arabe, Port Kahar Allah, qui remonterait à l'époque lointaine (au dixième siècle) où les Sarrasins, tenant à peu près toute l'Espagne, ainsi que la Corse, faisaient de longues incursions en Provence et y établissaient des comptoirs et des places fortes. Beaurecueil m'avait appris qu'il y avait ainsi d'autres toponymes d'origine manifestement arabe sur cette partie de la côte, comme l'Almanarre, près de Hyères.

traitant du contexte politique et économique dans lequel se développa l'activité des corsaires de Salé, au cours d'une période bien déterminée, entre 1609 et 1666. Il est facile d'expliquer le choix de ces dates. En 1609 avait commencé l'expulsion des Morisques d'Espagne. Beaucoup s'étaient installés à Salé ; ils avaient de l'argent ; en peu de temps, ils avaient agrandi la ville et armé des vaisseaux. La « course » connut alors une recrudescence foudroyante ; Salé devint la rivale d'Alger, de Tunis et de Tripoli. Ses navires poursuivaient les bâtiments de commerce jusque sur les bancs de Terre-Neuve. À la fin de la dynastie saadienne, la course rapportait à la douane de la ville plus de revenus que les impôts levés par le sultan dans tout le royaume. Une telle prospérité rendit possible une indépendance politique presque totale, si bien que l'on parla de la « République de Salé ». En 1666, cependant, le pouvoir central, passé entre les mains des Alaouites depuis quelques années, avait mis fin à cet état de fait et replacé la ville dans le giron du royaume. Il y eut encore des corsaires après cette date, mais ils ne furent plus les potentats d'une cité libre perchée sur l'océan, guettant chaque jour sur la ligne d'horizon sa subsistance et son butin ; le plus célèbre d'entre eux, Abdellah ben Aïcha, se mit au service du deuxième souverain alaouite, Moulay Ismaël, par lequel il fut nommé caïd de la mer, ministre des Affaires étrangères, et enfin ambassadeur en France et en Angleterre. J'aurai beaucoup à parler de Moulay Ismaël dans la suite ; mais n'enjambons point sur l'avenir.

Ces travaux d'érudition inspirèrent plusieurs poèmes des *Élégies* : « Le Renégat », qui évoque le personnage de Jean Jansz, ci-devant hollandais, devenu l'un des plus grands chasseurs de navires sous le nom de Morat-Raïs ; « Éloge du chébec », rhapsodie qui énumère lyriquement les supériorités techniques de ce type de navire à trois mâts, gréé de voiles latines ; « Le Testament de Ben Aïcha », chant apocryphe du caïd de la mer.

Mes liens avec la famille régnante s'étaient distendus, cependant que je me liais, à Paris, avec presque davantage d'Algériens et de Tunisiens que de compatriotes marocains, comme si, tout en m'engageant dans la cause des indépendances, j'avais éprouvé la nécessité de voter à l'écart des inimitiés fratricides que, d'une manière à la fois obscure et très vive, je redoutais de voir naître à l'occasion de ces combats. Il me faut reconnaître, de toute façon, que l'essentiel de mes forces et de mes aspirations allait alors à la littérature.

Je me souviens qu'en 1953, je crus vraiment que la perspective d'un Maroc souverain s'éloignait pour longtemps ; et je m'aperçus que j'accueillais ces réflexions avec un étrange détachement. Cette année-là, la France redoubla d'efforts pour maintenir le sultanat sous sa dépendance. La Maison du Maroc allait être inaugurée à l'automne à la Cité universitaire, après trois ou quatre ans d'un chantier que plusieurs avaient envisagé de saboter sans passer à l'acte. Un soir, à l'une des petites réunions amicales qui se tenaient chez moi, où désormais l'on s'entretenait autant de littérature que de politique, Khadija Mernissi fit irruption avec une coupure de presse qu'elle nous mit sous les yeux, en marquant qu'elle était en rage. L'article traitait de la nomination du premier directeur de cette Maison du Maroc, et citait la lettre de mission que lui avait adressée le ministre pour lui représenter qu'il s'agissait là d'une « tâche particulièrement délicate », au moment où il importait de « ramener à la France de jeunes intelligences égarées par les mirages du nationalisme ». Depuis des années, ce langage administratif pompeux et condescendant qui était caractéristique des autorités du protectorat – et que je reconstitue de mémoire sans craindre de trop me tromper – provoquait chez nous un mélange de révolte, de consternation et d'hilarité dont je me sentis curieusement las ; si je m'associai aux vives clameurs de notre assemblée, ce fut pour ne pas surprendre mes amis, et pour ne pas rompre l'habitude que j'avais, comme d'autres, de me plier de bonne grâce à l'emprise magique de la beauté singulière de Khadija, qui enflammait de nombreuses passions parmi nous.

Un coup plus rude encore fut porté au processus d'émancipation au cours de l'été, avec l'intronisation de l'usurpateur Ben Arafa. Pour lui faire payer son appui trop franc à la cause de l'indépendance, le sultan Mohammed fut déposé sans ménagement, remplacé par cet homme, qui était l'un de ses cousins, enfin exilé en Corse, puis à Madagascar, avec sa famille et quelques serviteurs.

On m'a dit que le camarade de classe qui m'avait trahi auprès du prince, à l'internat, avait été parmi les premiers à offrir ses services au nouveau sultan, mais que l'on avait au dernier moment préféré se passer de ses services, ce qui avait préservé son avenir. J'ignore si c'est vrai ; elle a beau m'agréer, et je crois en effet qu'on me la rapporta pour me complaire, je sais trop qu'une rumeur de ce genre peut être fabriquée de toutes pièces, dans le cours d'une de ces intrigues où il arrive que même de déplaisants personnages soient accusés d'agissements dont ils sont innocents.

Cette révolution de palais avait été montée de telle sorte que l'opinion internationale pût croire qu'elle émanait de la volonté des élites de notre pays, sinon du peuple lui-même. Elle était en réalité l'œuvre de grands notables prêts à sacrifier l'indépendance au profit de leurs intérêts, opportunément défendus par les autorités du protectorat dont ils souhaitaient la prolongation indéfinie. Le résident Guillaume les manipulait à sa guise. À leur tête, le Glaoui de Marrakech se rêvait en faiseur de roi, mais sembla dans cette affaire n'être que le jouet des Français. Ce vieillard aux mille intrigues louvoyait entre plusieurs mondes. Plus tard, il comprit son erreur, renia sa trahison, en demanda pardon ; et comme il avait encore de l'influence, ce revirement précipita la chute du sultan fantoche qu'il avait lui-même hissé sur le trône.

Il apparut en effet assez vite que Ben Arafa ne bénéficiait d'aucune légitimité populaire, ni ne disposait des appuis institutionnels capables d'établir son pouvoir par la force. Dans les premiers temps, cependant, il n'était pas déraisonnable d'imaginer que l'époque du sultan Mohammed était révolue et que ni lui ni le prince son fils ne remonteraient jamais sur le trône. Moi qui voyais les choses d'assez loin désormais, qui n'étais plus au contact des profondeurs de mon peuple et ne mesurais pas l'ampleur et la force de sa réprobation, laquelle fut en réalité instantanée, je crus cela, et j'écrivis au sultan et à mon ancien camarade de classe une longue lettre que j'avais pensée comme un dernier hommage, mais qui put être lue plus tard comme un geste d'allégeance immédiat et courageux. Je fus de nouveau en grâce, sans l'avoir cherché.

C'est ainsi que je reconstitue le cours des événements, et que je comprends pour quelles raisons l'on fit appel à moi, lorsque le rétablissement du sultan sur le trône, et avec cela l'indépendance, devinrent en 1955 inéluctables. J'intégrai alors la première cellule du cabinet royal, à Saint-Germain-en-Laye où le sultan s'était installé en revenant d'exil. J'avais un poste de chargé de mission ; je devais réfléchir à une réforme du système d'enseignement, mais ma tâche consista le plus souvent à rédiger des comptes rendus de réunions. J'avais hésité à l'accepter ; je craignais ce retournement du destin, qui risquait de m'éloigner longtemps de la littérature, et survenait au moment où j'avais commencé à organiser ma vie de manière à persévérer dans cette carrière. Je ne pouvais nier, cependant, que j'attendais obscurément cet appel.

La destitution du sultan avait achevé de tarir les moyens d'existence dont j'avais disposé par sa grâce au début de mon séjour à Paris, mais j'avais trouvé d'autres expédients, dont l'ensemble me permettait de vivre à peu près à mon aise. Je travaillais trois jours par semaine dans une maison d'édition installée rue Linné ; je lisais des manuscrits que l'on recevait, je corrigeais certains de ceux que l'on s'apprêtait à publier ; de temps à autre, j'accueillais les clients qui venaient acheter des livres. Le directeur de cette maison songeait à me confier des traductions en français d'auteurs arabes ; et j'aurais commencé par des écrits de Moustapha Sadek al-Rafi'i, le poète attitré du roi Fouad, si mes affaires n'eussent changé de face.

Cette librairie avait dans tout le Quartier latin la réputation de vendre des ouvrages rares. On y voyait souvent entrer des professeurs de la Sorbonne, et quelquefois des auteurs connus du public ; c'est là que je vis Sartre pour la dernière fois. Il me reconnut aussitôt, me salua, puis s'absorba dans une sorte d'inventaire de tous les livres qui étaient disposés sur les étagères, et dont il déchiffrait les titres, sur les tranches, en se penchant pour approcher les épaisses lunettes qui dissimulaient ses yeux mal en point. Cette analyse des rayonnages fut tellement systématique qu'il trouva mes *Élégies barbaresques*, que j'avais pourtant disposées de façon qu'elles fussent presque invisibles. Il s'en empara, et revint vers moi. « *Élégies barbaresques*, dit-il, hé hé, c'est beau comme du Senghor, ça… » Sous mes yeux, il entreprit de feuilleter le livre. « Ah oui… On voit l'influence… » J'étais inquiet soudain qu'il ne me considérât comme un disciple sans originalité ; et il s'en aperçut peut-être, car il me complimenta sur les quelques pages qu'il avait parcourues, en me marquant sa résolution d'acheter ce volume. Il me dit quelques mots compatissants sur la situation du Maroc, sur l'exil où avait été envoyé le sultan, sur ma difficile condition ; en me voyant ainsi, en train de vendre des livres, moi qui avais vécu dans l'intimité des princes, moi qui, un jour ou l'autre, aurais pu être leur ministre, il dut croire que j'avais progressé à grands pas vers le prolétariat et l'esprit révolutionnaire. Il ne savait pas que, le lendemain, comme cela arrivait une ou deux fois par semaine, le comte de Kergorlay m'accueillerait chez lui dans un salon aux murs revêtus de livres et de lambris, et soumettrait à mon jugement ses progrès dans la langue arabe.

Cet oncle de Caroline de Frécourt m'avait prié de l'instruire plus avant dans cette langue, dont il avait déjà des notions estimables. C'était un ancien diplomate, retiré depuis l'avant-guerre, et maintenu dans la dignité d'ambassadeur de France. Il avait connu Taha Hussein à Paris quand celui-ci avait étudié à la Sorbonne, dans les années dix. Il voulait maintenant le lire « dans le texte », ainsi que d'autres écrivains égyptiens, car il tenait les auteurs de ce pays pour les meilleurs de tout le monde arabe. Je l'y aidais ; ces leçons m'étaient généreusement rétribuées.

Je m'étais par ailleurs inscrit en doctorat d'histoire, à la Sorbonne. Je m'étais laissé convaincre de m'engager dans une longue synthèse – comprenant la publication et la traduction en français de documents archivés – de la politique étrangère du sultan

Mohammed III, qui était connu pour avoir conclu de très nombreux traités de paix et de commerce, jusques avec les jeunes États-Unis d'Amérique. Ce travail me donnerait l'occasion de faire entre Paris et le Maroc des allers et retours plus fréquents ; mais j'y consacrais si peu de temps qu'il me semblait que vingt ans ne me suffiraient pas pour achever ce travail.

Delhaye m'avait enjoint, ce fut son expression, de « ne pas sacrifier le Makhzen à la Sorbonne ». Lui-même, toujours déchiré entre la réflexion et l'action, n'évoquait pas sans une certaine envie, dont il me faisait l'aveu, la perspective qui m'était offerte de participer à la naissance d'un État souverain. Le cours des négociations n'avait pas beaucoup de secrets pour lui ; j'eus souvent l'impression qu'il en savait plus que moi. Je suivis son conseil. Je fis en sorte de revenir au Maroc à la fin du mois de novembre, peu de temps après le retour triomphal du sultan.

Quand je revis Delhaye une dernière fois, chez Capoulade, il me raconta une anecdote qu'il feignit de me livrer en passant, comme si le hasard de la conversation nous eût portés sur elle, mais que je reçus comme une leçon qu'il avait jugé utile d'imprimer dans mon esprit : d'après l'*Histoire Auguste*, l'empereur Septime Sévère avait fait fouetter un plébéien qui avait été à l'école avec lui, et qui, plus tard, croisant le chemin de son cortège, avait cru bon se prévaloir de ce passé commun pour aller à sa rencontre, sans se laisser impressionner par l'escorte des licteurs. Je dis à Delhaye que je saurais m'en souvenir, mais j'ajoutai que cela pouvait aussi valoir pour les professeurs. Il me répondit que c'était peut-être pour cette raison qu'il arrivait souvent que les princes fussent instruits par des professeurs d'une nation étrangère, qui ne deviendraient pas les sujets de leurs anciens élèves.

III

Ce fut en particulier pour effacer le souvenir du protectorat, et de la subordination qui avait fini par s'attacher à son titre, que le sultan préféra désormais celui de roi, en même temps qu'il prit le nom de Mohammed V. Le chef du gouvernement était Mbarek Bekkaï. On me nomma conseiller technique au cabinet du ministre de l'Éducation nationale. Les premiers mois de l'indépendance donnèrent lieu à une intense activité politique. Je participai à la reprise en main et à l'extension du système scolaire hérité du protectorat – ce qu'on appela plus tard la grande réforme de 1957. Quand un nouveau ministre était nommé, je restais en place et mes attributions s'étendaient graduellement. Longtemps je fus en butte à peu d'intrigues ; mon rôle demeurait assez modeste pour ne pas éveiller des jalousies tenaces, et l'on me prêtait suffisamment d'appuis au sommet de l'État pour ne pas se risquer à me nuire. De temps à autre, je rencontrais le roi et le prince, qui me témoignaient de l'affection et saluaient mon travail.

C'était dans l'entourage d'Abdallah Ibrahim, le troisième Premier ministre de Mohammed V, que j'avais le plus à redouter d'être calomnié. Ibrahim avait une dizaine d'années de plus que moi. Il avait séjourné à Paris entre 1945 et 1949 ; il était délégué de l'Istiqlal et suivait des cours à la Sorbonne ; il avait une assez grande influence dans la communauté maghrébine du Quartier latin. Nos rencontres ne furent pas très nombreuses, car il allait repartir peu de temps après mon arrivée en France ; de toute façon, j'avais le sentiment qu'il me tenait à l'écart de son cercle, soit qu'il eût trouvé mon engagement politique trop timoré, soit qu'il eût jugé bon de n'encourager en rien un ancien élève du Collège royal dont la destinée devait lui sembler trop bien tracée. Il incarnait l'aile gauche de l'Istiqlal ; il voyait souvent Sartre. Plus tard, il fut l'un des fondateurs de l'Union nationale des forces populaires, le nouveau parti qui résulta de la scission de l'Istiqlal ; c'était en 1958, juste après sa nomination à la primature. En même temps qu'elle accédait à l'exercice du pouvoir, la gauche entendait prendre son autonomie institutionnelle. S'il est vrai que le souverain avait été contraint au choix d'Ibrahim par l'état de l'opinion, peut-être avait-il sincèrement envisagé aussi que ce renouvellement du personnel gouvernemental contribuerait à résoudre certains des problèmes auxquels le pays persistait à se heurter. Mais un an et demi plus tard, Ibrahim fut démis ; la gauche devenait menaçante pour la monarchie. La froideur à mon encontre d'Ibrahim et de ses conseillers m'avait fait prendre très tôt le parti du roi, avant même que leurs relations se tendissent. Cela faillit me porter tort tant que Mohammed V affecta d'être conciliant avec son Premier ministre ; il ne voulait pas que l'on jetât de l'huile sur le feu, en prétendant le soutenir dans un rapport de forces dont il feignait de contester l'existence. Quand Mohammed V et Abdallah Ibrahim entrèrent ouvertement en conflit, je crus que la fermeté de mon attitude serait portée à mon crédit ; je n'eus guère le temps d'en voir mûrir les fruits. Quelques mois plus tard, la conjoncture des espérances, des influences et des calculs fut bouleversée par la mort du roi. Nous étions au début de l'année 1961. Le règne avait été bref.

J'avais connaissance de certains conflits qui opposaient le feu roi au prince son fils ; je ne nierai pas que celui-ci m'avait souvent paru impatient de détenir le pouvoir suprême ; mais je n'ai jamais accordé de crédit aux rumeurs qui lui reprochaient d'avoir accéléré la mort du roi son père, en lui faisant administrer des soins médicaux douteux. Il était inévitable que de tels bruits circulassent ; auparavant, d'autres avaient couru. Nombreux étaient ceux qui devaient au feu roi leur carrière, leur prestige, et qui avaient craint de les perdre à l'avènement du prince. Ils crurent conjurer leur disgrâce en donnant libre cours à ces médisances, et ne firent que la rendre plus certaine. Un an après l'indépendance, j'avais déjà perçu à l'état naissant de sourdes rivalités entre les fidèles du feu roi et ceux qui s'étaient très tôt mis au service du prince son fils, comme s'ils avaient misé sur une succession relativement rapide. J'avais toujours eu le sentiment d'être dans les bonnes grâces du feu roi, plutôt que du prince ; mais l'ancienne inimitié que m'avait témoignée celui-ci au Collège royal avait en apparence pris fin, et je pensais que le fait d'avoir été dans sa classe jouerait de plus en plus en ma faveur, désormais.

Le prince Moulay Hassan devint le roi Hassan II. Quand il eut à prononcer son discours du trône, il me fit parvenir un état préliminaire du texte, en m'invitant à l'annoter, et à l'enrichir de mes éventuelles suggestions. J'en proposai quelques-unes qui furent en grande partie retenues dans la version finale ; et trois jours après, le jeune roi me convoqua en audience. Je m'y rendis le cœur léger. J'avais des espérances élevées. J'imaginais qu'il me proposerait un poste de conseiller personnel, avec un rang éminent dans la hiérarchie du cabinet royal. Je me préparais même à devenir secrétaire – ou sous-secrétaire – d'État au sein du gouvernement qui était en pleine recomposition. Ce n'était pas une ambition démente. Le roi était jeune, et le pays aussi ; les deux tiers de la population avaient moins de trente ans. Un autre de nos condisciples du Collège royal venait d'être nommé sous-secrétaire d'État au Commerce extérieur. Des paroles équivoques avaient été prononcées devant moi ; quelques personnes m'avaient témoigné une déférence étrange, qui était sans mesure avec les fonctions que j'occupais alors, mais qui avait peut-être rapport, m'étais-je dit, avec ce que j'allais devenir. Il est probable que j'aie interprété trop favorablement ces signes ; il n'est pas impossible non plus qu'on ait voulu m'exalter à dessein pour rendre plus cruelle ma déception, et me faire penser que j'avais été fou d'imaginer tant d'honneurs.

Je restai fort longtemps avant d'être reçu. On a dit, plus tard, que les attentes infligées par le souverain à ses visiteurs suivaient une codification précise. Une attente inférieure à deux heures était tenue pour brève et signifiait que la faveur royale était à peu près intacte. Trois ou quatre heures infligées à la patience de l'hôte devaient lui faire comprendre que le roi était mécontent, mais qu'un retour en grâce demeurait possible. Au-delà de quatre heures, il était admis que le visiteur se trouvait dans l'antichambre de la disgrâce. À l'époque dont je parle, l'intronisation était trop récente pour que l'on eût eu le temps de mettre en système cette jurisprudence. Je fus peut-être l'un des premiers à l'expérimenter, à mes dépens. Mais j'ai oublié combien de temps exactement avait duré mon attente – un peu plus ou un peu moins de quatre heures. Je n'y avais pas pris garde, puisque j'ignorais qu'il y eût une règle.

Quand j'entrai enfin, je fus déçu de voir que je ne serais pas seul avec le roi. Il y avait à ses côtés un vieux conseiller qui faisait partie du précédent cabinet royal, et qui ne m'aimait guère. Le roi parla ; il était singulièrement volubile. Il raconta la guerre d'Ifni, trois ans auparavant ; elle était sa victoire. Il était alors le chef d'état-major des armées de son père. Il dit sa fierté d'avoir repris Tarfaya aux Espagnols et sa volonté d'en faire un avant-poste du nouveau Maroc. J'acquiesçai. Je voulus rappeler qu'en notre adolescence son goût pour la vie militaire était déjà remarqué de ses camarades de classe ; je me retins en songeant que cette manière de rappeler une familiarité ancienne entre nous lui déplairait sans doute, maintenant que son accession au trône avait élargi à l'infini la distance qui nous séparait. L'anecdote du camarade de classe de Septime Sévère, que m'avait racontée Delhaye, m'était revenue en mémoire. Je me réjouissais d'y avoir resongé à temps, tandis que je me demandais quelle était la signification de ces souvenirs de guerre que le roi était pressé de partager avec moi. Ma vanité, qui fut bientôt confondue, me fit croire un instant que l'on jugeait ma compétence si étendue et si souple que l'on était prêt à me confier des responsabilités dans le secteur des armées.

Tout au long de l'entrée en matière à laquelle s'était livré le roi, le vieux conseiller avait lissé sa cravate d'un geste subreptice et doux, comme s'il savourait à l'avance la disgrâce qui m'était promise. Ensuite, ce fut à son tour de prendre la parole. Il dit que Sa Majesté avait toutes les raisons de se louer du zèle avec lequel j'employais mes talents au service de la dynastie ; que Sa Majesté voulait me témoigner sa bienveillante reconnaissance pour la fidélité dont j'avais fait preuve de longue date et qui ne s'était pas démentie dans les heures les plus difficiles ; que Sa Majesté, par conséquent, méditait de m'associer aux desseins qui lui étaient les plus chers. Ce langage rompu à la courtisanerie n'annonçait rien de bon. Il y eut un silence, puis le conseiller dévoila enfin la proposition que l'on avait résolu de me faire et que je ne pourrais, naturellement, pas refuser : il s'agissait de remplir la charge, créée spécialement pour moi, de « gouverneur académique de Tarfaya et des territoires légitimes ».

Un esprit exercé aux intrigues, aux tournures et aux règles du Makhzen ne devait pas être long à percevoir toute l'ironie que recelait ce titre pompeux. En guise d'établissement académique, je doutais fort qu'il y eût à Tarfaya, où je n'étais jamais allé, autre chose qu'une modeste école primaire. Quant aux « territoires légitimes » de l'Ouest saharien, ils étaient toujours aux mains des Espagnols, et la perspective de leur rattachement était alors des plus lointaines. Mes responsabilités seraient totalement virtuelles. Le vieux conseiller m'expliqua que j'aurais à réfléchir à la création d'une antenne de la Quaraouiyine à Tarfaya, dans les bâtiments de l'ancienne garnison espagnole, et à l'organisation de la future université du Sahara marocain, à Laâyoune, de l'autre côté de la ligne de démarcation. Je feignais de recevoir avec le plus grand sérieux les directives que l'on me donnait, mais je sentais que l'on se jouait de moi. On me signifia mon congé sans chaleur ; quand le vieux conseiller termina sa petite allocution, le roi n'ajouta pas un mot. En quittant la salle où s'était tenue cette funeste audience, je manquai de me heurter dans mon vieil ennemi, le traître de l'internat, qui semblait attendre, près de la porte, d'entrer à son tour.

Durant les deux semaines qui précédèrent mon départ, les couloirs du palais bruissèrent des racontars que s'échangeaient les courtisans, à la recherche des motifs de cet éloignement brutal. Quelques-unes de leurs affabulations parvinrent jusqu'à moi. Des conseillers qui se prévalaient de leur franchise, voire de leur amitié, pour me rapporter les rumeurs circulant sur mon compte, m'apprirent tour à tour que j'avais séduit une chanteuse qui avait les faveurs du roi ; que j'avais écrit des épigrammes où celui-ci était ridiculisé ; que je m'étais vanté de l'avoir constamment surclassé au Collège royal ; que j'avais manqué d'apaiser le mécontentement du chef de la maison militaire du roi, dont le fils était très mal noté par ses professeurs. Rien de tout cela n'était vrai. Je n'osais imaginer les innombrables inventions de même nature auxquelles devaient s'abandonner, sans me les rapporter, mes ennemis intimes et sans doute aussi, hélas, mes amis devenus distants. Quand on osait m'interroger sans fard, j'avais peine à expliquer quelle faute j'allais expier dans les contrées du Sud, et j'eusse préféré avoir quelque chose à dire, car mon impuissance à répondre encourageait à croire que je cachais un méfait singulièrement grave, ou honteux.

Parmi toutes les conséquences qui suivirent cette dégradation que j'essuyais injustement, l'une fut si considérable que je ne fus pas loin de croire que derrière cet effet de mes malheurs s'en cachait aussi bien la cause secrète : mes fiançailles avec la fille du ministre des Travaux publics furent aussitôt rompues, à quelques semaines des noces, qui devaient donner lieu à de grandes réjouissances. Ce ministre n'avait pas semblé voir d'un mauvais œil notre alliance, tant que ma qualité d'ancien camarade de classe du prince au Collège royal avait paru me destiner à de hautes dignités, et tant que ma carrière avait suivi dans l'appareil d'État un cours assez favorable pour ne pas démentir ces promesses. Son opinion changea si vite qu'il ne me fut même pas permis de revoir sa fille, Nassiba. Lorsque j'en conçus de la rage, plus que du désespoir, je cessai de croire que j'avais convoité autre chose qu'une parenté dont la force m'eût bénéficié. Quant à Nassiba, l'effroi dont la saisit la pensée de partager le sort d'un disgracié fut sans doute plus fort que la tristesse qu'elle éprouva de me perdre. L'entourage d'une puissante famille m'eût peut-être défendu dans une telle intrigue ; ce soutien me fit défaut au moment où j'allais l'obtenir. Ma chute fut d'autant plus aisée à provoquer que personne ne risquait d'en être frappé en même temps que moi. J'étais persuadé, cepencant, que le roi n'avait pas d'intérêt à complaire à la famille de ce ministre, et que, si mon hypothèse n'était pas sans fondement, il avait fallu, pour me perdre dans son esprit, concevoir une raison qui me restait obscure.

DEUXIÈME PARTIE

IV

Tarfaya, au sud-ouest du royaume, était la dernière ville sur la côte avant les grands espaces du Sahara atlantique que les Espagnols contrôlaient encore, mais que notre nomenclature officielle avait accoutumé de désigner sous le nom de « territoires légitimes », pour les annexer en esprit en attendant de les administrer réellement. Cette frontière était récente. À peine notre pays s'était-il délivré de la tutelle française que nos armées avaient attaqué les possessions espagnoles du Sud. Cette guerre d'Ifni que le roi avait fièrement évoquée en ma présence avait duré quelques mois, au cours desquels plusieurs bastions furent en alternance gagnés et perdus, gagnés encore et de nouveau perdus. Les accords d'avril 1958 mirent fin à des combats répétitifs qui menaçaient de s'enliser entre le désert et l'océan ; ils établirent qu'en contrepartie du maintien de l'enclave espagnole de Sidi-Ifni, dont le périmètre serait d'ailleurs réduit, la zone de Tarfaya reviendrait au Maroc. C'était une extension modeste vers le sud, mais qui faisait sentir sur les cartes la détermination du royaume à se saisir, quand l'heure viendrait, des vastes provinces sahariennes dont la reconquête accomplirait l'œuvre de l'indépendance.

À la fin du dix-neuvième siècle, au temps où les puissances européennes se partageaient l'Afrique, les Espagnols s'étaient facilement rendus maîtres de ces étendues désertiques, dont le rivage long de plusieurs centaines de kilomètres était mal défendu contre les incursions venues de la mer. Elles étaient éparsement peuplées de tribus nomades qui faisaient depuis des siècles allégeance au sultan, mais vivaient à leur guise dans ces confins de l'empire chérifien. L'administration des Espagnols n'avait guère été plus contraignante. Ils avaient installé quelques comptoirs sur la côte, qui semblaient suffire à leur ambition ; ils n'avaient pas cherché à administrer l'intérieur du pays, ni à faire venir en masse des colons qui se fussent établis à demeure. Pour toute industrie, ils avaient développé la pêche et le ramassage d'algues, à une échelle modeste. La loi de Madrid avait peu de prise sur les nomades sahraouis, qui tranchaient toujours leurs litiges par la coutume et le Coran, qui ne payaient pas l'impôt aux Espagnols, et qui tantôt leur complaisaient, quand ils jugeaient leur tutelle faible et presque avantageuse, tantôt lançaient de brèves et violentes razzias sur la côte, quand ils croyaient soudain qu'il était porté offense à leur fierté.

Je songeai, dès avant mon départ, que la défaveur ironique qui s'attachait à mes nouvelles attributions était double et subtile, car non seulement les territoires où je les devais exercer me seraient interdits, comme à n'importe quel sujet du royaume, mais il était de surcroît évident que même si ces vastes zones sahariennes nous revenaient bientôt, par une rétrocession négociée ou une conquête militaire, il serait à peine moins absurde d'y installer du jour au lendemain des infrastructures d'enseignement supérieur, ainsi que le comportait ma mission, quand le plus haut degré de développement s'arrêtait encore là-bas à quelques conserveries de pêche.

La route de Rabat à Tarfaya était longue d'environ mille kilomètres ; je considérai qu'il me faudrait deux jours pour la parcourir, en faisant halte à mi-chemin, à Goulimine, mais peut-être davantage si les pistes devenaient peu praticables après cette ville, comme je le redoutais, sans me représenter clairement les épreuves que j'aurais alors à surmonter. Unique faveur qui me fût accordée, l'on mit à ma disposition une jeep aux insignes de la garde royale, un corps d'élite ancien parmi les forces armées, et dont le prestige était grand. Dans mon bannissement, j'avais gagné un blason, pensais-je pour me divertir de ma désillusion – un blason automobile à quatre roues motrices, dont la carrosserie portait *de sinople, au pentagramme d'or*, si je me ressouvenais convenablement des leçons de Malglaive et de Beaurecueil. Cette étoile, reproduite sur le capot et les portières, fit impression dans les villes et les villages que j'eus à traverser. Quelquefois, tandis qu'un factionnaire local me rendait avec des marques de respect mécaniques l'ordre de mission que je lui avais présenté, des badauds se groupaient autour de ma voiture, les uns curieux de ces emblèmes qu'ils n'avaient jamais vus, les autres fiers d'être persuadés de les connaître, mais se trompant, pour la plupart, au moment d'en révéler la signification à la cantonade. Dans les ruines d'Agadir, un vieux mendiant assis à l'abri du soleil coupa court aux spéculations des enfants qui avaient interrompu leurs jeux pour s'attrouper devant ma voiture, en donnant la réponse juste d'une voix claire et mystérieusement sûre d'elle-même, sans bouger de son carré d'ombre.

Pour contourner l'enclave espagnole d'Ifni, la route s'écartait du rivage atlantique et bifurquait, après Tiznit, vers l'intérieur des terres, en plongeant droit au sud. J'arrivai le soir à Goulimine. Il régnait dans cette petite ville aux murs rouges, située aux portes du Sahara, une intense animation. Les Touaregs étaient nombreux dans les rues ; je compris qu'ils étaient venus là, de toutes les directions du désert, et souvent de très loin, pour vendre et acheter des bêtes pendant la grande foire aux dromadaires qui se tenait chaque année, au début de l'été, depuis des temps ancestraux. La frontière tracée entre le royaume et les possessions espagnoles ne les avaient jamais empêchés de s'y rendre ; la foire de Goulimine appartenait aux rituels de ce monde mystérieux des sables qui vivait aux confins des empires, et hors de leur portée. Je connaissais son existence, mais je n'avais pas songé qu'elle aurait peut-être lieu au moment où je passerais là-bas. La ville en tirait une certaine renommée dans tout le pays, et même plus que cela, une sorte de légende, celle d'une prospérité mythique, d'un âge d'or où les routes qui convergeaient vers elle à travers le désert avaient été nombreuses et sûres. Bien que l'idée du « Grand Maroc », dont Allal el-Fassi était alors le principal doctrinaire, m'eût toujours paru assez peu réaliste, je me laissai bercer un instant par le souvenir des siècles anciens où l'étendue de notre empire allait jusqu'à Tombouctou, au temps des Saadiens et des premiers Alaouites.

À l'hôtel Salam, transformé en caravansérail, seules deux ou trois chambres étaient encore libres ; c'étaient les plus inconfortables, que les marchands transsahariens avaient délaissées. Cela m'importait peu ; je n'étais là que pour dormir pendant les quelques heures de la nuit. Je pris sans discuter celle que l'on me donna ; et dès que j'eus fini de m'installer sommairement, je redescendis. À la réception, l'on m'apprit que la foire touchait à sa fin : les premières caravanes s'en iraient le lendemain. Malgré ma fatigue, je ne voulais pas manquer de me mêler à l'effervescence de ce grand souk des dromadaires. Je n'étais jamais allé plus au sud que Marrakech ; ma curiosité était grande. Pour la première fois depuis plusieurs semaines, j'oubliai les intrigues du Makhzen et cessai de ruminer le choc de ma relégation. Dehors, les hommes vêtus de bleu se délassaient à la nuit tombée des longues négociations du jour. Ceux qui repartiraient dès l'aube passaient leurs derniers instants dans la ville de diverses manières ; les uns parcouraient les rues en silence, d'un pas lent, comme pour imprimer dans leur mémoire des images qu'ils emporteraient au milieu des dunes, d'autres se glissaient au seuil des cafés obscurs, d'autres encore se réunissaient pour échanger leurs récits de l'an écoulé, et se donner rendez-vous à la prochaine foire. Beaucoup s'en allaient rejoindre, à l'extérieur de la ville, les tentes où des femmes dansaient la *guedra*. Je voulais assister à ce spectacle, qui était connu dans tout le royaume comme l'une des curiosités notables que réservaient aux voyageurs les contrées du Sud.

Je croisai sur mon chemin, dans une ruelle, deux hommes attablés devant un échiquier, près d'une porte ; ils jouaient à la lumière d'un fanal accroché au mur, qui les éclairait faiblement. Ces deux Touaregs au visage sec et ridé ne m'adressèrent aucun regard, ni hostile ni amical, quand je m'arrêtai quelques instants auprès d'eux, et je me sentis d'autant plus libre de les observer. Je me demandais s'ils joueraient d'une façon singulière. Peut-être suivaient-ils des règles légèrement différentes ; peut-être usaient-ils de stratégies inconnues, dont les nomades conservaient seuls la tradition. J'eus peine, cependant, à remarquer quoi que ce soit, car ils poussaient très lentement leurs pièces, si bien que je me demandai s'ils finiraient leur partie avant que la foire s'achevât, ou s'interrompraient pour la continuer l'an prochain. Il me plaisait même de conjecturer que cette partie avait commencé longtemps auparavant, et que depuis des années, les deux hommes, de part et d'autre du désert, juchés sur leurs indolentes montures, méditaient en traversant les sables les quelques coups qu'ils échangeaient chaque été à Goulimine. Je laissais de vagues songeries m'envahir, imaginant que l'on remplaçait la figure du cavalier par celle du nomade chamelier, et cherchant quel nouveau type de mouvement on pourrait alors lui attribuer sur l'échiquier. Je les quittai en admirant la patience avec laquelle ils enduraient leur propre lenteur.

Quand j'eus franchi l'enceinte de la ville, j'aperçus une tente sur les parois de laquelle transparaissaient les ombres d'une grande assemblée. Trois silhouettes d'homme, me précédant, s'en approchaient aussi. J'allai prendre place à l'ouverture de cette tente, pour observer le spectacle qui se déroulait à l'intérieur. Une *guedra* était en train de commencer ; les nomades faisaient silence et restaient immobiles. La danseuse était à genoux, enveloppée dans de larges tissus bleus et noirs ; autour d'elle, des musiciens disposés en cercle frappèrent, avec de fines baguettes, des tambours de fort petite taille, en terre cuite, recouverts d'une peau de chèvre, et qui donnaient un son grave. Je savais qu'avant d'être le nom de la danse, *guedra* était celui de ces tambours. Derrière les musiciens, des femmes chantèrent en battant des mains. Enfin l'on vit les premiers mouvements de la danseuse. Elle bougea en alternance, et sans hâte, ses bras et ses épaules ; elle fit tourner sa lourde chevelure noire, aux tresses entremêlées de perles et de coquillages. Ses doigts et ses poignets s'animèrent, lentement d'abord, puis de plus en plus vite, et ses bracelets d'argent s'entrechoquèrent.

Tout son corps entra bientôt en frénésie, emporté par le tonnerre grandissant des voix et des battements qui l'encerclaient. Elle me semblait, avec ses mains, mimer le geste de frapper elle-même un tambour invisible, dans les airs ; et quelques-uns de ses voiles tombèrent, dans cette trépidation. Ainsi dansa-t-elle, comme brûlée par une flamme intérieure, se pliant, se redressant, se tordant de nouveau en tous sens, les yeux fermés, le souffle haletant. De l'épuisement dont elle était la proie resurgissaient des forces inouïes qui ravivèrent d'instant en instant ses saccades hypnotiques, jusqu'au moment où ces forces obscures s'étant taries à leur tour, elle s'effondra soudain à terre, dans un spasme, renversée sur le dos.

Quand je revins à mon hôtel, je vis que les deux joueurs d'échecs avaient disparu. Une main géante, surgie du ciel, les avait soulevés du sol et rangés, dans un boîtier, comme des figurines de tour, de cavalier ou de fou. Je pensai à ces vers d'Omar Khayyâm, que j'avais retraduits ainsi en français, à ma façon, quand j'habitais à Paris, pour mes amis lettrés :

Nous ne sommes que des pions du jeu d'échecs, avides d'action, aux ordres du Grand Joueur
Qui nous mène çà et là sur l'échiquier de la vie,
Et nous emprisonne, quand la partie est finie, dans la petite boîte
De la mort.

Dans ma chambre, je pris une feuille de papier, un crayon, et je m'installai à l'étroite table de bois, aux jointures élargies par la sécheresse. Un cendrier était posé dessus, un cendrier Martini en forme de triangle, dont la présence ici me fit sourire, et me transporta un instant dans le souvenir de mes années à Paris, au Quartier latin. Toi aussi, tu es en exil, lui dis-je en pensée ; et je notai cette esquisse de poème :

Ô figurine !
Aie pitié du géant qui te tient entre ses doigts, et te mène où il veut,
Car entre les doigts du calife, il n'est qu'une humble pièce de bois sculpté, semblable à toi.
Ô joueur !
Aie pitié du calife qui te plie à son vouloir,
Car entre les doigts du puissant maître des mondes,
Il est docile et vulnérable comme la plus faible des pièces, celle que les sages ont appelée « roi ».

Je n'en fus pas satisfait ; mais une seconde inspiration me fit, presque aussitôt, écrire de nouveaux versets :

Le joueur prend le pion entre ses doigts et le pousse, dans la case blanche et la case noire ;
Le calife prend le joueur entre ses doigts et le pousse, dans la grâce et la disgrâce ;
Le maître des mondes prend le calife entre ses doigts et le pousse, dans le jour et dans la nuit ;

Je m'arrêtai un instant ; je songeai au dernier verset ; j'hésitai, puis j'écrivis ces mots :

Mais nul ne prend le maître des mondes entre ses doigts et ne le pousse, dans l'être et le non-être !

Je pliai ce papier, et le rangeai au fond de mon portefeuille.

Le lendemain matin, je vis autour de ma jeep un petit groupe de nomades qui parlaient avec agitation, en se montrant l'insigne de la garde royale, par des gestes de la main et du visage. J'ignorais leur langue et ne comprenais pas ce qu'ils disaient. Quand je m'approchai, tirant mes malles que je devais à nouveau sangler à l'arrière de la voiture, ils s'écartèrent à peine pour me laisser passer. L'un des hommes me demanda en arabe ce que signifiait l'insigne, et lorsque je lui eus répondu, il voulut savoir pourquoi je ne portais pas d'uniforme. Je sentais, dans son regard et dans sa voix, une expression de défi ; la déférence que j'avais ressentie à l'égard des emblèmes de la monarchie, la veille encore, dans les provinces moins éloignées de la capitale, n'était plus si partagée dans les contrées du Sud, chez ces nomades qui avaient toujours vécu selon leurs propres lois. Je lui dis que je n'étais pas militaire. C'était la vérité ; j'aurais peut-être mieux fait de la taire. Il dut traduire mes paroles aux autres Touaregs, et plusieurs d'entre eux commencèrent à rire aux éclats. Puis ils s'en allèrent, d'un pas nonchalant, sans m'accorder l'aumône d'un salut aimable. Il était temps de partir.

À l'époque dont je parle, il n'existait pas de route goudronnée au-delà de Goulimine ; un réseau de pistes s'en allait à travers le désert, et celle de Tarfaya, qui était la principale, et la plus fréquentée, n'en était pas moins semée d'embûches ; je m'aperçus bientôt que je progresserais lentement. Je ne sais plus combien de fois mes roues s'étant enfoncées dans le sable, je fus contraint de m'arrêter, de les dégager sous le soleil brûlant et de poser les plaques de désensablage, avant de redémarrer. J'étais heureux si je pouvais faire à une vitesse peu élevée, mais régulière, trois, quatre ou cinq kilomètres sans m'arrêter ni rebrousser chemin. Les portions de sol dur comportaient d'autres obstacles qui risquaient d'endommager la mécanique de ma jeep – touffes d'épineux, monticules de grosses pierres, ornières profondes – et quand je me détournais largement pour les éviter, je redoutais de ne pas retrouver la piste, dont le tracé était très imprécis. Les empreintes des pneus s'alignaient par endroits sur une étendue si large que je me demandais souvent lesquelles il fallait suivre, et lesquelles n'aboutiraient nulle part. Je dus être pris au piège de l'une de ces bifurcations à peine sensibles, et m'engager par mégarde sur une piste secondaire qui me fit perdre le chemin de Tan-Tan, car au lieu de cette petite ville, où je comptais me ravitailler et prendre du repos, je vis apparaître devant moi les quatre tours d'un fort abandonné, dont je discernai peu à peu, en approchant, les murailles basses, à demi effondrées, qui avaient la couleur du désert – et si j'avais cru rêver auparavant lorsque j'apercevais au loin, de temps à autre, une mince ligne bleue qui jouait tantôt à se confondre avec l'horizon, tantôt à s'en distinguer, et qui ressemblait à la mer, je savais maintenant que c'était en effet vers elle que j'avais roulé sans en avoir conscience, et qu'elle était là, à quelques centaines de mètres, au pied des falaises dont je pourrais bientôt longer la crête.

Le soir approchait ; l'air était frais, désormais. Quand je fus au bord de l'océan, je vis soudain apparaître en contrebas, dans un creux de la côte, l'épave d'un cargo, brisée en deux et couverte de rouille. À droite, dans l'embouchure d'un oued, j'aperçus une petite construction sommaire qui devait être une cabane de pêcheurs. Je remontai dans ma voiture, pour me rendre compte s'il y avait là-bas âme qui vive. La cabane était sommairement faite de planches de bois, de pierres amoncelées et de grands morceaux de bâche en plastique. Deux hommes en sortirent, tandis que je m'approchai. Ce n'étaient pas des pêcheurs ; c'étaient deux soldats de notre armée, affectés à la surveillance des côtes. Ils me le dirent, dès qu'ils eurent aperçu les armoiries militaires sur les flancs de ma voiture. À l'intérieur, je vis leurs uniformes, accrochés dans un recoin. Quand ils m'invitèrent à partager les poissons qu'ils s'apprêtaient à faire griller sur la plage, il m'apparut que leur façon de vivre, dans ce poste de surveillance où sans doute peu d'événements arrivaient, ne différait guère de celle des pêcheurs qu'ils feignaient d'être.

Ils m'apprirent que la citadelle abandonnée que j'avais longée avait été bâtie au temps du protectorat, et s'appelait le fort d'Aoreora ; étrange nom, qui semblait avoir été donné à ce lieu par des militaires français arrivant de Polynésie. J'admirai le tact avec lequel l'un de ces deux soldats, sans oser croire que je les ignorais, mais avec assez de détails pour que j'en tirasse quelque profit si jamais il devait en être ainsi, s'efforça de faire allusion aux façons élémentaires de s'orienter dans le désert en s'aidant de la position du soleil dans le ciel. Le soleil ! Seul mon extrême épuisement avait pu m'égarer, en me faisant oublier cette ressource bien connue des voyageurs qui cherchent leur chemin sur des étendues sans repères

Ils attendaient impatiemment d'être relevés. La solitude devait leur peser, et je songeai à celle qui m'était réservée, plus au sud. Ils n'étaient pas les seuls habitants de la côte ; des pêcheurs, de vrais pêcheurs, vivaient dans d'autres cabanes, sur la ligne de crête des falaises ; c'étaient des hommes rudes et taiseux, qui descendaient à la mer avec des cordes, en se laissant glisser le long de la paroi rocheuse, et remontaient en se hissant. Les deux soldats n'avaient presque pas de relations avec eux ; je les entendis qui les appelaient, en se jouant, « les mystiques ». Ils m'offrirent l'hospitalité pour la nuit ; ils avaient un jeu d'échecs, que nous installâmes sur la plage, à la lueur du feu. Ils s'en étaient lassés, me dirent-ils, parce que c'était toujours le même qui l'emportait ; étrangement, ce fut celui-là que je vainquis, et l'éternel perdant gagna contre moi.

Je ne fus pas étonné de m'apercevoir que les circonstances qui m'avaient conduit jusqu'à eux piquaient leur curiosité. M'étant écarté de leur cabane, pour aller marcher seul avant de dormir, je surpris, alors que j'étais sur le point de rentrer, une conversation dont il n'y avait pas de doute que j'étais le sujet. Je fis halte, retins mon souffle, et prêtai l'oreille. Ils avaient reconnu en moi un homme de condition, dont l'aventure apparaissait si saugrenue qu'elle leur inspirait de nombreuses questions dont ils n'avaient pas la réponse. Cependant, quelque incertaine qu'elle fût, ils jugeaient ma position trop élevée en comparaison de la leur pour qu'ils se risquassent à m'interroger comme s'ils eussent été en droit d'exiger de moi des éclaircissements. Ils semblaient préoccupés d'une ressemblance qu'ils me trouvaient avec une personne fameuse, mais ils parlaient si bas, à cet instant, que je ne pus comprendre de qui ils parlaient.

Le lendemain matin, ils m'expliquèrent que la piste côtière, qu'ils me conseillaient d'emprunter pour rejoindre Tarfaya, commençait plus au sud, à une distance de vingt kilomètres environ. Elle était moins difficile que la piste intérieure sur laquelle j'avais roulé après Goulimine, mais elle longeait par moments de si près le bord des falaises que la plus grande vigilance était nécessaire ; il importait, pour cette raison, que j'arrivasse à destination avant la fin du jour, et ils me firent jurer de m'arrêter et de bivouaquer sur le rivage, si jamais la nuit me surprenait en chemin. Pour trouver cette piste, je devais m'en retourner vers l'intérieur des terres, m'engager de nouveau sur la piste de Tan-Tan, puis bifurquer vers la droite, quelques kilomètres plus loin, sur une autre piste secondaire qui me reconduirait à la mer, en suivant le cours de l'oued Dra. Je suivis leurs indications, qui me furent toutes profitables.

D'autres épaves parsemaient de loin en loin cette côte sans repli avec laquelle, de nos jours encore, les marins gardent leurs distances, car aucun port ne peut y accueillir un équipage en détresse. Ce spectacle d'une constante variété, mais sans pitié pour ma destinée, ne cessait d'attirer mon regard. Certaines de ces épaves reposaient dans un écrin de sable blanc, paisiblement, sur le rivage ; d'autres, prises au piège de récifs à fleur d'eau, un peu plus au large, étaient livrées au lent supplice de la houle, qui revenait chaque jour les fracasser. Certaines étaient brisées en plusieurs morceaux, d'autres couchées sur le flanc, comme les pièces vaincues au jeu d'échecs ; et d'autres encore, en apparence intactes, et fièrement dressées comme au temps où elles naviguaient, semblaient prêtes à repartir à tout instant, à la faveur d'une grande marée miraculeuse qui les déséchouerait. Nul ne se préoccupait de les démanteler ; elles ne troublaient aucune âme ni aucun commerce, et le prix de la ferraille n'eût pas rémunéré ces chantiers éloignés de tout.

Quand j'arrivai à Tarfaya, le jour était près de finir. Je m'arrêtai à l'entrée de la ville, le long de la plage. Le premier des innombrables crépuscules marins auxquels j'allais avoir tout le loisir d'assister n'a pas quitté ma mémoire. Une bande de nuages sombres surplombait au loin la mer, et dessinait comme une chaîne de montagnes inconnue, derrière laquelle le soleil disparut ; mais, dans une étroite ouverture que ces nuages dessinèrent au-dessus de l'horizon, ses feux rougeoyants brillèrent à nouveau, un instant ; puis ils s'éteignirent, et la nuit s'établit peu à peu. Déjà je reconnaissais la muraille blanche du fortin espagnol que l'on m'avait assigné pour demeure.

V

Tarfaya ! Il est peu de lieux sur la terre qui soient mieux faits pour accueillir un homme en exil, et lui faire expier son orgueil en desséchant ses dernières ambitions, que cette petite ville en lisière du désert et de l'océan, où les vents ne s'arrêtent jamais de souffler et courbent servilement les quelques arbustes épars qui parviennent à se hisser sur un sol aride – les alizés, vents de nord-ouest humides et frais, alternant au fil des saisons avec le *chergui*, vent de sud-est sec et chaud, gorgé de fins grains de sable qui font piquer les yeux et la gorge. La grande digue que l'on voit aujourd'hui s'avancer dans la mer, et qui paraît démesurée en comparaison de la ville, n'était pas encore construite, car nul n'avait imaginé, en ce temps-là, de relier par une ligne maritime les îles Canaries à ce port minuscule, où chaque soir une maigre flottille de pêche était tirée sur le rivage, à mains nues, et pour les embarcations les plus lourdes, à l'aide d'un vieux tracteur. Le seul édifice qui pût être jugé digne d'attirer les regards du voyageur parvenu jusque dans ces solitudes était la Casa del Mar, une maison forte qui dominait la grève et devenait à marée haute une île, pareille à un gigantesque château de sable qu'une vague ne suffisait pas à engloutir à la tombée du soir, mais que le flux et le reflux érodaient chaque jour lentement. La présence d'une ancienne base de l'Aéropostale où Saint-Exupéry, encore inconnu, avait été chef d'escale dans les années vingt, aurait pu attirer quelques touristes aimant les lieux à l'abandon et les symboles, mais le temps n'était pas venu.

Le premier homme à qui j'eus affaire là-bas était le directeur de l'école primaire, Abderrezak Hammoudi. Il devait être mon interlocuteur principal relativement aux questions académiques, et mon ordre de mission comportait que je pouvais le requérir à mon service « en tant que de besoin », et le considérer pour ainsi dire comme mon adjoint. Le soir de mon arrivée, il m'attendait sur la grand-place, au pied d'un réverbère. Son accueil fut chaleureux et empressé. Il n'avait jamais rencontré quelqu'un qui eût été si proche du roi, et bien qu'il eût probablement compris très vite que ma mission équivalait à une relégation pure et simple, il gardait face à moi une inébranlable déférence, que ne lui fit pas davantage abandonner la familiarité qui s'établit peu à peu entre nous. Il semblait avoir pour moi une compassion dont j'étais touché, mais que tempérait l'incertitude où il se trouvait quant aux motifs de mon exil. Il était au jeu d'échecs un excellent partenaire ; nous ne nous lassâmes pas de nos joutes, qui furent pourtant innombrables. Il était bien meilleur que le roi ; je ne le lui ai jamais dit. Il aurait accueilli ce compliment avec effroi, comme un crime de lèse-majesté qui lui eût ouvert les yeux sur le forcené que l'on avait exilé dans sa ville ; et il n'aurait sans doute pas manqué d'en rendre compte, car il n'était pas besoin d'être grand clerc pour deviner que ce directeur d'école cumulait avec son emploi des attributions plus occultes. J'affectais, pour ne pas l'indisposer, d'ignorer tout de sa surveillance ; comme nous aurions sans doute beaucoup de temps à passer ensemble, j'avais fait réflexion qu'il valait mieux que nos relations fussent en apparence les meilleures possibles. Mais je savais, pour en avoir fait l'expérience, que si j'essayais un jour de monter dans un avion sans y avoir été invité par une convocation officielle, M. Hammoudi m'en dissuaderait d'abord avec toute la politesse imaginable, puis par des moyens plus fermes, dont je n'avais pas cherché à éprouver la force.

Je m'étais installé dans le fortin qu'occupait encore la garnison espagnole trois ans auparavant. J'étais en même temps le gardien de ma prison et son seul occupant. Je m'étais offert le luxe de choisir la chambre du commandant. Le directeur de l'école avait eu soin de l'équiper d'une table et d'une chaise qu'il avait prises dans le mobilier de son établissement ; c'était un bureau d'écolier, au bois taché d'encre, le plus grand qu'il eût trouvé. Il se confondit en excuses, et me promit de m'apporter, dès qu'il le pourrait, un bureau d'homme adulte. Il me dit qu'il était là depuis peu de temps, et qu'il n'y avait presque rien à Tarfaya, avant la reconquête. Il me parut si sincèrement navré que je ne mis pas ses raisons en doute.

Il me fit bientôt connaître un vieil homme qu'il me présenta comme le doyen de la ville, et qui s'appelait Ibrahim Kattani. Son âge exact était une énigme. Il avait des yeux très clairs, qui ne voyaient plus beaucoup ; son éloquence, cependant, malgré l'affaiblissement de sa voix, était encore admirable, et les histoires qu'il racontait retenaient prodigieusement l'attention de ceux qui faisaient cercle pour les écouter. Il avait connu Saint-Exupéry quand il était en poste à Tarfaya, qui s'appelait alors Cap Juby. Je le priai de m'en parler, dès notre première rencontre, ce qu'il fit volontiers, avec un léger accent espagnol, qui me frappa : « Il fumait beaucoup de cigarettes. Il écrivait un livre. Il avait adopté un fennec. Il écrivait des lettres à sa mère, où il lui disait qu'il vivait comme un moine, qu'il se promenait dans les vingt mètres qui séparaient ses baraquements de l'océan, et que s'il s'éloignait, il s'exposait à recevoir des coups de fusil, ou bien à être capturé. Il habitait avec les Espagnols, qui avaient installé des fils de fer barbelés tout autour de leur fortin. Il vivait comme un moine, mais ceux qu'il côtoyait étaient, eux, de vrais prisonniers. Les baraquements de l'Aéropostale étaient accolés au fort espagnol qui servait à l'époque de pénitencier militaire. Les Français partageaient quelques moments avec les soldats détenus. Ils jouaient aux cartes, aux dés, aux osselets. Le soir, ils passaient des disques sur un vieux phonographe.

« Les relations de Saint-Exupéry avec les nomades n'étaient pas mauvaises. Je l'y aidais. Il arrivait de temps à autre que des aviateurs tombent en panne et soient forcés d'atterrir en catastrophe dans le désert, loin de la base de Cap Juby. Blessés ou indemnes, ils étaient pris par les Maures, et Saint-Exupéry devait aller à la rencontre des chefs de ces tribus, pour négocier leur libération. Il m'est arrivé de l'accompagner dans ces missions. Quelquefois il prenait un avion, et partait à la recherche des aviateurs échoués, avec l'espoir de les retrouver avant les nomades ; il tournait au-dessus du désert, cherchant à quel endroit atterrir sur le sable, en l'absence de piste. C'était un homme de bonne volonté. Quand il s'en retourna chez lui, les Français lui donnèrent une médaille pour l'honorer de ce qu'il avait fait à Cap Juby. Il disait : *ici, on attend l'aube comme le jardinier attend le printemps.* Il a passé trois années à Cap Juby. Il a fait beaucoup de choses, mais je crois, tout de même, qu'il était content de partir. »

Le vieil Ibrahim n'avait pas un nom sahraoui, et parlait des tribus du désert comme s'il n'en était pas issu ; je demandai un jour à M. Hammoudi s'il savait comment il était arrivé, jadis, à Tarfaya. « Cela remonte au temps de Hassan Ier, Sidi, me dit-il, mais je ne sais pas pour quelle raison il a été envoyé ici. C'était après le départ des Anglais, et avant que les Espagnols ne reprennent le gouvernement de la région. » Je manquai de m'emporter contre le directeur de l'école. « Que me dis-tu là, Abderrezak ? Hassan Ier est mort en 1894. — Oui, Sidi, mais on dit que le vieil Ibrahim a peut-être cent ans, et qu'il était jeune quand il est arrivé. On dit qu'il connaissait le sultan, et que ce prince l'avait envoyé ici. Il a habité dans la Casa del Mar, Sidi ; alors elle n'était pas en ruines. Il n'y avait pas longtemps que l'Anglais l'avait construite. C'était encore une belle maison. Il était comme un gouverneur. Il devait réfléchir au projet du grand canal ; car, après le départ de l'Anglais, le sultan avait songé à en confier la réalisation à une compagnie française. Cela n'a jamais eu lieu. Ensuite, ce sont les Espagnols qui ont administré le territoire. »

J'appris en effet, du directeur de l'école et du vieil Ibrahim, que l'Anglais qui avait été en charge du comptoir de Tarfaya et avait fait construire la Casa del Mar avait aussi eu l'idée de creuser un canal à cet endroit de la côte, pour créer une grande mer artificielle au nord-ouest du Sahara, dans une zone du désert dont on avait mesuré qu'elle se situait bien en dessous du niveau de la mer, si bien que l'on croyait alors qu'elle avait déjà été baignée par les eaux, à une époque reculée.

Je crus que l'on avait comploté pour se jouer de moi, en m'inventant un prédécesseur qui avait passé plus de soixante-dix ans dans cet exil ; et quelques indices me firent bientôt suspecter que le vieil Ibrahim avait été jadis un supplétif de l'armée espagnole, plutôt qu'un conseiller déchu de Hassan Ier.

J'entrepris de renverser ce jeu de dupes, en méditant de proposer au roi, que j'avais l'honneur de représenter à la frontière des territoires légitimes, la relance de ce grand projet de mer saharienne, abandonné à la fin du dernier siècle. Je traçai l'esquisse d'un rapport farfelu sur ce que nous aurions pu appeler le « Grand Maroc aquatique », ce qui n'eût été loisible que d'une façon tout à fait officieuse, et pour tout dire confidentielle, car il eût été peu opportun de nous approprier si clairement un chantier qui ne pourrait voir le jour sans une large coopération internationale : « Sire, j'ai l'honneur d'attirer l'attention de Votre Majesté sur un projet d'infrastructure dont l'ambition serait digne de son règne. Sous l'égide de votre monarchie chérifienne, une renaissance du chantier de la mer saharienne serait de nature à sceller des relations de paix entre les puissances de la région, au bénéfice desquelles cette immense entreprise créerait au surplus une conjoncture favorable à une croissance économique partagée ; cette nouvelle étendue d'eau procurerait notamment à nos voisins d'Algérie, dont elle baignerait le Sud-Ouest (dans des proportions que des études d'impact préliminaires devront préciser), cet accès à l'océan qui leur fait défaut et qu'ils convoitent de toute évidence, par l'embouchure de ce canal dont nous aurions cependant le contrôle, etc. »

Je n'eus pas l'audace, cependant, d'envoyer au palais cette facétie qui n'eut d'autre effet que de me divertir, et j'en détruisis toutes les traces : la brève « guerre des sables », où nos soldats s'étaient affrontés à ceux de la république d'Algérie, avait entretemps rendu la plaisanterie plus amère ; et j'avais fait, une nuit, un songe qui m'avertissait contre cette sorte de hardiesse, en me laissant deviner qu'elle était peut-être la source de ma disgrâce.

J'étais avec le roi, au bord de la mer. Nous marchions sur une très longue plage qui ressemblait à celle de Tarfaya ; mais elle était plus hospitalière, son sable était blanc, elle était bordée de pins. C'était l'un de ces paysages imaginaires qui s'inventent dans les rêves. La lumière était belle ; je ne saurais dire à quelle heure du jour elle correspondait. Je me souviens précisément que le roi, ayant fait choix de l'une de ces tenues qu'il appelait décontractées, était vêtu d'un polo vert, d'un pantalon de toile beige, et portait à ses pieds des espadrilles. Nous parlions amicalement, beaucoup plus amicalement que cela n'était jamais arrivé, même au temps du Collège royal. J'en ressentais une grande joie. Il s'arrêta face à la mer, la regarda et dit en se tournant vers moi, avec un sourire qui m'apparut d'abord comme une marque de complicité : « Le silence infini de ces espaces éternels… » Et il ajouta, à la façon d'une pique, et comme s'il cherchait une revanche : « Elle est bien de Pascal, celle-ci, n'est-ce pas ? » Enhardi par la familiarité qu'il me témoignait, je braquai victorieusement mes yeux vers l'horizon, et je répondis, sans prendre la mesure de mon insolence, que c'était bien une citation de Pascal, en effet, mais que les mots étaient dans un autre ordre : « le silence éternel de ces espaces infinis ».

Quand je me retournai vers le roi, il avait disparu. Je partis à sa recherche, accablé par le crime de lèse-majesté que je venais de commettre, et désireux de faire acte de contrition au plus vite. La plage avait changé ; je ne voyais plus la mer ; j'étais perdu. Les pièces géantes d'un jeu d'échecs étaient plantées dans le sable. Plus j'avançais en quête d'un chemin ou d'un point de repère familier, plus elles étaient nombreuses et hautes comme des statues de l'île de Pâques. Derrière l'une d'elles, M. Hammoudi apparut. Il portait le même polo vert que le roi ; j'en déduisis qu'il saurait comment le retrouver. Il m'invita à le suivre et je compris en observant ses gestes que « roi », pour lui, ne désignait pas un homme, mais l'une de ces pièces géantes. Il inspectait d'un œil soupçonneux les fous et les cavaliers, comme si une figure de roi pouvait s'y dissimuler. « Quelquefois il se déguise, me dit-il ; le roi n'est pas toujours celui qu'on croit. » Il marchait vite, d'un air décidé ; il me semblait moins corpulent que d'habitude. Il parlait tout seul, dans une langue que je ne comprenais pas, en faisant très régulièrement des bruits étranges avec sa bouche ; puis je me rendis compte que ces bruits étaient comme des appels, qui ressemblaient à ceux qu'on adresse à un chien pour le faire venir.

Un moment d'égarement me fit perdre la trace de mon guide dans la forêt échiquéenne. J'avais cru apercevoir une silhouette humaine qui passait furtivement entre deux figurines et j'avais dit au directeur de l'école de m'attendre quelques minutes, le temps de jeter un regard par là. Quand je revins de cette brève échappée – infructueuse comme je pouvais m'y attendre –, il n'était plus là. J'avais eu le pressentiment que si je le perdais de vue un seul instant, je ne le retrouverais plus. J'avais pourtant fait ce geste absurde ; et je me retrouvai seul au milieu des pièces. Au commencement, elles étaient en bois peint ; à présent, elles étaient en pierre, et elles n'étaient plus ni de la couleur blanche ni de la couleur noire, elles étaient de la couleur grise des pierres. Je sentis une eau fraîche sur mes pieds. Tout le sol en était couvert. Je ne savais toujours pas où était le rivage, mais bientôt je me vis nageant au milieu d'une mer lisse, infinie, où seules émergeaient à la surface de l'eau, autour de moi, les grosses têtes rondes des pions. Soudain le ciel fut gris, le vent se leva, des vagues se formèrent. J'avais froid et j'étais de plus en plus secoué ; j'essayais de m'accrocher à l'une des boules de pierre, mais elle ne cessait de grossir, et il m'était maintenant impossible de l'enserrer dans mes bras. Bientôt, elle fut une immense paroi où mes mains ne trouvaient plus aucune prise, mais contre laquelle les vagues m'envoyaient me heurter avec une violence qui se décuplait d'instant en instant. C'est alors que je m'étais réveillé en sursaut, dans ma chambre ; la fenêtre grande ouverte battait ; un puissant vent d'ouest, glacial et chargé de pluie, avait fait s'envoler loin de mon bureau des feuilles de papier que je m'empressai de ramasser en hâte, certaines devenues en partie illisibles à cause des gouttes d'eau qui s'étaient écrasées sur elles.

Il m'était facile d'analyser les sources de mon rêve. Depuis longtemps, il était notoire que le roi aimait à citer des auteurs classiques français, et singulièrement Pascal, pour qui il avait une telle prédilection qu'il lui attribuait souvent des sentences dont il n'était pas l'auteur. Le peuple ne s'arrêtait pas à ces imprécisions, il était fier d'avoir un souverain érudit, capable d'en remontrer aux Français ; les lettrés les percevaient, mais pour rien au monde ils n'eussent osé en rire.

Dans l'une de ses premières interviews à la presse française, après le couronnement, le roi avait cité – je ne sais plus à quel propos – la célèbre formule de Buffon, « le style, c'est l'homme même », en disant qu'elle était de Pascal. À Paris, le directeur du journal, embarrassé, avait appelé le palais après avoir lu la retranscription ; le problème était remonté jusqu'au roi, qui m'avait téléphoné en personne à mon bureau du ministère de l'Éducation. Il m'avait demandé si je connaissais une citation de Pascal qui ressemblerait à celle de Buffon. Je lui avais dit que je n'en avais à l'esprit aucune qui fût telle, mais que je me précipiterais pour relire, dès que je serais rentré chez moi, l'intégralité des *Pensées* de cet auteur, afin de m'efforcer de complaire à son vœu. Cependant, je lui avais demandé s'il ne serait pas plus simple de corriger le nom de l'auteur ; il m'avait alors remercié pour mes conseils, m'avait prié de m'épargner la peine d'une recherche longue et peut-être infructueuse, et m'avait déchargé de cette affaire, car j'avais, selon lui, des tâches plus importantes à accomplir ; puis il avait raccroché. Le ton de sa voix m'avait paru légèrement agacé, sans que j'en comprisse bien la raison.

Je m'étais quelquefois amusé intérieurement, j'en fais l'aveu, de cette propension qu'avait le roi à attribuer toutes sortes de citations bien connues à Blaise

Pascal, de manière erronée ; pourtant, je n'avais pas le moindre souvenir de m'en être ouvert un jour à quiconque. En vain je fouillai dans ma mémoire à la recherche de l'instant fatal où j'aurais pu commettre cette maladresse, soit que j'eusse eu en face de moi quelqu'un à qui je faisais à mes dépens une confiance aveugle, soit que je me fusse trouvé dans un tel état d'égarement ou d'ivresse que j'en aurais perdu le souvenir, outre celui des paroles hasardeuses que je m'y serais abandonné à prononcer.

Je recevais, de temps à autre, la visite de courtisans du troisième ou quatrième ordre qui venaient, en m'accordant leur pitié jusque dans cette ultime province, me rappeler implicitement – avec plus ou moins de mauvaise conscience – ma disgrâce et sa persistance. Un professeur de droit de l'université de Bordeaux, qui avait compté le futur roi parmi ses élèves, et que j'avais vu quelquefois parader dans des garden-parties au palais d'été, au milieu d'un groupe de vieux Français bien en cour, descendit un jour d'un petit avion à hélice, porteur d'une vague mission dont il avait cru comprendre qu'elle n'était qu'un prétexte pour justifier quelques vacances au cours desquelles on le traiterait comme un prince ; la première chose dont il s'enquit fut le chemin de la mer. Il n'avait pas jugé utile de se renseigner sur les lieux où on l'envoyait ; il déchanta vite. Après m'avoir accablé de son mépris, et joué au grand seigneur français tombé parmi les sauvages, il comprit que celui dont on s'était payé la tête, c'était lui, lui qui avait imprudemment imaginé que par ce voyage on le récompensait. Il fut contraint de dormir quelques nuits dans la moins pouilleuse des deux auberges de la ville. L'avion avait été immobilisé dès qu'il eut touché terre, pour subir de mystérieuses opérations de « maintenance » dont la nécessité devait tenir au scénario de la mésaventure infligée au visiteur – lequel, avait-on supposé à raison, demanderait certainement à redécoller au plus vite. J'ignore comment il occupa son temps. Quand son séjour forcé toucha à sa fin, je me fis un devoir de le raccompagner sur la piste aux premières heures du jour, non sans malignité, car j'étais conscient que ma présence lui rappellerait cruellement sa déchéance au rang des disgraciés de mon espèce, qu'il avait si mal considérés en arrivant. Je le vis repartir le visage défait, épuisé par une longue méditation sans issue sur les causes obscures et les suites de son infortune. En le quittant, je le priai de bien vouloir informer Sa Majesté – s'il avait l'honneur de la rencontrer à son retour – des « développements très favorables » que connaissait la mise en place des structures académiques de Tarfaya et des territoires légitimes.

Les saisons se succédaient ; il fallait remplir ce temps vide, et les parties d'échecs avec le rusé directeur de l'école, malgré le très honorable niveau dont nous pouvions nous enorgueillir, n'y suffisaient pas. Je me liai d'amitié avec un pêcheur, que j'accompagnais quelquefois sur la mer, et qui me concédait l'usage de sa barque, dans laquelle j'allais ramer seul, à peu de distance du rivage, pour entretenir ma vigueur. Bientôt, j'offris de faire la classe aux enfants du village ; j'aidai les plus petits dans leur apprentissage de la lecture et de l'écriture, et j'enseignai aux plus grands des notions de notre histoire ; et maintenant que Tarfaya a été pourvue d'un grand port, et accueille quelques touristes qui peuvent même poursuivre leur voyage en empruntant les voies ouvertes vers le sud, si certains de ses habitants savent raconter mieux que personne la bataille des trois rois aux visiteurs étrangers, je me flatte d'y avoir peut-être été pour quelque chose, il y a bien des années.

L'intérêt que je montrais à ces leçons dut être si marqué aux yeux de M. Hammoudi que je crus comprendre, un jour, qu'il se demandait si ma mission, ayant perdu son objet officiel, ne s'était pas transformée, et si, sans rien laisser paraître, celle que je devais désormais exercer dans ces solitudes n'était pas de détecter, au nom de Sa Majesté, des enfants talentueux qui pourraient entrer au Collège royal, dans la classe du prince son fils, ou de la princesse sa fille. Il y avait déjà cinq ans que j'étais arrivé quand cette hypothèse vit le jour dans son esprit, et devint une rumeur qui se répandit promptement. Ma présence se trouvait de nouveau justifiée ; dans les rapports que les Tarfaouis entretenaient avec moi, des marques de respect depuis longtemps oubliées reparurent. Nous avions fait alors la connaissance d'une enfant qui donnait tous les signes de la précocité, et qui eût été digne d'accompagner la jeune princesse, âgée de quatre ans, dans le commencement de sa scolarité. Je pris l'initiative de signaler à l'administration du Collège royal les mérites de cette petite fille, bien que je n'eusse reçu, contrairement aux imaginations du directeur, aucune instruction ni délégation particulière en ce sens. Ses parents tenaient l'unique débit de tabac de la ville ; ils furent d'autant plus difficiles à convaincre de me laisser procéder ainsi qu'ils avaient devant eux mon exemple, celui d'un ancien élève de cette institution, que le roi semblait avoir assez bien connu pour juger qu'il voulait le tenir aussi éloigné que possible de sa vue. Mes démarches auprès du palais furent vaines, cependant ; nous attendîmes longtemps une réponse, qui ne vint jamais, et le crédit que l'on m'accordait dans la ville diminua, un peu plus qu'il n'avait augmenté tant que l'on m'avait prêté à tort cette mystérieuse compétence.

Un soir, en marchant sur la grève, il me vint à l'esprit d'écrire une pièce de théâtre dont le héros serait le général Sertorius, qui, de tous les grands personnages de l'antiquité romaine, me paraissait le plus lié au Maroc, par les aventures qu'il avait eues dans ce qui s'appelait alors la Maurétanie tingitane.

Ce propréteur de la province d'Espagne était du parti de Marius, et, lorsque Sylla était devenu dictateur, il avait dû se replier en Afrique, en embarquant à Carthagène. En Maurétanie, il fut vainqueur de troupes que Rome avait envoyées contre lui, et se tailla un royaume autour de la ville de Tingis, l'actuelle Tanger. Les habitants de ce pays étaient heureux de son gouvernement ; il les quitta cependant, pour remonter en Espagne, quand une ambassade de Lusitaniens le supplia d'aider ce peuple contre Rome. Son goût de la vie militaire, et l'espoir de reconquérir sur Rome une partie de la péninsule, en en chassant ses ennemis jurés, le firent renoncer aussitôt à l'idée de passer tranquillement le reste de ses jours en Maurétanie, et il s'embarqua de nouveau. Il se rendit aisément maître de l'Espagne. Les Lusitaniens lui vouèrent une sorte de culte. Il ne quittait pas la compagnie d'un faon blanc que ce peuple lui avait offert et, le tenant pour sacré, croyait capable de donner toujours le meilleur conseil à son roi. Il leur enseigna la discipline militaire des Romains, et il institua pour eux un Sénat. Il fit alliance avec les pirates de Cilicie, dont les bateaux écumaient toute la mer Méditerranée, avec le grand roi des Scythes, Mithridate, et avec les esclaves qui se révoltaient en Italie. Deux des meilleurs généraux de Rome, Métellus et Pompée, s'acharnèrent à le réduire, en vain ; ce fut un traître de son entourage, Perpenna, qui le fit assassiner à la fin d'un banquet.

Corneille avait écrit une tragédie qui s'appelait *Sertorius*, où l'on trouvait ce vers célèbre :

Rome n'est plus dans Rome, elle est toute où je suis…

Ma pièce de théâtre n'était pas écrite en alexandrins, et ne se pliait à aucune des trois unités – de temps, de lieu et d'action – qui étaient imposées dans le genre de la tragédie classique. Mes modèles étaient

La Tragédie du roi Christophe de Césaire et *Tête d'or* de Claudel. Quant à la réalité historique, je la déformais encore plus que Corneille, en m'inspirant d'un épisode que j'avais lu chez Plutarque : Sertorius, dans le port où il s'embarquait pour l'Afrique, avait rencontré des marins syriens qui revenaient des îles Fortunées, où l'on coulait, disaient-ils, les jours les plus heureux qu'on pût imaginer. Ces îles devaient être celles qu'on appelle aujourd'hui Canaries, et qui ne sont qu'à soixante milles de Tarfaya. Selon Plutarque, Sertorius avait hésité à se rendre dans cet archipel, où Rome ne serait pas allée le chercher ; mais il avait préféré continuer sa guerre. Dans mon intrigue, Sertorius s'établissait en Maurétanie plutôt qu'en Espagne, et devenait roi d'un territoire qui avait à peu près la dimension du Maroc actuel. Il y instituait un gouvernement juste, d'une rare modération ; il guerroyait contre un chef nomade, mais un autre reconnaissait sa suzeraineté, et entraînait ses propres alliés à le faire. Rome, cependant, ayant juré la perte de Sertorius, le poursuivait toujours, et appuyait les nomades hostiles il se repliait au sud, à l'emplacement de Tarfaya, où il soutenait un long siège, puis, acculé, fuyait sur la mer vers les îles Fortunées, avec ses derniers hommes, dans des embarcations précaires ; et quand ils abordaient cet archipel, où régnaient l'abondance et la paix, on ne savait s'ils avaient trouvé le paradis terrestre, ou si, ayant fait naufrage, ils avaient franchi les portes de la mort.

Quand j'eus fini de lire cette pièce de théâtre au directeur de l'école, il m'exhorta, en m'assurant de son profond loyalisme et de son indéfectible attachement à ma personne, à ne pas me compromettre par des « livres dangereux », à ne pas négliger la mission que Sa Majesté m'avait confiée, et à préserver la bienveillance qu'avait pour moi la glorieuse famille royale alaouite, que la providence m'avait fait connaître. Certains dialogues de nature politique avaient dû frapper son esprit habitué non seulement à ne rien dire en ces matières, mais à surveiller ceux qui s'aventuraient à le faire. Je lui protestai que je ne m'identifiais aucunement au général Sertorius, qui était un homme de sédition ; mais il n'avait pas tort, car il était vrai que, dans les moments où je perdais tout espoir de quitter Tarfaya, il m'arriva d'imaginer tantôt que je gréais d'une voile l'une des barques de pêcheur et, poussé par un vent favorable, mettais le cap sur les Canaries, tantôt que je fuyais dans le désert, et, par je ne sais quel miracle, prenais la tête d'une tribu dissidente. Il est inutile de dire que ces songeries n'eurent pas le moindre commencement de réalisation.

Les quelques rencontres que j'eus avec les nomades me firent pressentir, dès cette époque, que la reconquête des territoires du Sud ne s'achèverait peut-être pas avec le départ des Espagnols qui les administraient encore. Quand je pris l'initiative de rédiger une note de synthèse qui précisait les raisons de cette intuition, je crus que ma mission trouvait enfin une sorte de justification ; et j'ai quelquefois incliné à croire que cette note, en atterrissant peut-être sur le bureau d'un conseiller qui ne la trouva pas indigne de son intérêt, eut un jour pour effet de rappeler mon existence au palais.

VI

Sept années avaient ainsi passé depuis ma relégation à Tarfaya, et il y avait bien longtemps que je n'avais pas vu le roi, ni reçu de sa part le moindre message, lorsqu'un jeune conseiller du Dar al-Makhzen, qui m'était inconnu, me fit appeler au téléphone et me manda que j'étais convoqué en audience auprès de Sa Majesté. Je ne pus m'empêcher d'espérer que cette entrevue marquerait peut-être la fin de ma disgrâce. Un petit avion vint spécialement me chercher. Dans le miroir usé de ma chambre, je me vis hirsute et redoutai d'avoir perdu les usages de la cour, avec l'habitude d'y paraître ; je ne pus me flatter que d'une chose, qui est que je parvins, dès ma première tentative, à passer une cravate autour de mon cou d'une façon qui me satisfît, en procédant au nœud le plus simple, que l'on tient aussi pour le plus recommandable. Ainsi m'en allai-je confiant dans mon destin, et seulement inquiet de moi-même, c'est-à-dire de ma mine, de mes gestes et de mes paroles.

À peine eus-je fait quelques pas dans le palais que le parfum du bois de santal, que le roi aimait tant et que renouvelaient en permanence des serviteurs portant des encensoirs, me transporta dans de très vieux souvenirs, comme par un enchantement. On me conduisit à une salle d'audience, si diligemment qu'il ne me fut pas donné de revoir les conseillers que j'avais autrefois bien connus. Le général Oufkir sortait au moment où j'entrais ; il me salua, m'adressa un sourire aussi bref que possible, sans ralentir son pas, car il semblait pressé de s'installer dans la longue voiture qui l'attendait, et dont l'on tenait déjà ouverte la portière. Il y avait longtemps que je n'avais pas vu ses lunettes noires et son visage vérolé. On disait partout dans le royaume, jusque dans les provinces du Sud, qu'il avait beaucoup de pouvoir, désormais ; qu'il était pour ainsi dire inséparable de la personne du roi, et qu'il était de tous ses conseils. J'interprétai son sourire, bien qu'il eût été presque imperceptible, comme un signe favorable.

On m'indiqua un banc où m'asseoir, le long du mur ; un trône était disposé sur une estrade, que je pouvais contempler en tournant la tête vers la droite. Je songeai aux gestes que je ferais et aux paroles que je prononcerais lorsque Sa Majesté entrerait. Je lui baiserais la main droite avec ferveur, dessus et dessous ; je lui dirais que les ambitions de son règne, au plan matériel comme au plan spirituel, se ressentaient jusque dans les territoires lointains dont j'étais l'humble délégué, et que les projets d'infrastructures académiques que j'édifiais patiemment, sous son égide, insufflaient espérance et vigueur aux pêcheurs de la côte. Le langage de la cour ne s'oubliait pas si vite ; comme je pourrais en broder, avec une facilité inquiétante, des phrases comme celles-ci ! « Au plan matériel comme au plan spirituel » : cela plairait au roi, j'en étais sûr, à sa tournure d'esprit quelquefois *prudhommesque*, comme aurait pu la qualifier Delhaye, qui affectionnait cette épithète. Une impatiente sérénité me gagna, et je vis s'écouler sans alarme, au commencement, le retard avec lequel me rejoignait le roi.

Ce ne fut pas une heure, cependant, que dura mon attente, ni deux, ni quatre, mais une après-midi entière, qui déborda largement sur le soir. Tous les seuils de la disgrâce étaient outrepassés. J'avais faim, à présent ; je n'osais plus regarder ma montre, comme si cela risquait d'être un geste sacrilège, qui serait aperçu par des yeux cachés dans les murs. Qui viendrait me libérer de mon supplice ? Si c'était mon ennemi du Collège royal, ou le vieux conseiller qui m'avait envoyé à Tarfaya, ce serait le coup de grâce. Une porte s'ouvrit, derrière le trône. Je vis une femme, dont la beauté me parut grande, mais ne me consola pas ; et j'étais, ce soir-là, enseveli dans une si profonde affliction que j'oubliai bientôt les traits de son visage. Était-ce l'une des trente concubines de Sa Majesté ? Je croyais pourtant savoir qu'elles n'étaient pas autorisées à parler à un homme. Il me sembla qu'elle s'efforçait de prononcer d'un ton aimable les paroles dont elle était la messagère, et qui tout en me libérant de cette pénible situation, me congédiaient comme le dernier des sujets du roi.

Je revins à Tarfaya accablé ; je n'avais plus rien à espérer, sinon de n'être pas précipité dans une disgrâce plus terrible, dont je n'osais imaginer la cruauté.

Jamais je ne regagnerais la faveur du roi, qui m'avait été enlevée, jadis, pour des raisons que je ne démêlais toujours pas. À l'aérodrome, quand j'aperçus, garé au bord d'une piste secondaire, le petit avion qui devait me reconduire dans les territoires du Sud, je ne pus me retenir de penser qu'il serait facile, tant que je m'y trouverais, de me faire disparaître en provoquant sa chute dans le désert ou dans la mer, sans qu'on dût imputer ce crime à quiconque, en laissant simplement croire à la fatalité d'un accident ; et mon humeur était désormais si sombre, si mêlée de colère et de lassitude, qu'au lieu de me révolter, j'étais comme impatient d'aller au-devant de ce sort.

Si cela doit être, que cela soit, me dis-je rageusement ; et tandis que je sortais de l'automobile, je regardai le pilote, qui se tenait debout sur la piste, à côté de l'appareil, fumant une cigarette, les yeux cachés derrière des lunettes noires, comme un suiveur zélé du général Oufkir. Je ne le connaissais pas. Le visage creusé, la taille mince, il avait l'allure d'un militaire ; je lui donnai entre trente-cinq et quarante ans. C'était peut-être un pilote de chasse, tombé en disgrâce, lui aussi, et que l'on avait affecté à ces petits appareils de tourisme à hélice où l'on transportait dans des contrées éloignées les malheureux de mon espèce. (*Air Disgrâce*. Pour vos chemins d'exil. Les plus vieux coucous. Pilotes déchus. Inconfort garanti. Sécurité minimale.) Et maintenant, il partait pour son dernier vol. Il ne le savait pas ; il ne savait pas que l'appareil avait été saboté pendant la nuit ; il ne savait pas qu'une escadre viendrait feindre de nous escorter, mais nous tirerait dessus, dans une zone perdue où nul ne verrait notre appareil s'abattre en flammes. Je le saluai, en prenant pitié de lui. Puis je songeai qu'il serait peut-être, dans ce forfait, non pas une victime sacrifiée à son insu, mais un exécuteur parfaitement conscient de son rôle. C'était un désespéré qui avait consenti à confondre sa perte avec la mienne ; ou bien c'était un condamné à mort que l'on avait laissé libre de choisir par quel moyen il mettrait fin à ses jours, comme le faisaient les plus cruels empereurs de Rome, et qui avait dit à ses juges, car il avait passionnément le goût de l'aviation, qu'il voulait que ce fût au cours d'une mission aérienne, dont il ne reviendrait pas ; et c'était celle-ci qui lui avait été assignée.

Le ciel était clair et paisible ; il en serait ainsi tout au long du vol, me dit le pilote lorsque j'eus pris place dans l'appareil. Aucune tempête ne viendrait donc abréger cette déchéance continue par laquelle pouvait désormais se définir toute ma vie, moi qui avais été à l'école avec le roi, et n'avais pas été jugé moins capable que lui dans bien des matières. Enfin je calmai les débordements de mon imagination, en m'absorbant dans la lecture d'Al-Mutanabbi ; j'en traduisis en français quelques passages, et comme il était malaisé d'inscrire ces esquisses en marge du volume, tellement ce petit avion vibrait pendant qu'il volait, je m'efforçais de les retenir dans ma mémoire. Je vis que le pilote ne s'aventurait pas au-dessus de l'océan ; et quand on commença de survoler des déserts, où il eût été facile d'organiser un accident sans témoins ni secours, je résolus de m'abandonner au sommeil qui me gagnait, car je préférais que mes jours finissent ainsi, sans que j'en fusse conscient. Mais je me réveillai tandis que nous étions déjà en vue de Tarfaya, et le pilote s'appliqua pour accomplir avec la dernière perfection sa manœuvre d'atterrissage, dont il marqua le contentement qu'elle lui inspirait en me souriant lorsque l'appareil fut arrêté et son moteur coupé. Ce n'était pas ce jour-là que l'on avait résolu d'en finir avec moi.

Le lendemain matin, je restai tard dans cette chambre du capitaine espagnol que, deux jours auparavant, j'avais cru pouvoir quitter, à la faveur de l'audience royale qui n'avait pas eu lieu et des nouvelles missions que j'avais vainement espéré recevoir. Je contemplai longtemps le tas de feuillets formé par les pages tapées à la machine de *La Tragédie du général Sertorius* et par les nombreuses notes manuscrites que j'avais initialement rédigées, raturées à l'infini, accumulées sans ordre, avant de les mettre bout à bout et de les recopier. Non seulement cette pièce était longue et comportait beaucoup de personnages, mais elle avait d'autant moins de chance d'être un jour mise en scène que nul n'oserait déplaire aux autorités en faisant jouer l'œuvre d'un homme en disgrâce et rappeler favorablement son souvenir. Je songeai, sous l'influence de l'humeur sombre qui me traversait, à tout déchirer, et à jeter dans la mer ou dans le feu ces lambeaux ; puis mes réflexions me menèrent si loin dans l'amertume que je commençai à former un dessein contre ma propre vie, pour achever cette mission que l'on avait étrangement oublié de confier au pilote qui m'avait transporté la veille.

Il devait être onze heures du matin quand le directeur de l'école frappa à ma porte et me remit en hâte, comme un courrier urgent, une enveloppe dans laquelle se trouvait un exemplaire du dernier *Bulletin officiel*. Je présumai, en considérant cet empressement, qu'il importait que je le lusse, car il s'y trouvait peut-être une information qui me concernait ; et l'on jugera de ma surprise quand, au commencement de la section des « textes particuliers », avant les divers arrêtés portant délégation de signature, je tombai sur l'annonce suivante :

Dahir n° 1-69-273 du 4 joumada II 1388 (28 août 1968) portant nomination d'un historiographe du Royaume.

LOUANGE À DIEU SEUL !

(Grand Sceau de Sa Majesté Hassan II)

Que l'on sache par les présentes – puisse Dieu en élever et en fortifier la teneur !

Que Notre Majesté Chérifienne,

Vu le dahir n° 1-65-127 du 13 rejeb 1385 (7 novembre 1965) portant composition du palais royal ;

Considérant le serment prêté devant Notre Majesté,

A DÉCIDÉ CE QUI SUIT :

ARTICLE PREMIER. – À compter du 8 joumada II 1388 (1er septembre 1968), M. Abderrahmane ELJARIB est nommé historiographe du Royaume.

ART. 2. – Le présent dahir sera publié au *Bulletin officiel*.

Fait à Rabat, le 4 joumada II 1388 (28 août 1968)

Si le miracle d'un retour en grâce avait dû se produire un jour, et si un génie bienveillant, surgi d'une vieille lampe, m'avait proposé d'exaucer à ce sujet un vœu, c'est cette charge au nom poétique que je l'eusse certainement prié de m'accorder. J'avais appris à la convoiter à mesure que je mettais à profit mon exil pour écrire et pour étudier, et à mesure que, sur l'autre versant de mes ambitions, mes rêveries de ministère ou de sous-secrétariat d'État se dispersaient au vent du désert. Delhaye avait attiré mon attention sur elle dans une des longues lettres qu'il m'adressait à Tarfaya une ou deux fois par an. Il avait remarqué que, peu après son intronisation, le jeune souverain avait créé ce titre d'historiographe du royaume, le même qu'avaient reçu jadis, en France, Racine et Boileau au temps de Louis XIV et Voltaire encore sous le règne de Louis XV. (Il y avait, en réalité, une légère différence, dont je m'aperçus plus tard : le titre qui avait eu cours dans la France de l'ancien régime était celui d'historiographe *du roi*, non *du royaume*.) Dans sa lettre, il se demandait, sur le ton de la plaisanterie, s'il fallait y reconnaître l'influence de ses anciennes leçons d'histoire (nous en avait-il parlé ? je ne m'en souvenais pas précisément, mais ce n'était pas impossible), et surtout, il me disait que mes qualifications académiques, ajoutées à mes travaux littéraires, me désignaient tout particulièrement pour remplir un jour cette fonction. On ne pouvait douter que cette lettre eût été ouverte par les services du Makhzen, et lue en haut lieu ; c'est ainsi qu'elle avait à la fois orienté mon désir, et sans doute suggéré de le réaliser, quand ils le jugeraient bon, à ceux qui en avaient le pouvoir.

C'est une opinion reçue que les princes affectent d'ordinaire de tromper par de fausses bontés ceux de leurs sujets qu'ils veulent perdre, pour étourdir leur méfiance. Pourquoi n'accableraient-ils pas de fausses cruautés ceux qu'ils veulent élever, pour rendre leur gratitude plus complète ? Je sus, plus tard, que je n'avais pas été seul à vivre cela, cette torture de l'attente infinie et déçue, brusquement suivie d'une faveur inespérée. D'autres avaient attendu le roi en son palais jusqu'au soir sans le voir jamais paraître, et il les avait couverts de présents le lendemain, comme pour s'en faire pardonner, mais aussi bien pour établir sur eux son pouvoir absolu de prodiguer, selon son plaisir ou ses desseins impénétrables, un jour la peine et le lendemain la joie – un jour la case noire et le lendemain la case blanche, sur l'échiquier de la vie. Le peintre Abdeslam Bagrach me raconta que le roi l'avait un beau matin fait venir au palais, qu'on l'avait installé dans la salle d'audience, comme moi, sur un banc disposé le long du mur, et qu'il avait contemplé, de longues heures durant, le trône vide sur l'estrade ; enfin un conseiller était venu le délivrer de sa cuisante patience, en lui faisant part des regrets de Sa Majesté, dont les innombrables et imprévisibles obligations avaient eu raison de cette audience, dont elle se réjouissait pourtant. Le lendemain, un émissaire du palais s'était rendu à Tétouan, dans l'atelier de l'artiste, et l'avait prié au nom du roi de lui vendre toutes les toiles qu'il consentirait à céder, au prix qui serait le sien. Bagrach devint à partir de ce jour l'artiste le plus célèbre et le mieux coté du royaume. Aucun ne fut jamais mieux représenté dans la collection personnelle de Sa Majesté, qui continua, d'année en année, à lui acheter des œuvres en quantité, et les courtisans qui s'empressèrent d'imiter cette ferveur, puis, à tous les degrés de la société, les sujets qui dans les provinces s'appliquaient à modeler leurs goûts sur ceux de la capitale, accrurent sa renommée par un effet d'entraînement tout mécanique, en la portant très haut ; et cependant, je sais que Bagrach mourut sans avoir rencontré une seule fois le roi.

La nuit qui précéda mon retour dans la capitale, je fis un rêve qui ne laissa pas d'atténuer la ferveur inespérée dans laquelle m'avait soudainement précipité, quelques jours auparavant, l'annonce de ma nomination. J'étais dans une grande chambre, aux ameublements luxueux. Je devais donner une conférence sur les origines du jeu d'échecs en Orient. Je ne savais pas dans quelle ville je me trouvais ; du moins n'en aurais-je aucun souvenir, au réveil. Cependant, je savais déjà que j'introduirais mon propos par cette citation de Léon l'Africain : « Entre gens bien élevés et d'un bon milieu, il n'est pas d'autre jeu en usage que les échecs, suivant la coutume des anciens. » J'étais impatient de commencer à l'écrire, et je tâtai la poche intérieure de ma veste, pour m'assurer que j'avais bien avec moi mon stylo.

Par la fenêtre, à travers le dessin du moucharabieh, je pouvais voir une cour au milieu de laquelle il y avait un grand bassin bordé de marbre blanc, plein d'une eau très claire que déversait en abondance le mufle d'un lion de bronze. Je songeai au plaisir que j'aurais à m'y promener un peu plus tard. Auparavant, je voulus parcourir les appartements qui semblaient avoir été mis à ma disposition.

Je vis un grand salon, où il y avait plusieurs sofas couverts de riches étoffes, relevées d'or et d'argent. Sur le sol s'étendaient de magnifiques tapis tissés à la main, qui me rappelèrent ceux que les califes omeyyades de Cordoue faisaient importer du Turkestan méridional et des montagnes de l'Elbrouz. Quelques livres anciens étaient posés sur une grande table basse. Je reconnus, sur le haut de cette pile, *Les Prairies d'or* d'Al-Masudi, dont j'aurais à parler dans ma conférence, car c'est un témoignage intéressant de l'importance du jeu d'échecs à la cour des anciens rois des Indes et de la Perse.

Au mur était accroché un tableau représentant le roi. Il était coiffé d'un fez rouge et, sur ses épaules, il avait revêtu une djellaba blanche qui laissait apparaître le col, également blanc, d'une chemise à l'européenne. Je me rendis compte, quelques jours après avoir fait ce rêve, que ce portrait était celui que l'on avait pu voir, pendant longtemps, sur nos timbres à vingt centimes.

Je me vis faire un geste curieux, presque dément, que je ne sus expliquer que par la bizarrerie de tout ce qui arrive dans les rêves. Je sortis de mon bagage, comme par enchantement, un portrait de Joseph Staline, et je couvris le portrait du roi sous cette nouvelle image, qui se trouvait avoir exactement les mêmes dimensions. Puis je contemplai mon forfait en riant dans mon for intérieur, comme si un démon facétieux se fût emparé de moi.

Je cherchai, avant de sortir, un miroir. Nulle part je n'en apercevais. Je découvris, derrière une porte, une vaste salle de bains qu'embaumait une délicieuse odeur d'aloès. Elle n'en comportait pas davantage, alors qu'il n'y manquait aucun des agréments que l'on s'attend à trouver dans ces lieux : je vis là des onguents de toute nature, des savons aux parfums rares, des serviettes amples et douces au toucher, mais pas le moindre miroir. Cela me parut étrange, mais je résolus de ne pas m'en inquiéter. J'espérai seulement que je finirais par en trouver un avant le moment de ma conférence, car il me déplairait de me présenter à un public inconnu, et peut-être nombreux, sans m'être assuré en quelque manière de mon apparence.

Je ne pus comprendre par quel chemin on accédait à la jolie cour ornée d'un bassin, et me retrouvai soudain dans la rue, hors de la maison. Je marchais au bord de la mer, sur la corniche d'une ville inventée par mon rêve. Le temps était humide et frais, la lumière du jour était grise et diminuait vite ; nous devions être au début de l'automne. Puis je fus de nouveau dans cet appartement où l'on m'avait installé, et je remarquai, sur la grande table basse, qu'un livre était ouvert. Quelqu'un d'autre que moi l'avait disposé ainsi en mon absence, et cette vision m'effraya. Le portrait de Staline était toujours là ; il n'avait pas été enlevé, mais mon geste sacrilège n'avait pu échapper à la personne qui s'était introduite dans ce salon.

Je pressentis un grand malheur, et je dis à voix haute, en feignant de m'adresser au roi ou à l'un de ses émissaires, bien que je visse que j'étais seul : « Hélas, Majesté ! Pourquoi m'as-tu privé du moindre miroir et ne m'as-tu laissé que ton image à contempler, comme si elle devait s'imposer à la mienne, ou se substituer à elle ? Si tu ne m'avais pas imposé cette épreuve, Majesté, j'aurais aussitôt mis fin à l'offense que je te faisais par jeu, laquelle était aussi bien un hommage rendu à ton autorité de fer », et je ne pus m'empêcher, en prononçant ces derniers mots, de rire de ma propre plaisanterie. Jamais, naturellement, dans la vie diurne je ne me fusse adressé au roi avec tant de familiarité ; et ce tutoiement, lorsque je me remémorai par après mon rêve, me parut n'être digne que d'un homme tout à fait ivre.

Je me penchai sur le livre ouvert, et j'en fis tourner la couverture pour connaître son titre. C'était le *Kitab al-Taj*, *Le Livre de la couronne*, d'Al-Jahiz. Je lus, dans la page que l'on semblait avoir choisi de placer sous mon regard, la phrase suivante : « Quand le roi s'est attaché un homme et l'a traité une fois avec tant de familiarité qu'il a plaisanté et ri avec lui, le protocole exige que cet homme, s'il est à nouveau introduit auprès du souverain, agisse comme s'il n'y avait jamais eu entre eux aucune intimité, et lui témoigne encore plus de déférence, de vénération et de docilité qu'autrefois. » Je ne pouvais douter que le livre eût été ouvert en cet endroit à dessein. J'étais cruellement confronté à mon impertinence. Moi qui connaissais le roi depuis fort longtemps, qui l'avais connu avant même qu'il fût roi, j'aurais dû chercher à maintenir à son égard ce qu'Al-Jahiz appelait la « distance parfaite », au lieu de prétendre à une familiarité plus grande avec lui. J'essayai de me rappeler à quel moment Sa Majesté avait ri avec moi pour la dernière fois, et si j'avais pu, ensuite, m'en prévaloir pour diminuer la déférence que je devais lui marquer ; mais je sentis mes souvenirs se brouiller, car j'étais particulièrement inquiet, désormais, de ce qui allait arriver.

Al-Jahiz, d'après les légendes que l'on racontait à son sujet, était mort à Bassora un jour où les livres de sa bibliothèque s'étaient écroulés sur lui. Il n'y avait pas, dans cet appartement mystérieux où je me trouvais, de livres alignés le long des murs. Cependant, il me revint que j'avais un jour raconté cette anecdote au roi ; elle l'avait fait rire, et il m'avait dit, par plaisanterie, qu'il fallait que je prisse garde à moi, car la vie d'un lettré, au contraire de ce que l'on s'imaginait, n'était quelquefois pas moins dangereuse que celle d'un soldat ou d'un bandit de grand chemin.

Ce souvenir redoubla mes craintes. Je résolus de m'enfuir ; et, quittant ce salon en hâte, je me retrouvai dans un couloir que je n'avais pas vu auparavant. Il y avait, de part et d'autre, une quantité innombrable de livres. Je courus aussi vite que possible, car je redoutai à chaque instant d'être écrasé par leur chute. Le couloir était très long, et semblait ne jamais devoir se terminer ; enfin, sans me souvenir de tous les détails de mon cheminement, je me vis dans une grande pièce, où la mer paraissait à travers deux fenêtres en forme d'ogives, obstruées par des barreaux. En contrebas, l'on entendait le bruit des vagues qui déferlaient au pied de la maison. Les rayons du soleil, sous le ciel ennuagé, donnaient à cet océan une couleur d'émeraude ; on ne voyait pas le rivage, et je pensai qu'il devait se trouver de l'autre côté, inversement à l'orientation de mes fenêtres. Cette demeure était fort avancée dans la mer, et je m'y sentis comme dans un navire. La chambre était vide, dépourvue de tout meuble ; la pierre des murs était noire et humide, comme la coque d'une vieille barque échouée sur l'estran, et que la mer engloutit quand elle monte ; je compris que j'étais dans la Casa del Mar, ou plutôt dans une maison qui lui ressemblait, et que mon rêve avait inventée. Quand viendrait la marée haute, le lieu où je me trouvais serait noyé sous les eaux.

En me retournant, je vis un miroir, accroché au mur qui faisait face aux fenêtres ; il était apparu soudain, comme il arrive souvent dans les rêves, où les lieux et les choses changent d'état insensiblement. Je m'étonnai que ce miroir ne portât nullement les marques d'une longue exposition à la mer, au contraire du mur auquel il était suspendu. J'allai me poster devant lui, et je vis alors, au lieu des traits de mon propre visage, un masque rigide et sombre qui représentait la tête d'un lion, très semblable à celle de bronze que j'avais remarquée auparavant, dans la cour, au bord du bassin. En portant mes mains à mon visage, je sentis que ce masque n'était pas une illusion de mes yeux, qu'il existait, qu'il était fait de métal et qu'il entourait tout mon crâne, de sorte que je ne voyais pas le moyen de l'enlever ; et, considérant que le devant du masque était tout d'une pièce, et qu'aucune mentonnière ne pouvait s'entrouvrir pour me laisser la possibilité de manger ou de boire, l'effroi avec lequel j'envisageai mon sort devint si insoutenable que je perdis connaissance, et revins au même instant à moi, en m'échappant hors de ce rêve.

TROISIÈME PARTIE

VII

Les trois années qui commencèrent alors forment un intervalle dans lequel j'aurai peu d'événements à dire, parce que ma vie y fut exaltante et réglée, et d'autant plus simple, d'autant plus douce que je ne cessais de me surprendre à trouver singulièrement agréables les choses les plus infimes, en comparaison de l'exil. Je ne souffrais pas même de mes ambitions irréalisées, car elles avaient été si bien anéanties que tout ce qui ne m'humiliait pas me comblait désormais comme une grâce. Le présent était dépourvu d'espérances, et je l'appréciais plus purement ; je resongeais avec ironie au temps lointain où j'étais inquiet d'être un jour secrétaire d'État ou ministre, car je croyais cela possible, pensais n'en être pas incapable, et voyais d'autres qui le devenaient, à qui je ne me sentais pas inférieur. J'aurais été fort embarrassé, d'ailleurs, si l'on s'était mis en tête de me promouvoir maintenant dans les hautes fonctions auxquelles j'avais aspiré plus ou moins vaguement, dix ans auparavant ; car si j'avais eu autrefois l'esprit agile, souple, vif, infatigable, il avait perdu, dans la solitude et la monotonie, toutes ces qualités qui secondent utilement l'ambition, et lui donnent toujours moyen de s'alimenter, en faisant que l'on progresse incessamment dans les emplois, comme l'on n'y déçoit jamais.

Je fus reçu dans ma charge au cours d'une cérémonie d'installation dont la simplicité fut extrême. Mon prédécesseur s'en allait prendre notre ambassade au Canada, ce qui n'aurait pas laissé de me donner une idée flatteuse des perspectives qui s'ouvriraient peut-être devant moi, quelques années plus tard, quand je quitterais ces fonctions à mon tour, si je n'avais pas observé, à l'égard des considérations de carrière, ce détachement dont m'avaient instruit les années d'exil. Nous prononçâmes chacun un bref discours ; le roi eut quelques mots chaleureux pour l'un et l'autre. Après la cérémonie, il me prit à part, et me dit : « Franchement, Abderrahmane, je suis bien navré si tu as trouvé le temps long, à Tarfaya. Mais après la guerre d'Ifni, je croyais sincèrement que les Espagnols ne mettraient pas longtemps à quitter les côtes sahariennes, de gré ou de force. Cela finira bien par arriver, rassure-toi. » Ce fut la seule fois que Sa Majesté me parla de la curieuse mission qu'elle m'avait confiée.

Le changement de mon état avait été aussi rapide qu'il est imaginable ; j'avais à peine eu le temps de rassembler mes affaires et de prendre congé des quelques habitants de Tarfaya qui avaient rendu ma solitude moins pesante. J'avais laissé ma vieille jeep au directeur de l'école primaire, qui m'avait marqué (comme si ma mission devait se poursuivre après mon départ, mais en passant sous sa seule responsabilité) combien elle lui serait utile pour explorer les contrées sahariennes, dès qu'elles seraient réunies au royaume, afin de repérer là-bas les sites les mieux faits pour recevoir des établissements d'enseignement supérieur ; il ne ferait aucune difficulté, naturellement, pour la remettre à mon successeur, si jamais l'on décidait en haut lieu de nommer un nouveau « gouverneur académique de Tarfaya et des territoires légitimes », ce dont je ne savais rien, et que je n'avais nullement l'intention d'approfondir. J'avais regretté de ne pouvoir emporter avec moi cette automobile, car la vaillance de sa mécanique, au long de ces années, dans le souffle incessant des vents chargés de sel ou de sable, eût bien valu de ma part un meilleur hommage que cet abandon.

Il me fallut sans attendre, en même temps que j'entrais en fonction, me préoccuper de trouver un logement à Rabat. J'y avais vécu, autrefois, dans l'un de ces grands appartements lumineux et fonctionnels qui dataient de la fin de l'époque du protectorat et que les jeunes cadres de l'administration du Makhzen, épris de confort moderne, appréciaient singulièrement. Je résolus, désormais, de porter mon choix sur une vieille maison de la casbah des Oudayas, qui donnait, au-dehors, sur une terrasse dominant l'océan, et qui, à l'intérieur, était pleine de petits escaliers et de couloirs où j'aurais tout le loisir d'encourir l'espèce de mort qu'avait rencontrée Al-Jahiz si j'y installais des livres en abondance, ce que j'avais bien l'intention de faire, ayant désespéré, à

Tarfaya, de jamais pouvoir me constituer une grande bibliothèque personnelle. Cette maison était située non loin du célèbre Café maure, où j'allais quelquefois m'installer avec ma machine à écrire, dans les moments où l'on n'y donnait pas de concert.

Les missions de l'historiographe du royaume étaient diverses et n'étaient naturellement pas régies par une définition précise. Certains dossiers relatifs au patrimoine pouvaient m'être confiés directement par le roi ; il m'était alors recommandé de travailler en parfaite intelligence avec l'administration des affaires culturelles, et en premier lieu avec le ministre, qui serait fondé à déplorer ces empiètements sur son domaine, s'il venait à avoir le sentiment que je lui faisais de mauvaises manières. C'est ainsi, par exemple, que je fus chargé de présider une commission désignée par Sa Majesté afin de recenser et de publier l'œuvre dispersée de Mohammed ibn Ibrahim, le grand poète de Marrakech, le plus populaire de l'ère moderne du royaume, dont la vie recelait cependant beaucoup d'énigmes.

Une part importante de mon travail consistait à assister le roi dans la préparation de ses textes et discours, lesquels étaient en grand nombre. Il y avait presque tous les jours une circonstance dans laquelle il devait s'exprimer. Les grands discours radiodiffusés au peuple en entier, comme celui du Trône, qu'il prononçait chaque année, ou ceux que des événements exceptionnels pouvaient provoquer, étaient loin de représenter tout l'exercice de la parole royale. Des cérémonies aussi diverses que la réception des lettres de créance d'un ambassadeur étranger, l'audience des représentants d'une corporation particulière, l'inauguration d'une école dans une ville éloignée de la capitale, la décoration de vieux serviteurs du royaume qu'on avait jugés dignes d'être honorés de la main même de Sa Majesté, etc., ne pouvaient se tenir sans une intervention de ce monarque, lequel savait si bien ce qu'il avait à dire qu'il ne s'agissait pour moi que de ménager son temps et sa peine. Ces notes à son usage passaient entre les mains de conseillers qui, selon les matières traitées, vérifiaient leur exactitude ; elles arrivaient le plus souvent sur le bureau du roi sans qu'il lui eût été nécessaire de me voir en particulier.

Enfin, je devais commencer à rassembler une documentation aussi large que possible qui servirait à la rédaction d'un livre dont le roi serait l'auteur, et dans lequel le récit de souvenirs personnels et d'événements historiques auxquels il avait pris part précéderait une synthèse et un bilan de la politique menée au cours des dix premières années de son règne.

Deux événements, cependant, troublèrent légèrement la tranquillité de cette existence vouée au service du roi et à l'étude des poètes classiques.

Je fus un jour convoqué à une réunion de plusieurs ambassadeurs qui devaient paraître en présence de Sa Majesté. Je vis aussi, dans cette salle, le ministre des Affaires étrangères, et des conseillers du cabinet royal. L'objet de cette réunion était de nous entretenir des grandes orientations de notre diplomatie à l'égard de l'Union des républiques socialistes soviétiques, qui avaient un nouvel allié en Afrique du Nord, ou plutôt un nouvel obligé, depuis que le roi de Libye avait été renversé par des officiers, ayant à leur tête le jeune colonel Kadhafi ; si bien que notre monarchie chérifienne était seule désormais, dans cette région du monde, à se maintenir au-dehors de la sphère d'influence du bloc communiste. Le roi me présenta obligeamment à ces dignitaires, en ayant soin de préciser qu'en plus d'exercer les « fonctions éminentes » d'historiographe du royaume, j'étais le « distingué auteur » d'un livre de poésie, que Sa Majesté, en feignant de ne pas hésiter, appela malencontreusement *Élégies mauresques*, au lieu de *barbaresques*. Il n'y avait pas d'apparence que cette erreur pût être corrigée aussitôt, devant le roi et cette assemblée, et j'eus garde de révéler mon trouble.

La réunion se passa. Quand elle eut pris fin, et que nous eûmes quitté la salle, je me glissai auprès de quelques ambassadeurs et conseillers, qui continuaient à parler dans le couloir ; et leur conversation me parut si cordiale que je crus possible de rectifier à leur usage la méprise du roi, dont je m'imaginai presque qu'ils prendraient la liberté, en son absence, de rire de bon cœur. Je ne puis me cacher qu'il entrait aussi, dans les intentions qui me conduisirent à cette inconscience, une part d'orgueil, car je ne voulais pas quitter ces dignitaires sans avoir introduit dans leur esprit la notion de l'existence de mon livre et peut-être la curiosité de le lire, et le prétexte m'en paraissait fourni par l'occasion de leur dire son titre exact.

J'aurais été mieux inspiré de n'en rien faire, car, après m'avoir entendu, l'un des conseillers dit qu'il fallait absolument que je fisse réimprimer mon ouvrage sous le titre que le roi lui avait donné, après avoir retiré des bibliothèques royales et des librairies la version originale, dont il me signifia qu'elle était désormais « caduque ». Je crus d'abord qu'il plaisantait, mais je le vis affecter tout le sérieux possible ; quant aux ambassadeurs, ils acquiescèrent à ces paroles, fermèrent leur visage, et me témoignèrent une sorte de compassion qui ne laissait pas de doute sur leurs pensées. Ce fut le moment que choisit notre consul à Tachkent, dans la République socialiste soviétique d'Ouzbékistan, pour prendre la parole. Il raconta, d'un air grave et satisfait de soi, une anecdote qui lui semblait, dit-il, bien faite pour éclairer le cas de mon malheureux ouvrage – il m'apparut, quant à moi, que l'occasion qu'il trouvait de nous en instruire rachetait soudain, comme par un miracle, les années qu'il avait passées à vieillir dans cette représentation subalterne. Il était connu, dit-il, qu'il y avait à Boukhara une madrasa dont le bâtiment avait été dessiné et construit pour abriter un caravansérail, mais qui avait changé de destination le jour même où on l'inaugurait, lorsque l'émir, se méprenant, avait félicité et remercié son vizir « pour cette magnifique madrasa ». Cette histoire se passait en l'an 1032 de l'hégire. Il était impossible qu'un émir se trompât, et l'on avait plié la réalité à sa parole, quelque malencontreuse qu'elle eût été. Cela expliquait certaines particularités qui étaient restées dans l'architecture de cet édifice, et que l'on ne trouvait dans aucune autre madrasa. Tous jugèrent que cette histoire pleine d'enseignements, qui illustrait d'ailleurs le bel esprit de notre consul à Tachkent, devait montrer la conduite à observer dans le cas de mon livre.

Je n'avais pas d'autre choix, devant eux, que de convenir que je prendrais les dispositions nécessaires en grande diligence. J'étais mortifié par cette situation, car, s'il était en quelque manière concevable de faire retirer cet ouvrage des bibliothèques du royaume et des quelques librairies où on le trouvait encore à la vente, il serait bien plus difficile de faire entendre à l'éditeur installé à Paris que les circonstances exigeaient qu'il le réimprimât sous un autre titre, pour substituer cette nouvelle version à l'ancienne partout où cela serait possible, jusque chez les particuliers qui l'avaient en leur possession.

Dans l'autre événement, il se passa fort peu de temps entre le moment où j'entrevis des faveurs inespérées et celui où j'eus peur de retomber dans la disgrâce la plus complète.

Le roi avait quelques conteurs et bouffons qui étaient attachés à son service, et qui étaient les meilleurs qu'on pût imaginer, dans ces domaines de compétence singuliers. Ils avaient pour mission de faire rire les invités qu'il recevait à dîner dans ses appartements, et quelquefois de le divertir en particulier, au beau milieu d'une journée de conseils et d'audiences dont la succession lui pesait. Ces hommes étaient fort respectés à la cour, par la rareté de leurs talents, qui plaisaient à tous, par la protection que le roi leur accordait, et par la liberté spéciale dont ils jouissaient dans l'usage de leur parole. Les bouffons pouvaient dire en face à Sa Majesté, pourvu que cela fût enrobé de drôlerie, des vérités qu'elle aurait fort mal reçues d'un courtisan ordinaire, et que ce courtisan n'aurait d'ailleurs jamais osé dire. Les courtisans les redoutaient d'autant plus qu'ils étaient souvent pris pour cibles par ces bouffons, qui avaient l'art d'étaler leurs ridicules sous les yeux du roi, et en leur présence, afin de le divertir.

J'avais donc été surpris, n'ignorant pas que des hommes d'un si grand mérite exerçaient ces fonctions, en se relayant si l'un venait momentanément à défaillir, lorsque le roi m'avait un jour pris à part, à la sortie d'un conseil, pour me demander si je pourrais, le même soir, divertir un petit auditoire, composé de ses invités, par un récit tiré de la plus noble tradition littéraire, dont il me fit l'honneur de me considérer comme l'un des meilleurs connaisseurs de tout le royaume. Je ne pus que lui répondre positivement, en l'assurant que je m'efforcerais d'être digne de l'éloge qu'il venait de faire de moi ; mais je me demandai aussitôt, sans trouver la réponse, si je devais considérer ce rôle qu'il allait me faire jouer comme une sorte de promotion ou de dégradation, et je ne cessais de trouver des arguments allant dans l'un et l'autre sens. Il se pouvait aussi bien, d'ailleurs, que cela ne fût pas décidé dans l'esprit du roi, et qu'il s'agît d'une sorte d'épreuve dont je sortirais soit grandi, soit diminué à ses yeux ; il m'importait donc, dans cette hypothèse, de faire la meilleure figure possible.

Parmi les invités, on comptait notamment le recteur de la Quaraouiyine, le directeur de l'Office national des phosphates, ainsi qu'un vieux médecin français, le professeur Bertaux, qui avait soigné le feu roi, qui l'avait même visité dans son exil en Corse, et que le jeune roi régnant continuait à voir, et à consulter, parmi les innombrables médecins dont il s'entourait, en ayant pour lui une affection sincère.

J'aurais dû y songer davantage, en réfléchissant à ce que je raconterais pour plaire à cette assistance, et lui inspirer un bon jugement. Tout avait pourtant bien commencé. Je les instruisis, tout d'abord, de l'auteur du récit que j'allais leur faire, le cheikh Mohammed al-Mahdi, un Égyptien, qui avait vécu au Caire au dix-huitième siècle. Il avait occupé différents postes d'influence dans l'administration de son pays, en particulier celui de secrétaire du divan ; et il était l'auteur d'un livre, qu'il prétendait en son temps n'avoir fait rien d'autre que copier (mais dont il est maintenant tenu pour certain qu'il l'avait lui-même écrit), et qui s'appelait *Présent du réveilleur célibataire, pour les amis de l'assoupissement et du sommeil*, titre que les Français avaient quelque peu simplifié, quand ils avaient traduit cet ouvrage, en l'appelant *Les Dix Soirées malheureuses, ou Contes d'un endormeur*.

C'était l'histoire d'un homme qui avait pour nom, comme moi, Abderrahmane, Abderrahmane el-Iskanderani, et qui était atteint de folie narrative, ou si l'on veut le dire ainsi, d'une sorte de complexe de Shéhérazade, c'est-à-dire qu'il voulait à toute force rassembler chez lui, le soir, un auditoire d'amis ou d'inconnus, et provoquer leur admiration en leur racontant des histoires ; mais tandis que Shéhérazade, dans *Les Mille et Une Nuits*, maintenait le sultan en éveil en le captivant par ses narrations, Abderrahmane el-Iskanderani endormait immanquablement tous ses auditeurs quels qu'ils fussent, quand il ne provoquait pas leur colère en leur racontant quelque anecdote dont il ne comprenait que trop tard qu'elle était bien faite pour les froisser mortellement. Son obstination à raconter des histoires ne cessait de le mettre dans des situations embarrassantes, si bien que ce bourgeois du Caire allait finir sa vie errant et dépouillé de tous ses biens, toujours en quête d'un auditeur qui écouterait enfin l'une de ses histoires jusqu'au bout, sans s'endormir ni se fâcher.

Il me faut avouer que ce préambule m'assura d'abord un grand succès auprès du roi et de ses invités. Dès que je leur eus dit et expliqué le titre du livre, ils ne cessèrent de rire ; et cette petite provocation de ma part, qui consistait à leur annoncer que je leur raconterais des histoires tirées du recueil d'un homme qui n'avait jamais eu aucun succès avec elles, et qui d'ailleurs portait le même nom que moi, les avait captivés au-delà de ce que j'avais imaginé. Sa Majesté me semblait en particulier satisfaite du spectacle qu'elle était en train de procurer à ses convives, en me faisant produire devant eux. Je leur résumai quelques-uns des récits assoupissants d'Abderrahmane, et des malheurs où ils le faisaient tomber ; puis j'arrivai là où je voulais depuis le début venir, et qui était que, parmi tous ces récits, il y en avait un qui se passait dans notre royaume, à une époque fort reculée, et qui s'appelait « Le Médecin du roi du Maroc, ou le docteur par hasard ». Le malheureux Abderrahmane avait cru bon de la raconter devant le Conseil des oulémas, au nombre desquels étaient les médecins, et il s'était attiré le ressentiment de ces savants ; mon récit, dis-je, ferait bientôt comprendre pourquoi à mes distingués auditeurs. Ils rirent encore ; tous me regardaient, faisant silence, attendant ce que j'allais dire ; jamais conteur n'eut un auditoire plus impatient de l'entendre, et je n'osais imaginer quelles nouvelles faveurs me vaudrait de la part du roi ce talent qu'il devait être ébloui de me découvrir, comme je l'étais moi-même, dans ce moment.

Le personnage de cette histoire s'appelait Ben Zeher ; il était né à Cordoue, et il avait été fait prisonnier par les Francs quand il avait quatorze ans ; un marchand l'avait alors pris à son service, et embarqué dans ses expéditions. Dix ans plus tard, dans un port de la côte d'Afrique, il fut capturé, avec l'équipage du négociant son maître, par des soldats du roi du Maroc, Abd al-Mumin, le fondateur de la dynastie des Almohades (le roi, pendant que j'énonçais ces faits historiques, hocha la tête en signe d'approbation). Il se fit reconnaître de ses frères musulmans en jurant qu'il n'y avait d'autre Dieu que Dieu, et que Mahomet était Son prophète ; puis il dit, sans savoir pourquoi cela lui était venu dans l'esprit, qu'il avait étudié la médecine avant d'être esclave des Francs, ce qui était faux. Les soldats marocains souffrirent bientôt atrocement du ventre, et le prièrent de les soigner ; il se tira de ce mauvais pas en inventant, sans y rien entendre, une mixture qui eut l'heur de provoquer chez tous les malades de puissants vomissements, si bien qu'ils rejetèrent les substances qui les empoisonnaient, et furent guéris.

Ce succès le fit nommer médecin à la cour du roi du Maroc. Bientôt, la première des favorites de ce monarque demanda à le voir, pour qu'il la guérît de quelque désagrément léger qu'il ne sut pas identifier. Les remèdes qu'il inventa la rendirent beaucoup plus malade qu'elle n'était, et en peu de temps elle mourut. Le médecin par hasard s'attendit à subir la colère du roi ; mais ce monarque avait déjà une autre favorite, qui consolait son cœur, et qui fit envoyer un présent à Ben Zeher, lequel ne manqua pas d'en être surpris. Son crédit à la cour augmenta, et il fut nommé le premier des médecins. Un peu plus tard, il eut à s'occuper de l'un des princes qui mourut aussi au terme de ses soins. Le grand vizir l'assura que nul ne le tenait pour responsable de ce regrettable dénouement, qu'avait dû provoquer un mal incurable, contre quoi toute sa science n'avait rien pu faire.

Je sentis que mes auditeurs riaient moins qu'auparavant, bien qu'ils me parussent toujours aussi attentifs ; et leur attention redoubla encore quand je commençai à leur raconter qu'un jour, c'était le roi lui-même, Abd al-Mumin, qui était tombé malade. Malgré les ordonnances du médecin, qui n'avait cessé d'étudier, pour s'efforcer de progresser dans cet art dont la charge lui était échue par le concours de circonstances tout à fait extraordinaires, et pour, disait-il à part soi, acquérir un savoir égal à sa réputation, ce monarque expira après quelques jours. Son petit-fils, le célèbre Abu Yaqub Yusuf, lui succéda sur le trône du Maroc ; et au lieu de le châtier pour ses insuccès, il daigna conserver Ben Zeher dans ses fonctions de premier médecin de la cour.

Je ne compris qu'en voyant les visages de mon auditoire, figés dans une singulière consternation, que mon récit pouvait faire allusion, d'une manière assez malveillante pour ceux qui s'y étaient trouvés mêlés, à des événements qui avaient eu lieu dans notre royaume dix ans auparavant ; ce fut Sa Majesté, cependant, qui me tira de ce mauvais pas, en feignant de rire aux éclats, comme pour empêcher que d'autres pensassent à cette même chose, de sorte que les rires se multiplièrent, dans la suite de celui du roi. Seul le vieux médecin français ne se sentit pas obligé de rire à l'imitation de Sa Majesté, et me marqua la profonde indignation que lui inspirait mon histoire, par laquelle il avait dû se sentir douloureusement visé, dans sa science et dans sa morale. Le roi acheva d'enfouir dans l'oubli l'embarras que cette assemblée avait dû ressentir, en déclarant que j'étais bien éloigné d'être un endormeur, comme l'avait été mon homonyme, et que j'étais digne de rivaliser avec les meilleurs de ses conteurs, ce dont il n'avait pas douté, et dont il était maintenant assuré.

Ces compliments me firent même croire que cette « soirée malheureuse » me vaudrait peut-être, contre toute attente, plus de grâce que de disgrâce ; mais j'en doutai fort quand je repensai, plus tard, au regard furieux que m'avait jeté le professeur Bertaux, lequel ne manquerait sans doute pas d'exprimer son courroux à Sa Majesté, et de lui en faire paraître les raisons, si bien que j'espérais surtout que grâce et disgrâce s'équilibreraient sans conséquences dans le jugement de ce monarque. Dans la suite, toutes mes missions continuèrent comme si rien de fâcheux ne s'était produit, mais le roi ne me demanda plus jamais de remplacer les conteurs qui étaient ordinairement à son service.

VIII

Le 10 juillet 1971, comme chaque année, le roi avait ordonné des réjouissances pour célébrer son anniversaire, dans le palais de plaisance qu'il avait à Skhirat, au bord de l'océan Atlantique, à peu de distance de la capitale en allant vers le sud. Environ mille cinq cents personnes de distinction, sujets du royaume et ressortissants étrangers, avaient été invitées et se répartissaient, à l'heure du déjeuner, dans les grands jardins de ce palais. De nombreuses tentes avaient été dressées, qui abritaient des buffets assez abondants pour contenter cette foule. Un tournoi de golf avait commencé plus tôt dans la matinée, auquel prenaient part des joueurs professionnels que l'on tenait pour les meilleurs du monde, et qui étaient venus spécialement des États-Unis d'Amérique pour rehausser l'éclat de ces réjouissances.

Il y avait quelques années que le roi s'était enthousiasmé pour ce divertissement, à tel point qu'il avait fait aménager des terrains de golf partout dans ses États, jusque dans des étendues fort sèches, quasi désertiques, où les eaux nécessaires à la luxuriance des pelouses ne pouvaient être prodiguées en permanence que par d'ingénieux artifices, au prix de dépenses contre lesquelles on entendait quelquefois murmurer ; et sur ces terrains qu'il avait ambition de trouver en tous lieux où il se déplaçait avec son équipage, il lui arrivait de plus en plus souvent de régler les affaires du royaume, de tenir ses conseils, et d'accorder audience.

Je me fis reproche, une fois de plus, d'être si maladroit dans ce jeu, et de me fermer l'accès à certaines des bonnes grâces de Sa Majesté, qu'elle réservait à ceux qui pouvaient agrémenter le temps qu'elle y passait en lui offrant une opposition assez habile pour la conserver dans l'estime qu'elle avait de ses talents. Je tenais, au reste, le jeu des échecs pour plus digne d'un roi, et regrettais le temps où Sa Majesté n'avait pas encore sacrifié l'intérêt qu'elle y trouvait à cet autre divertissement. La suprématie des échecs me paraissait bien établie, par leur ancienneté de plusieurs siècles et leur place éminente dans nos livres. Quels poètes, quels philosophes, quels historiens avaient fait l'éloge du jeu de golf ? Et quel événement de sa jeune histoire pouvait se comparer à la partie d'échecs que disputèrent le roi Alphonse VI de León et le poète Ibn Ammar, au cinquième siècle de l'hégire ?

Comme on était en été, que le roi était encore jeune, qu'il voulait donner à cette fête un air de *décontraction*, et qu'il avait l'intention de jouer au golf dans l'après-midi, en allant de la fête au tournoi sans se donner la peine de se changer, il avait revêtu une tenue particulièrement dépourvue de grandeur, composée d'un polo, d'un jeans et de souliers pour le jeu de tennis, qui ne l'aurait pas distingué d'une personne d'un rang commun, si la noblesse de son air et de ses manières ne l'avait fait reconnaître avec évidence. Le carton d'invitation avait officiellement demandé aux invités de s'habiller avec le même esprit de simplicité, « en tenue estivale de détente » ; et cette injonction alla si loin dans ses conséquences que, comme on le verra dans la suite, certains des plus hauts personnages du royaume se promenaient ce jour-là dans le simple appareil des baigneurs, le torse et les jambes nues, car le climat de juillet invitait agréablement à se rafraîchir dans l'une des piscines, ou bien dans la mer, par la grande plage sur laquelle donnait directement le palais.

Beaucoup d'autres, en revanche, à des rangs moindres, n'osant tout à fait croire à cette décontraction, d'ailleurs incertains du sens qu'elle pouvait avoir pour un roi, et pressentant peut-être un piège tendu à leur méconnaissance du monde et de ses usages, préféraient encore, par une sorte de prudence, revêtir une tenue de ville comme ils l'eussent fait dans n'importe quelle circonstance ayant une part de cérémonie, c'est-à-dire un complet et une cravate, pensant qu'on n'était jamais « trop habillé » dans l'entourage d'un roi, et qu'il serait toujours moins cuisant de l'être, plutôt qu'insuffisamment. Au reste, le seul nombre de ceux qui tiendraient ce raisonnement leur éviterait de se singulariser, si bien que dans leur erreur, ils n'auraient pas tout à fait tort, si leur dessein était moins de viser juste, en ces matières où ils savaient bien qu'ils ne pénétraient guère, que de ne pas se faire remarquer ; et ils pouvaient compter aussi, pour soutenir leur résolution, sur quelques diplomates étrangers et courtisans vénérables, qui, s'ils connaissaient mieux le monde, ne renonceraient cependant pas à nouer une cravate autour de leur cou, comme ils le faisaient partout et en tous temps, selon une habitude qu'ils n'auraient d'ailleurs pas jugée incompatible avec leur notion de la « détente », si jamais ils avaient dû se poser la question, ou s'en justifier.

Il se trouva ainsi que le roi et les grands du royaume étaient ce jour-là dépourvus des attributs du prestige, en sorte que le peuple, qui ne connaissait souvent de Sa Majesté que des portraits sur lesquels les costumes que fabriquait à ses mesures un célèbre tailleur italien magnifiaient sa prestance, aurait risqué d'être trompé, si les portes du palais lui eussent été ouvertes, par ce renversement de la proportion des rangs et des vêtements.

Pour moi, j'avais résolu de porter un complet de toile légère et une cravate, pour ne pas affecter par trop de « détente » d'être plus familier de Sa Majesté que je ne l'étais, ni de détenir dans le Makhzen un rang qui n'était pas le mien ; et je m'étais conforté dans cette résolution, par le désir que j'avais de revêtir ce complet dont la commande venait à peine d'aboutir, et qui, dans la solitude de mon vestiaire, n'avait pas laissé de me satisfaire.

On aurait raison de juger ces détails futiles, s'ils n'avaient eu leur importance dans le déroulement de cette journée, comme on le verra aussi dans la suite.

En attendant de prendre le divertissement du jeu de golf, au cours de l'après-midi, le roi, selon la tradition, déjeunait seul, sous une tente caïdale qui n'était que pour lui, mais qui l'exposait aux regards. Quand il eut fini, il exprima son contentement de rejoindre notre petit groupe, que ne distinguaient de la foule des invités que sa proximité d'avec cette tente, et la connaissance personnelle qu'avaient de Sa Majesté la plupart de ceux qui le composaient. Il y avait là l'ambassadeur de France, celui de Belgique, le professeur Bertaux, qui me salua aussi aimablement que si l'épisode du conte d'Al-Mahdi n'avait jamais eu lieu (il est vrai qu'une année entière, pour le moins, s'était écoulée depuis lors), le bijoutier Chaumet, de la place Vendôme, ainsi qu'un jeune Français, élève de l'École nationale d'administration à Paris, qui était stagiaire à l'ambassade de son pays ; et comme ce jeune homme était le seul à n'avoir jamais rencontré le roi, celui-ci lui montra de l'attention, et prit garde de ne pas l'intimider de sa présence. Il l'interrogea plus avant sur ses études, et lui fit, du ton le plus aimable et le plus jovial, le reproche de n'avoir pas été normalien avant que d'être énarque, en lui marquant cependant que nul n'était tenu d'être parfait, comme le disait bien la sagesse des nations ; ce qui lui donna occasion de rappeler qu'il avait eu lui-même, au Collège royal, quand il préparait son « bachot », des professeurs qui « sortaient de la rue d'Ulm », et dont il n'avait eu qu'à se louer. Il me parut que le jeune homme de France était bien aise de se voir ainsi l'objet d'une taquinerie de ce monarque, qui lui montrait en même temps la profonde connaissance qu'il avait des mœurs et des institutions de son pays.

Tandis que le roi charmait ses hôtes par sa conversation, et par le soin qu'il prenait à s'informer d'eux et de leurs proches, comme s'il était avec eux dans la plus grande familiarité, le général Oufkir, qui était aussi le ministre de l'Intérieur, fit irruption parmi nous, vêtu d'un simple maillot de bain et d'une serviette posée sur ses épaules ; il arrivait de l'une des piscines creusées dans les vastes terrassements qui entouraient le palais, et il en vanta la bonne température, en marquant son contentement. Le roi était si désireux de réduire, dans ces réjouissances, la part du protocole et de la pompe, qu'il reçut ce vizir avec le meilleur accueil, comme s'il approuvait cette nudité, au lieu de la blâmer, et tous ceux qui étaient autour de lui firent de même ; et la joie qui régnait et se communiquait dans notre petite assemblée était assez vive pour que l'ambassadeur de France pût croire qu'il l'augmenterait par un trait d'esprit que lui inspirait particulièrement cette scène, qui était en effet bien plaisante. C'est ainsi que, d'une voix forte, car il ne faisait pas de doute qu'il voulait être entendu, et applaudi, il nous livra cette sentence : « Quand le ministre de l'Intérieur est en slip, le roi est nu ! »

Tout le monde se tut, et se défendit de rire, bien que cette sentence fût en elle-même assez drôle, et qu'elle eût sans doute provoqué librement l'hilarité de n'importe quel auditoire, pourvu que le roi ne s'y trouvât pas. Celui-ci parut d'autant plus troublé par cette hardiesse, ou cette inconscience, qu'elle était d'un diplomate. Il regarda fixement cet ambassadeur, qui dut ressentir vivement son étrange sortie, et la regretter, car nous le vîmes presque pâlir ; cependant, ayant peut-être fait réflexion que ce n'était rien d'autre qu'une conséquence de l'atmosphère décontractée de la fête, qu'il avait lui-même souhaitée (mais qu'il anéantirait en un seul instant si, prenant ombrage de cette plaisanterie, il décidait d'en faire un incident), le roi résolut d'interrompre un silence plein d'embarras en riant soudainement avec autant d'entrain qu'il était possible, si bien que tous ceux qui étaient là se sentirent libres de rire à leur tour, et même contraints plus encore que libres, à présent que ce monarque l'avait fait. Il ajouta même que cette sentence était si drôle qu'elle méritait d'être écrite en lettres d'or dans les annales de son règne, et, tout en se tournant vers moi, pria son auditoire d'attester qu'il confiait cette mission à son historiographe du royaume.

Sa Majesté s'apprêtait à nous quitter, pour aller à la rencontre d'autres groupes d'invités, quand nous entendîmes quelques détonations. Nous crûmes d'abord que c'étaient les fusées d'un feu d'artifice, lancées en plein midi, par un serviteur qui aurait mal compris sa mission ; et nous levâmes les yeux, pour chercher si quelque chose de ces lumières pouvait être aperçu dans le ciel, malgré l'éclat du soleil. Nous ne vîmes rien, et nous plaisantâmes de plus belle, sur le peu de compétence de cet artificier. Le roi demanda aux ambassadeurs occidentaux qui se trouvaient près de lui par quel mystère leurs journaux le dépeignaient quelquefois comme un despote, alors qu'il avait l'extrême bonté de maintenir à son service des gens qui n'avaient pas le sens commun, au point de tirer des feux d'artifice en plein jour, et qu'il aurait eu lieu de jeter aux crocodiles depuis longtemps, s'il eût été ce sanguinaire dictateur que l'on disait. Ces diplomates ne purent qu'en convenir, et rirent d'autant plus bruyamment du trait d'esprit de Sa Majesté qu'ils se jugeaient en devoir de racheter à ses yeux celui qui venait d'échapper à leur homologue le ministre de France.

D'autres détonations retentirent, et le roi retarda encore son départ. Certains demandèrent si cela pouvait être une fantasia, qui se déroulerait un peu plus loin ; mais on ne pouvait concevoir qu'une fantasia eût lieu maintenant, sans que le roi en eût été prévenu, ni qu'il en fût le premier spectateur, dans sa tribune particulière. Puis la rumeur nous parvint que des soldats étaient apparus et s'étaient mêlés à la foule des invités. Il s'agissait donc d'une mise en scène militaire. Ce n'était pas la première fois qu'un spectacle de cette sorte était donné pour l'anniversaire du roi. L'année précédente, les parachutistes du colonel Loubaris avaient fait une démonstration de leur art, et du bon ordonnancement de nos armées, en sautant du ciel sur les jardins du palais ; et tandis qu'ils descendaient en se balançant légèrement dans le vent, une innombrable multitude de spectateurs les avait applaudis et acclamés.

Cette année, cependant, le roi n'avait à l'évidence pas été averti d'une telle réjouissance, et en goûtait d'autant moins la surprise qu'il lui déplaisait d'entendre ses invités qui poussaient au loin de grands cris, comme s'ils étaient plus apeurés que réjouis de la participation de nos soldats. On entendit encore des coups de feu. Plusieurs pensèrent que cette mise en scène était une idée du prince Abdallah, le jeune frère de Sa Majesté, à qui l'on prêtait souvent des songeries et des actions fantasques. Le roi dit que s'il en était ainsi, il ne manquerait pas de lui exprimer son courroux. Le bruit d'une rafale de mitrailleuse fut suivi de nouveaux cris dans la foule, qui furent horribles à entendre. « Ce ne sont pas des balles à blanc », dit alors le général Oufkir, et il nous somma de prendre la fuite, en le suivant par des détours qui lui étaient connus.

Notre course nous mena aux lieux d'aisances qui étaient attenants à la salle du trône ; nous nous y engouffrâmes à bout de souffle, et nous en verrouillâmes précipitamment la porte. La confusion était telle que nous nous étions échappés sans être poursuivis par les assaillants. Nous trouvâmes dans ces lieux un coopérant français qui ne s'y trouvait pas pour une autre raison que celle pour laquelle ils étaient faits. Tandis qu'il s'apprêtait à sortir, il fut étonné de voir surgir notre troupe, puis d'être empêché de franchir la porte, et forcé de nous tenir compagnie.

Quand nous nous comptâmes, nous vîmes que l'ambassadeur de Belgique et le professeur Bertaux n'étaient plus avec nous. Cette course avait dû représenter un effort au-dessus de leurs capacités ; le professeur, surtout, n'avait plus l'âge des exercices du corps. Le roi exprima de l'émotion à la pensée qu'ils s'étaient peut-être effondrés sous les balles des assaillants ; ils étaient, dit-il, de sincères amis du royaume.

Le général Oufkir se précipita sur les téléphones qui étaient fixés à l'un des murs, les décrocha et les raccrocha rageusement, l'un après l'autre ; les lignes étaient coupées, naturellement. Il chercha si d'autres issues étaient visibles ; il n'en trouva point. Il n'y avait qu'une fenêtre percée dans le toit, largement ouverte, mais inaccessible, et qui l'inquiétait, car il était facile, de là-haut, de faire tomber une grenade qui nous anéantirait, en explosant dans cette pièce où nous étions confinés. Il recommanda de toujours surveiller ce vasistas, et dit qu'il se tenait prêt, si l'un de ces engins nous était jeté, à s'en saisir promptement et à le relancer pour le faire ressortir par la même ouverture, avant qu'il eût éclaté. Je me représentai avec inquiétude l'hypothèse de cet événement, car il faudrait au général Oufkir beaucoup de diligence, d'habileté et de force mêlées pour ne pas échouer dans ce dessein. Quoi qu'il en soit, j'admirais la tension d'esprit avec laquelle il analysait tous les aspects de notre conjoncture, prenait en conséquence les résolutions qui lui paraissaient nécessaires, et nous en donnait l'ordre comme si nous eussions été ses soldats, sans être le moins du monde troublé par le fait qu'au lieu de porter un uniforme aux épaulettes chargées de fils d'or, il était nu, à l'exception d'un costume de bain dont il ne pouvait guère tirer de prestige ou d'autorité.

Nous eûmes beaucoup de difficulté à faire entendre au coopérant français qu'il était en présence de Sa Majesté chérifienne, à cause des habits fort simples que celle-ci avait revêtus en ce jour de fête ; persuadé qu'un roi devait au moins porter un complet et une cravate, c'est à celui dont la tenue répondait le mieux à ce préjugé, c'est-à-dire à moi-même, qu'il présenta ses respects, comme si j'eusse été le souverain du Maroc. Cela fit un grand embarras. Quand nous le détrompâmes, en lui faisant connaître non seulement que le roi était cet homme en polo et en jeans, mais en outre que celui qui n'était vêtu que d'un costume de bain était le ministre de l'Intérieur, il crut que nous avions résolu de nous payer sa tête, et nous redoutâmes que ses protestations de plus en plus hostiles ne nous signalassent au-dehors, à nos assaillants. Il me vint alors dans l'esprit de sortir de mon portefeuille un billet de banque, sur lequel ce coopérant verrait le portrait du roi, si bien qu'il ne pourrait plus douter de ce que nous nous efforcions de lui apprendre. Cela se produisit en effet, et il se confondit en excuses. Ni ses dehors ni son parler n'étaient d'un homme de condition. Le roi demanda au général Oufkir, à part, comment il se faisait que cet « olibrius » eût été invité à son anniversaire, et déplora le peu de discernement des services du palais, car le grand nombre des invités n'empêchait pas qu'ils dussent être de la meilleure société. Nous n'eûmes pas le temps de recueillir les explications du coopérant, qui semblait d'ailleurs embarrassé de cette question, car nous crûmes entendre qu'on frappait à notre porte.

Quand ce bruit recommença, nous ne doutâmes plus que quelqu'un cherchait à nous entrevoir, et la discrétion qu'il affectait dans ce dessein nous fit espérer que ses intentions n'étaient pas hostiles. Le roi commanda au général Oufkir d'aller à la porte et de s'informer, cependant que notre groupe s'éloignait de l'entrée, en se dissimulant comme il pouvait, dans la crainte d'un assaut perfide.

Ce vizir, quand il revint vers nous, manda au roi que l'homme qui était derrière la porte était le général Medbouh, et qu'il voulait parler à Sa Majesté sans témoin. Il sembla que le visage du roi s'illuminait en apprenant cette nouvelle. Il estimait ce soldat, qui était le chef de sa maison militaire, et qui jadis avait servi le roi son père, de triomphante mémoire. Sa présence lui semblait un bon présage ; si Medbouh était là, nous pouvions espérer d'être sauvés bientôt. Il alla confiant à sa rencontre. Nous eûmes bientôt le sentiment, cependant, de là où nous étions, que cette entrevue ne se déroulait pas aussi bien que Sa Majesté l'avait envisagé. Nous entendîmes que le roi s'emportait, et nous le vîmes déchirer un papier avec rage, puis en jeter les morceaux dans les airs. Il congédia le général Medbouh, referma la porte, et revint vers nous ; il était pâle et fébrile ; mais il voyait plus clair dans les événements qui nous avaient surpris, et voici ce qu'il nous rapporta.

Le général Medbouh, d'un ton suppliant, avait demandé au roi d'abdiquer, et lui avait tendu une feuille de papier qu'il n'aurait eu qu'à signer pour ce faire, s'il ne l'avait mise en pièces, comme nous l'avions vu à l'instant. Pour marquer à Sa Majesté qu'il ne lui voulait aucun mal, et qu'elle pouvait encore, malgré ces circonstances qui tournaient en sa défaveur, compter de sa part sur un lien particulier qui ne se romprait jamais tout à fait, il lui avait dit qu'il était seul à avoir connu les détours par lesquels elle s'était échappée, et qu'il n'entendait pas livrer ce secret, si elle consentait à lui réciproquer les mêmes sentiments de confiance, et à remettre entre ses mains son abdication. Il ajouta que, pendant le temps de cette révolution, il veillerait tout particulièrement sur la douceur et l'humanité des mesures individuelles que l'on prendrait à son égard et à celui de sa famille. Sa Majesté ne fut pas sensible à ce discours. La trahison de Medbouh la mettait d'autant plus en rage qu'elle avait été incapable de la soupçonner, et qu'il était l'un des hommes qui lui inspiraient le plus d'affection.

Ce n'était pas ce général, cependant, qui avait conduit un détachement de nos armées à l'assaut de Skhirat ; c'était le colonel Ababou, un jeune officier d'à peine plus de trente ans, fort bien noté de tous ses supérieurs, et promis à une belle carrière, qui dirigeait alors, dans les montagnes de l'Atlas, l'école des cadets d'Ahermoumou. Sa réputation de hardiesse et d'insensibilité était grande, comme celle de ses soldats, qu'il traitait à la dure. Cette information assombrissait nos espérances ; et après l'accueil que lui avait fait le roi, on pouvait craindre que Medbouh fît bientôt confidence de notre cache à ceux qui avaient fomenté l'attentat avec lui. Nous nous préparâmes à être débusqués d'un instant à l'autre.

Le temps de notre attente, cependant, s'allongea démesurément, comme si les assaillants avaient eu mieux à faire que de capturer le roi, à moins que, pour des raisons que nous ne démêlions pas, Medbouh eût manqué de leur indiquer le chemin par où le trouver. Sa Majesté montrait toute la force de son âme. Indifférente à la peur, elle réconfortait ceux qui ne résistaient pas à cette émotion. Elle nous disait tour à tour : « C'est le destin, mes amis, c'est le destin. Il faut attendre, nous nous en sortirons. Vous aurez la vie sauve, mes amis, vous aurez la vie sauve. » Elle essayait des traits d'esprit, nous nous forcions à sourire, et cet effort faisait reculer, un instant, notre angoisse ; comme il arriva lorsque, ayant perdu sa montre-bracelet dans la précipitation, elle s'était réjouie de la présence du bijoutier Chaumet, de la place Vendôme, et lui avait conféré la charge de grand horloger du royaume, dont il s'acquittait à intervalles réguliers, en donnant l'heure exacte.

Chacun comblait comme il le pouvait la durée de cette réclusion. Le roi fumait des cigarettes. Le général Oufkir faisait des pompes. Les autres étaient le plus souvent assis par terre, prostrés, la tête enfouie dans les bras, qu'ils reposaient sur leurs genoux. L'ambassadeur de France avait essayé d'engager avec le roi une conversation sur les causes structurelles et occasionnelles du coup d'État, en émettant ses propres hypothèses d'un ton docte et il n'avait réussi qu'à lui faire perdre son calme, l'espace d'un instant. Cet événement, pour Sa Majesté, ne pouvait s'expliquer par tous les raisonnements savants que lui proposait successivement l'ambassadeur, où s'entremêlaient des éléments d'économie, de sociologie, d'idéologie, et même d'ethnologie ; et il lui remontra que ses ennemis les plus redoutables, comme ce colonel Ababou, qui semblait vouloir être au royaume ce que le colonel Kadhafi était à la Libye, se trouvaient autour de lui, parmi ses courtisans ou ses amis, dans les couloirs de son palais, où la proximité du pouvoir avait enflammé leur ambition de le conquérir pour eux-mêmes, en sorte que s'ils prétendaient lutter pour des causes générales, elles n'étaient que le déguisement de ce désir brutal.

Le jeune élève de l'École nationale d'administration nous sembla bientôt avoir perdu le sens. Dans l'égarement de son esprit, il fredonnait à tue-tête des refrains incohérents, dont le coopérant français me fit confidence qu'ils étaient d'un mathématicien de leur pays qui était devenu chanteur, et qui s'appelait Évariste ; et nous dûmes le violenter, pour qu'il n'accrût pas le péril où nous étions par tout le bruit qu'il faisait.

Ceux qui étaient les plus maîtres d eux-mêmes n'échappèrent pas à un moment de trouble. Le général Oufkir était en rage de ne pouvoir se battre comme un soldat, les armes à la main, et de s'exposer, dans sa tenue de baigneur, à une mort sans gloire. Il voulut partir en courant à la recherche d'armes de poing que le roi lui avait dit être cachées dans sa chambre. Sa Majesté le dissuada de tenter cette sortie, en lui représentant qu'il ne parviendrait qu'à être abattu sans sommation, et que ce serait se conduire comme un fou ; il entra alors dans un tourment où s'entremêlaient le désespoir et la colère, et il commença d'énumérer les faits d'armes par lesquels il s'était signalé quand il servait dans l'armée française, depuis le Mont-Cassin jusqu'aux jungles de l'Indochine, ainsi que les distinctions sans nombre que sa conduite sur ces champs de bataille lui avait values, comme pour conjurer le peu d'héroïsme qui semblait devoir frapper le moment de sa reddition, ou de sa mort.

Nous ne vîmes pas le roi sortir de cette façon hors de soi-même, s'il faut ainsi dire ; mais, quand beaucoup de temps eut passé, il se mit à l'écart de notre groupe, et s'enferma dans une méditation qui imprimait à son visage des marques de tristesse. Je l'entendis murmurer le nom de tous les sultans de sa longue dynastie, qui allait peut-être s'achever le même soir, après avoir exercé le pouvoir pendant plus de trois cents ans. L'ambassadeur de France éclaira ses deux compatriotes sur ces matières, du même ton docte et approximatif qu'on lui connaissait. L'inquiétude qu'ils avaient tous les trois de leur propre sort était moins grande que la nôtre, car ils n'étaient ni maîtres ni sujets du royaume, mais ils ne pouvaient être tout à fait sûrs d'être épargnés, si les événements se dénouaient dans le tumulte et la déraison, en sorte qu'ils balançaient entre la confiance et la peur panique, poussés par des raisonnements infinis qui les convainquaient aussi bien des deux hypothèses.

Pour moi, je m'efforçais de retenir dans ma mémoire ce que je voyais et entendais, car ce serait mon devoir d'historiographe du royaume de faire le récit de ces événements, si Dieu me prêtait vie.

On venait de passer dix-sept heures, quand de forts tambourinements se firent entendre contre notre porte. Cela faisait plus de trois heures que nous étions enfermés là, et il sembla que nous allions enfin connaître notre sort. Je regardai le roi, en songeant qu'il ne serait peut-être plus en vie demain ; et j'implorai le Seigneur de lui faire miséricorde, car il est le plus miséricordieux des miséricordieux. La porte fut enfoncée dans un grand fracas. Trois jeunes soldats entrèrent, en nous mettant en joue.

On nous fit sortir, et, sous la menace des fusils, on nous commanda de marcher avec les mains posées sur nos têtes. Les Français de notre groupe furent emmenés d'un côté, et les Marocains, c'est-à-dire le roi, le général Oufkir et moi-même, de l'autre. Nous passâmes devant des groupes d'otages, les uns au sol, agenouillés, les autres debout, plaqués contre des murs ; beaucoup avaient leurs habits déchirés ou tachés de sang. Qu'ils fussent étrangers ou sujets du royaume, c'étaient des gens habitués à vivre dans l'aisance, et l'on voyait sur leurs visages que ce brutal abaissement de leur état les affectait durement. Ils avaient de la peine à supporter leur misère ; et les douleurs leur arrachaient des gémissements étouffés, qui se faisaient entendre d'un bout à l'autre des jardins. Les soldats n'avaient aucun égard aux représentations que ces otages leur faisaient sur leurs souffrances corporelles. Ils étaient jeunes et très nerveux ; certains avaient les yeux singulièrement rouges, et tout laissait penser qu'ils avaient été drogués, avant d'être envoyés dans cette mission où ils jouaient leur vie.

Aucun des cadets qui nous accompagnaient en pointant leurs armes sur nous ne semblait s'apercevoir que le roi était là, et le général Oufkir n'était pas plus reconnu. Ces soldats avaient sans doute grandi dans des campagnes reculées, et n'avaient vu les visages de ces personnalités qu'en de rares occasions depuis leur naissance, sur des photographies avantageuses ou des représentations embellies, autrement dit sur des images qui, de quelque nature qu'elles fussent, n'avaient pu les instruire précisément de la réalité de ces visages, ni imprimer en leur esprit la faculté de les reconnaître immédiatement, surtout dans des circonstances aussi critiques que celles où nous nous trouvions. Au reste, s'ils avaient eu quelque soupçon, les tenues que portaient ce jour-là le roi et son ministre les auraient empêchés de les distinguer parmi la foule de leurs otages. Pour ces hommes du commun, un roi devait être habillé royalement. Je fis alors réflexion que s'ils formaient le dessein de maltraiter Sa Majesté, ou de l'assassiner, je pourrais exploiter la même confusion qui avait troublé le coopérant français, lorsque mon habillement lui avait fait croire que j'étais, moi, le roi, et me sacrifier en me désignant à sa place, pour lui sauver la vie et lui ménager la possibilité de s'enfuir.

On nous fit mettre à genoux, sur une pelouse. Nous formions maintenant un groupe d'otages que rien ne distinguait parmi tant d'autres. Nous ne nous parlions pas, nous n'échangions aucun regard ; car dans l'état de nervosité où se trouvaient nos gardes, le moindre agacement dont nous serions la cause deviendrait peut-être le prétexte d'une fusillade sans ordre, où coulerait notre sang. Bientôt, les soldats s'écartèrent pour s'entretenir à voix basse ; puis, n'ayant laissé qu'une sentinelle à nos côtés, nous les vîmes s'en aller à la rencontre d'un homme un peu plus gradé, et lui parler ; enfin ils revinrent, avec ce sous-officier, qui nous demanda si nous faisions bien partie de ce petit groupe qui était resté dissimulé dans les lieux d'aisances, à quoi nous répondîmes, pour ne pas l'irriter, qu'il ne se trompait point.

J'imaginais déjà que cet aveu, que nous lui avions fait sans résistance, ne le préviendrait pas en notre faveur, et que, devenant plus farouche, il hurlerait à nos oreilles toutes sortes d'injures, et appuierait sur nous, tour à tour, le canon de son arme, pour nous presser de lui dénoncer le roi ; et j'étais si bien convaincu que tout ce que je venais ainsi d'imaginer était sur le point d'advenir qu'à l'instant où en effet il nous fit cette demande, je mis à exécution le plan que j'avais conçu, en songeant que ce geste, qui valait assurément pour le sacrifice de ma vie, ferait peut-être de moi le seul historiographe dont se souviendrait l'histoire, mais sans prendre garde que ce sous-officier n'y avait pas mis, en vérité, autant d'emportement que dans ma prévision.

Je déclarai donc que j'étais le roi, et me levai, attendant d'être empoigné, frappé, emmené, et passé par les armes dans un recoin obscur, comme un chien. Cette dernière représentation me frappa, et, entrant plus avant dans mon rôle, avec une conviction qui me surprit, je plantai mes yeux dans ceux du soldat, et lui dis : « Je suis ton roi, oui ; vas-tu m'abattre comme un chien ? » Alors, au lieu de me gifler, de me cracher au visage ou de me tirer dessus sans sommation, ce jeune militaire s'écria : « Majesté, nous sommes venus pour vous sauver ! »

On jugera de ma surprise, quand j'entendis ces mots. Je feignis de mêler la fermeté et la magnanimité, comme j'imaginais que le vrai roi l'eût fait, en répondant à ce soldat : « Alors, qu'attends-tu pour me baiser la main ? » Il s'agenouilla, s'empara de ma main et l'embrassa avec effusion, puis sembla guetter de ma part l'ordre de se relever, que je lui donnai. Je résolus de continuer à jouer le rôle que je m'étais fixé, bien que les événements prissent soudain une tournure moins menaçante, car je fis réflexion qu'il y avait encore trop d'incertitudes pour envisager de faire reconnaître dès maintenant le roi sans le mettre en péril. J'abaissai mes yeux vers ce monarque agenouillé ; il ne montrait aucune émotion, et ne protestait pas contre la substitution que je lui imposais artificieusement ; et je supposai que, étant entré dans l'ingéniosité de mon dessein, il feignait la plus grande discrétion, pour ne pas le compromettre, cependant que le général réglait sa conduite sur la sienne. Une étrange imagination me traversa l'esprit, et je fis effort pour la repousser loin de moi : comme si, en l'espace d'un instant, je faisais de mon sacrifice une usurpation, je tirais avantage de cette étrange conjoncture en commandant au soldat de se saisir de Sa Majesté, que je lui présentais comme un conseiller félon, ou comme un simple quidam nuisible, puis je prenais moi-même la tête des opérations, et finalement le pouvoir tout entier, par un enchaînement d'événements dont j'occultai le détail, et que je me savais peu capable de conduire, ayant perdu le souvenir des rares notions que j'avais eues de la vie militaire. Cette songerie mauvaise, dont je ne manquai pas de me faire reproche, ne dura que le temps d'attendre les explications du rebelle.

Celui-ci nous raconta que les élèves sous-officiers de l'école militaire d'Ahermoumou avaient été convoqués le matin même à l'aube, pour accomplir une mission dont ils n'avaient pas toute la confidence, et qu'ils étaient partis en long cortège, dans des camions qui s'alignaient par dizaines sur la route. On leur avait seulement expliqué qu'ils viendraient au secours de leur roi, en profitant de cette grande réunion de toute la cour pour supprimer les « mauvais conseillers » qui, dans l'entourage de Sa Majesté, s'enrichissaient au détriment du peuple et entraînaient le pays dans l'abîme.

Il semblait que la vie du roi ne fût plus en danger, et qu'il fallait songer au moyen de lui rendre le pouvoir qui lui appartenait. Je l'invitai à se relever, ainsi que le général Oufkir. J'ordonnai au sergent de partir avec ses hommes, d'annoncer qu'il avait retrouvé le roi, et d'envoyer à nous autant de soldats que possible. Tous repassaient désormais, comme lui-même, sous le commandement du général Oufkir, dont je lui signalai la présence, et devant qui, le reconnaissant enfin malgré sa tenue de baigneur, il fit le salut militaire. Puis il repartit au pas de course pour exécuter mes ordres, accompagné de ses hommes et du général, lequel était impatient de parcourir les lieux, de se représenter les forces en présence et de reprendre la situation en main, mais d'abord, avant cela, de se procurer dans le palais un uniforme décent.

Nous nous retrouvâmes seuls, le roi et moi. « Il faut avouer, dit-il, que ce qui vient de se passer est bien extraordinaire. Si jamais histoire a mérité d'être écrite en lettres d'or, c'est bien celle-ci. Abderrahmane, mon cher, je crois que je t'aurais valu une fière chandelle, si ces soldats avaient voulu s'en prendre à moi, comme cela était d'ailleurs probable. Mais prière de ne pas mettre un mot sur tout cela dans nos archives du royaume. D'ailleurs personne n'en croirait rien. C'est du pur Alexandre Dumas. » Je dis à Sa Majesté qu'il en serait comme elle le désirait, et j'allais me retirer, pour la laisser seule jouer son rôle de roi, lorsque nous vîmes soudain arriver à notre rencontre, hors d'haleine, le général Habibi, commandant la région militaire de Marrakech ; et cet officier supérieur me parut si affecté par les événements que son visage était extrêmement blême, et qu'il tremblait de tous ses membres tandis qu'il se prosternait devant le roi, dont il mouillait la main de ses larmes, en la baisant.

Sa joie de voir Sa Majesté était d'autant plus grande, nous dit-il, qu'il avait cru qu'elle était morte, car c'était ce qu'avait prétendu le chef des rebelles, le colonel Ababou, dont il avait appris avec effroi et consternation le coup d'État. Ce factieux, ayant persuadé certains officiers supérieurs, dont lui-même, de la mort du roi à Skhirat et de l'instauration d'un nouveau pouvoir, leur avait ordonné de gagner en diligence les bases dont ils exerçaient le commandement, et c'est ainsi que le général Habibi avait pris la route de Marrakech ; mais, refusant de croire à la mort du roi, dont l'annonce lui avait causé une douleur extrême, il avait résolu d'outrepasser les ordres du colonel Ababou et de faire un détour par le palais, pour s'assurer de cette information, et si jamais le malheur faisait qu'elle était vraie, pour porter secours aux membres de la famille royale qui se seraient encore trouvés là. Le roi remercia ce général de ses bonnes intentions et le félicita du courage qu'il avait eu de transgresser les ordres qu'il avait reçus des félons ; et tandis qu'il le réconfortait, en lui promettant que ces traîtres seraient écrasés, et paieraient très cher pour leur crime, Habibi se prosterna de nouveau et baisa la main du roi, avec plus de frénésie qu'auparavant, s'il était possible.

Le général Oufkir revint, en tenue d'officier, impatient de commander aux armées et de réduire les unités séditieuses. Il fut surpris de trouver le général Habibi avec nous ; il l'interrogea sur ce qu'il savait du déploiement des rebelles, et tira de lui plus d'informations qu'il n'espérait. Je crus voir que cette connaissance qu'avait le général Habibi du déroulement de la sédition, et du nom de ses principaux membres, faisait naître dans son esprit des soupçons qui ne s'étaient pas présentés au mien ; et plus cet officier lui faisait de révélations, en feignant d'en avoir été instruit par le hasard, plus le ministre de l'Intérieur redoublait ses instances. Il ne me parut pas, cependant, qu'il voulût éclaircir dès maintenant quelle part le général Habibi avait pu prendre exactement dans ces événements. Quand il jugea qu'il avait recueilli assez d'informations, il résolut de retourner dans le palais, pour donner une série d'ordres par téléphone, après s'être assuré que les lignes étaient remises en fonctionnement ; il réquisitionnerait ensuite une voiture et se rendrait à Rabat. Il s'en alla en faisant à Sa Majesté le serment que l'ordre serait rétabli vers vingt-trois heures au plus tard.

Je priai le roi de m'accorder la permission de me retirer, ce qu'il fit. Les soldats avaient tous relâché leur surveillance, et les otages, étonnés, retrouvaient leur liberté de se mouvoir. Les blessés étaient nombreux ; et beaucoup de corps allongés, ensanglantés, me semblèrent sans vie. J'allai partout au-devant de mes amis, pour me réjouir avec eux de n'avoir pas à les pleurer, et les réconforter ; j'étais le premier à leur annoncer que la monarchie ne serait pas renversée. Ils savaient bien que leur propre sort avait été en jeu dans ces événements, et que, si le cours qu'ils venaient de prendre ne se renversait pas de nouveau, ce dont il y avait peu d'apparence, ils dormiraient chez eux le soir même, auprès de leur famille, au lieu d'être conduits, chargés de fers, dans des geôles froides et obscures. Je trouvai mon vieil ennemi qui avait en haut du front une blessure superficielle, mais dont beaucoup de sang coulait. Je l'emmenai avec moi, à la recherche d'une pièce de tissu qui lui ferait un bandage provisoire. Je lui passai cette sorte de couronne autour de la tête, et nous en rîmes ; puis nous nous embrassâmes chaleureusement. Il me posait de nombreuses questions sur ce coup d'État, auxquelles je ne savais répondre.

Il devait être environ dix-neuf heures trente, quand je lui fis la proposition, ainsi qu'à deux autres amis que j'avais retrouvés avec des transports de joie, de réquisitionner une voiture dans les parkings du palais, et de retourner à Rabat. À plusieurs reprises depuis la fin de l'après-midi, des informations nous étaient parvenues selon lesquelles la situation y était calme, mais le risque de tomber dans une échauffourée isolée ne pouvait encore, en cet instant, être entièrement écarté. Tous acceptèrent, cependant, et je les invitai même à venir chez moi, pour nous informer par la radio, pour nous réconforter d'avoir échappé à cet assaut, et pour méditer, s'il faut ainsi dire, sur les affaires humaines et la destinée des royaumes, face à l'océan, dont je leur vantais le spectacle, du haut de ma terrasse, par un soir d'été comme celui-ci. Il nous fallut peu de temps pour arriver. La route de la corniche et les rues de la capitale étaient désertes.

Quand nous fûmes chez moi, je leur offris d'abord d'utiliser mon téléphone pour parler à leurs familles, et les prévenir de leur retour, s'ils n'avaient pu utiliser tout à l'heure les lignes de Skhirat ; puis j'allumai le poste de radio, qui était resté sur la fréquence de Rabat. On jugera de notre surprise, quand nous entendîmes soudain ce discours, qui se répéta en alternance avec des marches militaires : « L'armée, l'armée vient de prendre le pouvoir. Le système monarchique a été balayé. Le roi est mort. L'armée du peuple a pris le pouvoir. Vigilance, vigilance. Le peuple avec son armée est au pouvoir. Une ère nouvelle vient de poindre. » Nous fûmes encore plus étonnés lorsque Driss, notre ami de la direction des phosphates, reconnut la voix qui prononçait ces phrases, et qui m'avait semblé familière, sans que j'eusse été capable de l'identifier : c'était celle d'Abdeslam Amer, un chanteur aveugle que l'on appelait quelquefois le Ray Charles marocain.

Nous échangeâmes des regards inquiets. La reprise en main de l'armée par le général Oufkir avait-elle échoué ? Elle m'avait pourtant semblé inéluctable, après l'allégeance que les cadets avaient marquée au roi. Je tournai le bouton des fréquences, et parvins à celle de Tanger, où l'on entendit un autre message enregistré, prononcé par la voix du général Oufkir, que nous reconnûmes tous : « … La situation dans l'ensemble des provinces du royaume est calme. J'exhorte les fonctionnaires de l'État et les populations à garder leur sang-froid… Sa Majesté Hassan II, chef suprême de l'État et des Forces armées royales, tient les rênes du pouvoir… À toutes les autorités civiles et militaires, je donne l'ordre de se maintenir dans la légalité sous l'égide de notre souverain… Vive Hassan II, vive le Maroc, vive le peuple marocain. » Bien que nous eussions manqué le début de cette allocution, elle nous rassura soudain ; la précédente annonce devait être comme la trace d'un état de choses antérieur, qui avait peu duré ; le rétablissement des autorités légitimes était sur le point de s'accomplir, et je fis le pari que l'on ne demeurerait pas longtemps dans l'incertitude. Quand, peu de temps après, je plaçai de nouveau le curseur sur la fréquence de Rabat, la proclamation des rebelles ne se fit plus entendre une seule fois ; cette station passait maintenant des chansons d'Abdeslam Amer, et cela nous parut obscur. La révolution tournait à la farce.

À présent que je n'avais plus beaucoup d'inquiétude pour le roi, je fis réflexion que je devais peut-être en avoir davantage pour mon sort, car je me demandais si la courte mise en scène à laquelle je m'étais livré en sa présence, en usurpant son rôle pour défendre sa vie, cheminerait toujours favorablement dans son esprit quand la fureur des événements serait retombée. Plus je me remettais mon action en mémoire, et plus il me semblait qu'elle pouvait être considérée par Sa Majesté en bonne aussi bien qu'en mauvaise part, et qu'elle y trouverait, selon le point de vue qu'elle prendrait sur elle, ou selon son humeur, un motif de grâce autant que de disgrâce.

IX

Le coup d'État fut maté par le général Oufkir au début de la nuit, à peu près à l'heure qu'il avait dite. Le lendemain après-midi, je me trouvai prendre part à un conseil particulier que le roi tenait avec ce vizir et d'autres en qui il avait le plus de confiance ; j'y appris les faits qui manquaient à mon appréhension de tout l'événement.

Le colonel Ababou n'avait pas mobilisé les centaines de cadets qui se trouvaient sous ses ordres en leur disant que leur mission était de renverser le roi, et, dans ce dessein, de le tuer si la nécessité s'en faisait sentir ; car ils ne l'auraient naturellement pas suivi, et c'est sans doute contre lui-même qu'ils se fussent rebellés. Il avait fallu masquer l'iniquité de cette entreprise à ceux qui devaient y concourir. La mission que ces jeunes soldats avaient cru accomplir, telle qu'elle leur avait été présentée par leurs chefs, avait donc été de tirer avantage de ce grand rassemblement à Skhirat pour sauver le roi, en éliminant les « mauvais conseillers » et les « ministres félons » qui s'étaient introduits dans son entourage, et l'avaient coupé de son peuple, dont ils lui masquaient les souffrances. Ainsi s'expliquait l'étonnant dénouement qui avait remis Sa Majesté sur le trône, après quelques heures pendant lesquelles elle avait bien cru que son sort était scellé.

Cette conclusion n'aurait pas été possible, cependant, sans une circonstance singulière dont nous ne prîmes connaissance qu'après la réduction des insurgés et la reconstitution du cours des événements, qui se dessinait à travers les premiers interrogatoires : quand le général Medbouh eut quitté le seuil des lieux d'aisances, où il était venu afin de parlementer avec le roi, il avait retrouvé le colonel Ababou, dans une pièce à l'écart, et ces deux conspirateurs avaient eu une si violente querelle qu'Ababou avait saisi son revolver et tué Medbouh en lui tirant dessus.

Ce général, qui avait déjà été désigné pour être le président de la République occulte (ainsi que je l'appris dans ce conseil), et de qui le colonel tenait ses ordres les plus élevés, avait été horrifié par la manière sanglante dont les opérations s'étaient déroulées dès leur commencement. C'était un homme à principes, qui s'était résigné à renverser le roi au nom de la vertu, et qui n'imaginait pas de piétiner la vertu au nom de cette opération. Son intention avait été de s'emparer de ce monarque pendant qu'il jouerait au golf, loin de la foule des invités, sans plus de violence. Le colonel Ababou, cependant, n'avait pas attendu que le général lui indiquât le moment précis où la surprise de cette arrestation eût été possible ; il avait décidé d'un assaut brutal, massif, et pour ainsi dire aveugle, pendant lequel il n'avait pas freiné le déchaînement de ses soldats, qu'il avait vraisemblablement drogués. Medbouh, irrité, consterné, inquiet peut-être, du tour que prenaient les événements, avait-il marqué à Ababou qu'il entendait le démettre de ses fonctions ? Ababou avait-il pensé que le moment était venu de se défaire de ce vieux républicain idéaliste, et, plutôt que d'être mis à l'écart, de tirer parti de cette circonstance pour accélérer sa marche vers le sommet du pouvoir ? Ces conjectures paraissaient vraisemblables. Quoi qu'il en soit, Ababou avait tué Medbouh, et n'avait donc pu apprendre de lui, qui était seul, parmi les rebelles, à le savoir, l'emplacement de la cachette du roi.

Il était environ seize heures trente au moment de ce meurtre, et Ababou courait après le temps : il devait rejoindre à Rabat la première réunion du Conseil de la révolution, où l'attendaient le colonel Chelouati et quatre généraux factieux, dans un bureau de l'état-major. Il était déjà en retard. Il laissa le contrôle du palais de Skhirat à ses jeunes soldats, et fila vers la capitale. Il raconta au Conseil de la révolution que le général Medbouh avait trouvé la mort dans une échauffourée, et tous pleurèrent cet homme intègre qui devait présider à leur république. Interrogé sur le sort du roi, il prétendit qu'il avait aussi été tué. Puis, tandis que les généraux s'en allaient rejoindre les régions militaires dont ils avaient le commandement, il se rendit dans les studios de la radio-télévision.

Il y trouva le célèbre crooner égyptien Abdelhalim Hafez, qui devait chanter pour l'anniversaire du roi, dont il était ami. Il semble qu'il lui ait demandé d'enregistrer le message radiodiffusé annonçant le renversement de la monarchie, et que Hafez s'y soit refusé fermement, malgré toutes les intimidations qui étaient essayées sur lui. Abdeslam Amer, le chanteur aveugle, était aussi dans ces studios ; il croisa le chemin de l'officier rebelle, qui voulut l'employer à la même tâche, et il l'accepta, pour son malheur ; c'est pourquoi nous avions entendu sa voix, le soir, à la radio, sur la dernière station qui diffusât encore le message des rebelles, quand il n'était plus accordé à la réalité.

Le général Habibi, avant de rejoindre Marrakech, dont il commandait la région militaire, avait résolu de passer par Skhirat, pour s'assurer que les nombreux diplomates de toutes nations qui se trouvaient à l'anniversaire du roi n'avaient pas été trop maltraités par les soldats, et pour prendre les dispositions nécessaires si ce qu'il allait observer lui donnait lieu d'être mécontent ; car il était inquiet que le nouvel ordre des choses ne commençât par la réprobation des opinions étrangères, et c'est ainsi qu'il avait justifié le détour qu'il voulait entreprendre, devant les autres membres du Conseil de la révolution, qui avaient approuvé son dessein. J'avais pu pressentir l'étendue de sa surprise quand il était arrivé à Skhirat et s'était retrouvé face au roi, qu'il voyait libre et commandant aux cadets d'Ahermoumou, alors qu'il avait été informé de sa mort. Il avait baisé d'autant plus frénétiquement la main de Sa Majesté qu'il pouvait redouter d'être bientôt reconnu pour l'un des traîtres, ce qui ne manqua pas d'arriver, un peu plus tard, sans que j'en fusse témoin.

Le général Oufkir raconta, en peu de mots, comment il avait mené la contre-offensive, après que nous fûmes sortis de notre cache. Il savait qu'il pouvait compter sur la loyauté du commandant militaire de Tanger ; celui de Casablanca, que les rebelles croyaient de leur côté, jouait double jeu ; des ordres furent donnés pour empêcher celui de Fès d'atterrir sur cet aéroport, en prétextant de fausses difficultés techniques, et le détourner sur Meknès, où l'on aurait le temps de lui préparer un comité d'accueil ; quant à Habibi, le commandant militaire de Marrakech, il s'était jeté malencontreusement dans la gueule du loup. Oufkir se rendit en jeep à l'état-major, à Rabat, où il trouva, sur le perron, le colonel Ababou, fumant une cigarette, comme s'il savourait, pendant quelques instants, le bon déroulement de son coup d'État, et comme s'il attendait ce vizir ; il lui demanda d'ailleurs, en le voyant apparaître, s'il était venu pour se rallier. À ce moment du récit d'Oufkir, quelques rires nerveux se firent entendre autour de la table, et redoublèrent quand il raconta qu'il avait répondu à Ababou qu'il était venu non pas pour se rallier à lui, mais pour lui demander de se rendre. Puis il lui révéla l'état des forces en présence, qui était maintenant beaucoup moins en faveur du colonel que celui-ci ne le croyait. Comprenant sans doute, dans ce moment, qu'il était perdu, il ordonna à ses soldats d'ouvrir le feu ; et tandis qu'il se précipitait à l'intérieur, il fut blessé par les tirs de réplique immédiats qu'avait ordonnés Oufkir aux soldats qui l'accompagnaient. Celui-ci voulait prendre Ababou vivant ; mais l'officier rebelle intima à l'adjudant Akka, un colosse qui le suivait partout comme son ombre, de le tuer avant qu'il fût saisi. Cet ordre fut obéi, et le corps du colonel fut emporté à l'intérieur par ses soldats ; mais il était clair qu'ils ne tiendraient pas longtemps ce bâtiment, et que, partout dans le royaume, plus aucun officier ne prendrait le parti des séditieux, à moins qu'il ne voulût aller droit à sa perte.

Le roi jugea que l'essentiel avait été dit, au sujet du déroulement des opérations. Il fallait encore procéder à de nouvelles nominations, en allant au plus urgent, et peser les termes d'une déclaration publique, à quoi je prêtai davantage mon concours. Au moment de lever la réunion, Sa Majesté, comme si elle sentait revenir dans son esprit une idée qui l'avait d'abord frappée, puis lui avait échappé, ajouta ces quelques mots : « On m'a rapporté que certains soldats avaient dit : le coup d'État a échoué parce que le soleil était trop fort… Le soleil était trop fort ! Vous vous rendez compte ? Le soleil était trop fort… » Et il fut secoué par un grand rire, qui marquait que ce symbole n'était pas pour lui déplaire. « Eh bien ceux-là, reprit-il, ils vont en entendre parler, du soleil… »

Trois semaines avaient passé, quand le roi me fit venir en audience. Je fus seul avec lui, ce qui était chose rare ; et je le vis, cette fois, fort ébranlé. Le décuplement de vigueur que lui avaient donné, immédiatement après l'attentat, la joie inédite qu'il avait découverte dans le seul fait d'être en vie, et de régner, ainsi que le sentiment de sa chance, s'était réduit dans le peu de temps qui s'était écoulé depuis lors. Il luttait contre son trouble ; il était décidé, me dit-il, à écrire une nouvelle page de son règne. Cela faisait dix ans déjà qu'il était roi ; dix ans pendant lesquels les périodes de stabilité n'avaient été que relatives et brèves ; dix ans, disait-il encore, pendant lesquels il n'avait pas réussi à établir son pouvoir sur des fondations solides, saines, intangibles. Son désarroi ne semblait pas feint. Je m'efforçai de réfuter son pessimisme, en lui représentant sous un jour favorable le bilan de son action réformatrice. Je percevais que, dans cette circonstance précise, tel était mon rôle ; il eût été fort indélicat, et périlleux pour moi-même, d'entrer dans son sentiment et de le lui confirmer. Il laissa passer un moment de silence, qui me parut marquer que nous étions en train de quitter la pure et simple conversation, pour venir à *l'ordre du jour* ; et il me fit remarquer que l'année suivante serait celle du trois centième anniversaire du règne de Moulay Ismaël, qui était monté sur le trône en 1672.

C'était donc là l'objet de ma convocation. J'étais historiographe du royaume, il me revenait de réfléchir à l'opportunité, et, si leur opportunité était avérée, à la nature des cérémonies qu'il conviendrait d'organiser. « On m'accuse d'être un despote, dit-il, alors je sais que certains diront : c'est le despote qui rend hommage à un despote… » Et il laissa tomber sèchement sa main sur son bureau, d'un geste sonore, dominateur et las. « Il a inspiré la crainte, mais enfin il a bâti. Son œuvre politique est gigantesque et il a régné cinquante-cinq ans. Il paraît que j'inspire aussi la crainte ; pourtant, c'est moi qui frémis quand je sens une présence derrière mon dos, dans les couloirs de mon propre palais. Ils veulent toujours me mettre en équation ; je pourrais peut-être leur répondre par une sorte d'homothétie… Mais enfin, je n'ai pas encore tranché la question de savoir s'il faut ou non organiser quelque chose. J'aimerais que tu y réfléchisses. Va bientôt à Meknès. Tu auras tous les fonds nécessaires. »

Si Sa Majesté décidait en effet d'organiser une célébration pour ce tricentenaire, nous n'aurions que quelques mois pour tout imaginer, tout programmer, tout mettre en œuvre. Ce délai était d'une extrême brièveté, et je ne sus le lui représenter autrement qu'en m'estimant d'autant plus honoré par sa confiance que ce qu'elle me demandait apparaissait impossible. Le roi dut remarquer que je ne feignais pas d'éprouver cette difficulté, car il m'assura, de nouveau, que je disposerais de moyens pour ainsi dire illimités. « Tu es le seul à pouvoir le faire », me dit-il, et il eut l'obligeance d'évoquer le mémoire que j'avais soutenu en Sorbonne sur les corsaires de Salé, ainsi que mes *Élégies*, qu'il appela encore « mauresques » au lieu de « barbaresques » ; mais derrière l'apparent hommage à mes capacités, qui aurait dû m'encourager tout en me rassurant, je ne sais pourquoi je crus sentir que cet ajustement parfait pouvait être aussi bien celui d'une cible que l'on a soigneusement choisie et tient à sa merci, dans le viseur d'une arme.

Ce sentiment ne me quitta pas, lorsque, ayant demandé au roi si j'exercerais seul cette mission, ou bien si d'autres conseillers y contribueraient parallèlement à moi, et si, par ailleurs, il me permettrait d'engager à mon service quelques assistants qui excelleraient dans les études historiques, il me répondit que non seulement aucun autre conseiller ne participerait à la réflexion préliminaire concernant l'opportunité des cérémonies, mais encore qu'il attendait de moi que je la passasse rigoureusement sous silence, et que je la conduisisse donc sans personne à mes côtés, pour le moins jusqu'au moment où la programmation serait lancée, si jamais sa décision devait être que ces fêtes vissent en effet le jour. J'entrais dans ses raisons, sans qu'il eût besoin de me les détailler. Si sa décision devait être d'abandonner ce projet, il convenait que personne n'en eût rien su, car la rumeur publique, qui fait enfler tout ce qu'elle touche, ne manquerait pas de percevoir un renoncement, et de le commenter hors de toute mesure, là où il n'y aurait eu, en réalité, qu'un choix réfléchi entre deux possibilités. Pour demeurer libre d'organiser ces fêtes ou de ne pas le faire, il fallait que leur existence à l'état virtuel restât secrète autant que possible. Ensuite, dans l'hypothèse où l'on choisirait de les organiser, je pourrais naturellement installer à mon service une commission, composée de toutes les personnalités qualifiées que je jugerais profitable de convoquer. L'unique personne qu'il avait voulu informer de ce projet, me dit-il, était le général Oufkir, pour qui il n'avait pas de secrets. Il m'assura, cependant, que je n'aurais pas à rendre compte à cet officier, et qu'il lui avait demandé de ne pas s'immiscer dans mon travail. Le roi resterait, pour le moment, mon seul interlocuteur.

Quand je voulus prendre congé, Sa Majesté me retint encore, pour m'entretenir d'une dernière information à considérer. Après avoir songé à organiser des festivités pour cet anniversaire, elle avait appris, ou plutôt s'était ressouvenu, que le shah d'Iran allait célébrer en grande pompe celui de la fondation de l'empire perse, qui était vieux de deux mille et cinq cents ans. On ne pouvait douter que les fêtes qui auraient lieu en octobre à Persépolis seraient grandioses. Elles dureraient plusieurs jours ; des chefs d'État, des princes, des dignitaires de toutes les parties du monde avaient été invités. Le roi avait renoncé à s'y rendre personnellement, malgré l'amitié qu'il éprouvait pour le shah ; trois mois après l'attentat à Skhirat, il lui paraissait inconcevable de s'absenter loin de ses États, et bien qu'il se fût gardé d'exprimer en ma présence une telle crainte, il était évident que la configuration de cette grande fête pouvait fâcheusement lui rappeler celle de son tragique anniversaire. « *Dux et sedes*... » me dit-il, dans le style elliptique dont il était coutumier ; et croyant que je ne perçais pas l'énigme qu'il me proposait, ce qui sembla lui complaire, il poursuivit de cette manière : « *Dux et sedes*, comme disaient les Latins ; le chef, et le siège. S'ils sont séparés trop longtemps, les portes du pouvoir sont grandes ouvertes devant les séditieux. Car qui va à la chasse perd sa place. Et quand Rome n'est plus dans Rome, comme dit Pascal, eh bien… tout est possible. Bref, tu auras bien compris que ce n'est pas le moment, pour moi, de passer cinq jours chez le roi de Perse. » Son frère le représenterait donc, et il m'invita à faire partie de la délégation qui accompagnerait ce prince, car les spectacles inventés par les Persans pourraient m'inspirer utilement.

Il alluma une cigarette ; et tandis que je me retirais, il me lança en souriant, comme une ultime directive qui lui eût traversé l'esprit à l'instant, née de la flamme de son briquet d'argent ou de sa première bouffée de tabac : « Et que ce soit un peu plus original qu'une fantasia ! » Je me retournai pour lui répondre en acquiesçant humblement.

Je quittai la salle d'audience en charge d'une « mission de préfiguration des festivités relatives à la célébration de Moulay Ismaël », et je n'avais pas encore franchi le seuil du Dar al-Makhzen que je me demandai s'il fallait que je visse dans ce nouvel office un signe de grâce ou de disgrâce.

Cette mission s'annonçait délicate en deux manières, car non seulement le délai d'organisation des festivités était si court qu'il m'exposait au risque d'un échec dont j'aurais à supporter la responsabilité, mais avant même d'être confronté à cette difficulté pratique, l'enquête concernant la seule opportunité d'une célébration ne serait pas aisée à conclure.

À cet égard, les ambiguïtés du règne de Moulay Ismaël, que le roi avait semblé ne pas ignorer, étaient aussi celles de ma mission. Tyrannique, brutal, sanguinaire, ce souverain du dix-septième siècle devait-il être un exemple pour une monarchie du vingtième ? Mais comment le roi d'aujourd'hui pouvait-il laisser dans l'ombre celui qui avait, jadis, jeté les fondements de la dynastie dont le sang coulait dans ses veines ? Il lui devait non seulement son pouvoir, mais son existence ; il les devait à cette violence originaire que Moulay Ismaël avait déchaînée autour de lui et qui semblait avoir, dans la suite des siècles, balayé comme un souffle de longue portée les séditions éventuelles – s'il y avait eu des tensions, elles étaient le plus souvent survenues au sein de la lignée même, entre frères ou entre cousins. Moulay Ismaël était, parmi les souverains d'autrefois, le plus connu des gens du peuple ; accepteraient-ils qu'on négligeât soudain la mémoire de cet homme, dont ils avaient depuis toujours entendu la légende ?

Quand je fus rentré chez moi, je consultai le second volume de l'*Histoire du Maroc des origines à l'établissement du protectorat français*, d'Henri Terrasse. J'avais le souvenir d'un jugement peu favorable ; les dernières lignes du chapitre consacré à Moulay Ismaël étaient, en effet, implacables. « Il a ignoré qu'on ne peut rien fonder de stable sur la haine et la cruauté. Malgré l'ampleur de son œuvre, trop souvent brutale et ostentatoire, Moulay Ismaël ne saurait être compté au nombre des bienfaiteurs du Maroc. » Bien qu'il fût injuste de méconnaître l'ampleur des connaissances de Terrasse, la finesse de ses jugements et la valeur des nombreux travaux qu'il avait rédigés au sujet du royaume, concernant en particulier le patrimoine architectural et artistique ; c'était là, naturellement, le point de vue d'un historien français aux grandes heures du protectorat. Les intellectuels nationalistes n'eussent pas été si sévères. Nous devons nous connaître nous-mêmes, nous devons connaître nos grands hommes, disait Allal el-Fassi – et parmi ces grands hommes, il y avait Moulay Ismaël. Il était un symbole de puissance, jeté à la face de ceux qui nous asservissaient. Mais nous étions indépendants, désormais, et nous avions peut-être besoin de symboles moins brutaux.

La seule existence de ces ambiguïtés suffisait à mettre en question l'opportunité d'une célébration. Plus est grande la part d'ombre d'un homme et plus il est délicat d'honorer sa mémoire pour l'ériger en exemple, quand bien même il aurait été un conquérant et un bâtisseur hors ligne. Était-ce cela que j'essaierais de faire entendre au roi, pour l'incliner à renoncer à son idée ? Ou bien attendait-il de moi que je l'aidasse à écarter ses propres réticences, pour l'encourager à brandir cet exemple qui intimiderait ses adversaires ?

En même temps que j'étudierais l'histoire du règne de Moulay Ismaël, que j'en recueillerais les particularités et anecdotes, que je mettrais en balance ses ténèbres et ses lumières, j'aurais à sonder l'intention secrète du roi, plutôt qu'à le persuader de mes conclusions ; et lorsque enfin j'aurais le sentiment de la tenir, je m'efforcerais de m'y conformer.

Quant à la phrase de Sa Majesté au sujet des fantasias, au-dessus desquelles nos festivités devraient se hausser, elle ne laissait pas de me troubler, car je me demandais s'il fallait comprendre que les cérémonies n'incluraient aucune fantasia, ou bien qu'une fantasia serait tout de même organisée, mais au milieu d'autres divertissements plus originaux qu'il nous reviendrait d'inventer spécialement pour cette commémoration. Je n'osai interroger de nouveau le roi, par crainte qu'il ne me reprochât de l'avoir mal compris, ou de lui laisser entendre que sa manière de s'exprimer avait manqué de clarté, ce qui eût été plus fâcheux encore. Une fantasia ne manquerait sans doute pas de rappeler la fusillade de Skhirat, ce qui incitait plutôt à ne pas en organiser ; mais c'était un divertissement traditionnel et populaire, ce qui faisait redouter que son absence fût mal jugée par l'opinion.

J'allai passer le mois de septembre à Meknès. J'habitais un appartement dans le Dar Jamaï, au bord de la médina. C'était un palais de style hispano-mauresque, construit à la fin du dix-neuvième siècle pour le grand vizir de Hassan Ier, Mohamed ben Larbi Jamaï. Ce ministre, malade et devant être soigné à Fès, avait laissé sa demeure de Meknès à son frère ; mais quand Hassan Ier mourut, et que le prince son fils lui succéda, un nouveau grand vizir fut nommé, qui ordonna de confisquer la maison de son prédécesseur, avec toutes ses autres demeures, terres et effets, sans rien laisser à son frère, dont il commanda même qu'on se saisît, pour le faire emprisonner à Tétouan. Plus tard, les autorités du protectorat avaient fait de ce palais un musée, ce qu'il est resté depuis lors ; mais à l'époque où je m'y rendis, une partie du bâtiment était affectée à des services administratifs, et le musée proprement dit était en travaux, pour une assez longue période, ce qui permettait de s'y établir, sans être dérangé par des visiteurs. Les quelques appartements que l'on avait conservés étaient vastes, mais pauvres en ameublements, ainsi qu'il arrive souvent dans les logements de fonction, que chaque occupant, à son départ, laisse un peu moins pourvu. La vétusté de celui que j'occupais, que personne ne semblait avoir pris soin de réaménager depuis le temps de Hassan Ier, aurait déplu à bien des gens de la cour, habitués à vivre dans un luxe de tous les instants. Pour moi, depuis l'époque où je dormais sur un lit de camp, dans le fortin de Tarfaya, peu de chose suffisait à me faire éprouver la sensation du confort, dont j'avais encore la ressource de m'émerveiller.

Je passai là quelques journées entièrement consacrées à l'étude, pendant lesquelles ma seule distraction était d'aller me promener dans les jardins intérieurs, plantés de cyprès, sans quitter l'enceinte du palais ; je tournais autour des fontaines, comme pour y puiser l'inspiration, et mes pas me conduisaient jusqu'à un petit pavillon aux murs vert pâle, devant lequel je m'arrêtais quelques instants, d'une façon presque rituelle, avant de regagner mes appartements. J'étais souvent au-dehors, cependant, parcourant la ville ancienne, qui devait tant à Moulay Ismaël et portait en tous lieux l'empreinte de ce monarque.

QUATRIÈME PARTIE

X

Il y avait, hors de la ville, un lieu des plus singuliers, qu'on appelait la Vallée heureuse, et qui était un grand jardin luxuriant, plein d'une variété de formes et de couleurs qui plaisait au regard, composé de terrasses et d'escaliers, de bassins et de cascades, orné partout de coquillages et de galets, où l'ombre et la fraîcheur étaient à satiété, même dans la plus grande ardeur du soleil. On y trouvait aussi un café, où j'avais pris l'habitude de me rendre et de m'installer, lorsque je voulais libérer mon esprit, pendant quelque temps, d'un problème délicat auquel me confrontait ma mission, et dont la solution me venait quelquefois, d'ailleurs, de cette façon que j'avais de l'abandonner en m'accordant quelque loisir. Ce jardin sans égal était l'ouvrage d'un Français, un certain sieur Fagnon, qui avait passé quinze ans de sa vie à le bâtir, au début de l'époque du protectorat. Devenu vieux, il vivait toujours à Meknès, où il jouissait de l'affection du peuple et de l'estime des autorités chérifiennes.

Trois semaines seulement s'étaient écoulées depuis mon arrivée à Meknès lorsque, dans cette Vallée heureuse, je vis pour la première fois Morgiane al-Meghisti, dont le chemin rencontra le mien, au bord de la plus grande des cascades. La voir et l'aimer passionnément, ce fut une même chose pour moi ; je fus si peu capable de rassasier mes yeux en la regardant que je fis en moi-même le serment de ne point la laisser repartir sans que j'eusse obtenu le moyen de demeurer en relation avec elle, si jamais la providence me présentait encore l'occasion de l'entrevoir. Cela se produisit en effet, dès le jour qui suivit. J'avais instinctivement résolu de revenir à l'endroit et à l'heure même où je l'avais rencontrée, et j'eus la plus heureuse des surprises en l'apercevant, arrêtée dans une attitude qui me fit songer qu'elle avait, elle aussi, entrepris d'espérer me revoir, et que le hasard n'avait pas été seul à provoquer cette deuxième rencontre.

Elle était la plus belle brune que l'on pût voir au monde, d'une taille au-dessus de la médiocre et fort bien proportionnée, une belle gorge, le teint bien coloré et fort fin, de grands yeux noirs, vifs et brillants, le nez sans défaut, les lèvres vermeilles et bien meublées, tous les traits d'une régularité accomplie, avec un air d'esprit et d'enjouement qui charmait en un instant.

J'allai vers elle ; et pour lui marquer combien son apparition était extraordinaire, je lui demandai, comme dans le conte de *La Fille du sultan des Baumes* : « Êtes-vous djinn, ou être humain ? » Elle plongea son regard dans le mien, sans d'abord dire un mot, et en paraissant faire une infinité de réflexions. Puis elle répondit, en me souriant : « Comme toi, je suis de la race d'Adam. » Je ne puis exprimer la joie que j'eus de percevoir tout l'à-propos dont elle était capable, et l'entente qui ne manquerait pas de s'établir entre nos esprits ; et je crus voir qu'elle était, pour sa part, satisfaite de l'effet qu'avait produit sur moi sa réponse.

Ses charmes ne laissèrent pas de me faire perdre une liberté dont j'étais alors près de croire que je la conserverais toute ma vie. La position que j'avais à la cour et le souvenir des étranges chemins qu'avait suivis ma carrière avaient au fil des ans de plus en plus découragé mes espérances de me marier. La sentence de l'exil m'avait frappé au moment où j'allais épouser une femme dont je croyais avoir tout sujet d'être content. J'avais été détrompé de cette croyance ; et, prisonnier à ciel ouvert, je m'étais retrouvé privé des occasions d'alimenter le feu des passions, lequel s'était presque éteint, dans ce désert. J'étais revenu de Tarfaya avec des habitudes d'ermite, qui s'étaient prolongées – en s'adoucissant quelque peu – dans ma charge d'historiographe, où la part de l'étude était, dans ma façon de l'exercer, rendue d'autant plus grande qu'elle convenait à la pente actuelle de mes inclinations. Je savais, cependant, que nul ne se peut croire pour toujours abrité des passions, et j'avais des raisons de m'en méfier.

Les circonstances où j'avais été placé depuis l'âge de quinze ans m'avaient conduit la plupart du temps à faire la connaissance de dames d'une qualité si élevée que la mienne leur semblait rarement convenable à la leur, malgré le peu de distance qui me séparait du roi. Je n'avais pour ainsi dire aucuns biens qui pussent, en soutenant ma présence à la cour, achever de contrebalancer l'humilité de ma naissance ; et l'on concevra sans peine que mes fonctions ne me donnaient en aucune façon prise sur les différents circuits de décision et de financement qui passaient par le palais ou les ministères, en sorte que je n'avais nulle raison de percevoir les rétributions complémentaires qui permettaient à nombre de cadres de l'administration de loger leur famille dans de vastes maisons, et d'envoyer leurs enfants dans des universités étrangères.

La frugalité à laquelle j'étais accoutumé me garantissait une sorte de repos, dont j'étais bien aise quand j'apprenais les tourments que souffraient certains des grands du royaume. Le roi fermait les yeux sur ces enrichissements peu licites, qu'il ignorait d'autant moins qu'ils étaient fort répandus, si bien qu'il s'attachait l'affection de ceux qui s'y abandonnaient, en même temps qu'il les tenait à sa merci ; car il lui suffisait de sortir l'un de ces dossiers, qui étaient réels, pour précipiter la disgrâce d'un tel, sans avoir besoin de monter des machinations imaginaires.

Étant sans charge de famille, j'avais peu de dépenses, comme j'avais peu de revenus. Qu'en serait-il, cependant, si je venais à épouser une femme bien née, qui n'aurait assurément jamais conçu de restreindre ses vues au nécessaire, et qui ne se contenterait pas longtemps de m'entendre lui dire, en rentrant le soir, qu'aujourd'hui j'avais baisé la main du roi, et peut-être même qu'il avait été content de moi ? Elle finirait par me mépriser de rester le moins fortuné des conseillers de ce monarque, quand tous les autres savaient s'y prendre pour tirer avantage de leur position, afin d'assurer une vie confortable à leur famille.

En outre, la brutalité avec laquelle ma vie avait été rompue, et pouvait l'être encore, ne m'avait guère incité à rechercher des engagements intimes qu'une nouvelle disgrâce eût risqué de piétiner. J'aurais redouté d'entraîner une femme à qui j'eusse proposé de vivre avec moi dans des mésaventures semblables à celles dont j'avais déjà fait l'expérience. J'en ressentais d'autant plus vivement l'inquiétude que je ne savais toujours pas pour quelle raison précise j'avais été relégué à Tarfaya peu après l'intronisation du jeune roi. Et j'étais si préoccupé de me maintenir dans les bonnes grâces de Sa Majesté, qu'il me semblait avoir regagnées, mais dont on a vu qu'il s'en fallait quelquefois de peu que je ne les perdisse à nouveau, que je craignais de ne pas donner tout le temps et tous les soins que je croyais être nécessaires à l'installation d'un foyer.

Voilà quelles étaient mes dispositions à l'égard du lien du mariage, dont je pensais alors, avec tout le sérieux possible, que je n'aurais peut-être plus jamais l'occasion de le contracter, quand je fis la connaissance de Morgiane. Jamais je n'avais vu tant de charmes à la fois, qui m'enlevaient à moi-même pour me donner tout à elle, en sorte que cet édifice de raisons s'écroula dans un seul instant.

Je ne fus pas étonné de voir qu'une jeune femme si belle et si bien faite sût à la perfection ce qu'était le monde. Morgiane appartenait à l'une des plus illustres familles de *chorfa* idrissides, et cachait peu l'orgueil que lui inspirait ce lignage. J'avais en outre cru comprendre qu'à la différence d'autres nobles familles, qui à force de ne jamais se mésallier ni *déroger*, se trouvaient de nos jours sans grands biens pour soutenir leur prestige, et n'avaient gardé pour seul luxe (et quelquefois pour seul rempart contre les affronts des créanciers) que le respect du peuple et des autorités pour les descendants du Prophète, la sienne n'avait pas craint de redorer son blason, dans les dernières décennies, par différents mariages qui l'avaient unie en particulier à quelques-uns de ces « fassis de Casablanca » dont la grande fortune avait commencé de se constituer à la fin du dix-neuvième siècle. Cela n'empêchait pas que Morgiane se montrât préoccupée extrêmement par la pauvreté du peuple et par la corruption des grands, si bien qu'au nom d'une réforme du gouvernement, elle me semblait prête à approuver les doctrines et les actions des opposants qui en voulaient non seulement au roi régnant, mais à la monarchie en général. Il m'arriva, cependant, de me demander si ses discours en faveur du peuple étaient entièrement sincères, ou s'ils déguisaient pour une part une hostilité plus fondamentale, et pour ainsi dire atavique, à la dynastie alaouite.

Le nom de sa famille s'était fait entendre à quelques occasions dans l'histoire du royaume, mais certaines des intrigues auxquelles il avait été mêlé par ceux qui le portaient l'entouraient d'une renommée ténébreuse. Les esprits craintifs ne le prononçaient pas sans frémir, et le silence qui se faisait alors était comme l'indice d'une sorte de damnation, dont le pressentiment additionnait à la distance respectueuse qu'on place dans la considération de la noblesse et de l'ancienneté des origines celle qu'inspire le sort des individus que des forces écrasantes ont projetés du mauvais côté de l'histoire, quand ils se sont approchés d'elles en faisant imprudemment le pari qu'elles s'exerceraient à leur profit.

L'histoire de la maison d'al-Meghisti était si bien connue que Morgiane n'avait pas eu besoin de m'en apprendre les principaux chapitres. À la fin du siècle dernier, le cheikh Ahmed al-Meghisti, issu d'une longue lignée d'oulémas et de vizirs, avait été l'un des conseillers du sultan Hassan Ier, en charge des affaires religieuses ; et quelques ouvrages historiques dont il était l'auteur attiraient encore de nos jours l'attention des lettrés. Il avait eu trois fils, dont Jafâar, le grand-père de Morgiane, qui avait été professeur à la Quaraouiyine, avait écrit des poèmes (ses parfaites imitations des panégyriques de l'époque omeyyade avaient fait les délices de quelques lecteurs qui comptaient parmi les plus savants oulémas du royaume), et s'était toujours tenu à l'écart des affaires publiques, ce que n'avaient pas fait ses deux frères.

L'un, Abdallah al-Meghisti, était quelquefois présenté comme le principal opposant à la dynastie alaouite, dans les années 1900. Quand le sultan Moulay Abdelaziz avait été contraint d'abdiquer, ce chérif avait rêvé de le supplanter et de faire remonter les Idrissides sur le trône, presque mille ans après le règne du dernier émir de cette dynastie. C'était cependant le frère d'Abdelaziz, Moulay Abdelhafid, qui lui avait succédé ; et peu après son intronisation, il avait ordonné qu'on emprisonnât Abdallah al-Meghisti et qu'il reçût le fouet, dont il était mort.

L'autre frère, Mohammed, qui s'était fait connaître, dans les années vingt, par les argumentations subtiles qu'il échafaudait pour soutenir les desseins de la Résidence au nom des plus anciennes traditions sociales et religieuses du sultanat avait sans doute été animé par le souvenir de ce châtiment, et par le ressentiment qu'il en avait conçu à l'encontre des Alaouites, quand il avait pris une part décisive à la déposition du sultan en 1953, en formant une alliance avec le Glaoui, et en usant de l'autorité de son nom pour convaincre de nombreux chefs de tribu de prêter allégeance à Ben Arafa. Mais lui aussi, disait-on, à la faveur des troubles qui avaient alors éclaté, avait rêvé de redonner le trône aux Idrissides, plutôt qu'à cet usurpateur qui était encore un Alaouite.

Le père de Morgiane était l'un des cadres dirigeants de l'administration des chemins de fer, et sa mère appartenait à une riche famille de commerçants de Casablanca. Elle avait grandi à Rabat, dans la fameuse allée des princesses, et j'étais frappé de sa familiarité avec tous les grands du royaume, dont elle me faisait confidence. Elle me soutint qu'elle avait donné des cours particuliers de mathématiques à la fille aînée du général Oufkir, dans la maison de ce vizir.

Elle étudiait la médecine à Paris, où elle devait repartir bientôt, pour la rentrée universitaire, qui avait lieu en octobre ; elle était venue à Meknès pour visiter une partie de sa famille, qui habitait dans le Dar Kebira, l'ancienne cité impériale bâtie par

Moulay Ismaël, où quelques grandes demeures qui étaient encore debout restaient l'apanage des chorfa. Ensuite, elle fit en sorte de prendre l'avion dès qu'elle le pouvait, pour me retrouver dans cette ville ; et j'étais émerveillé autant de la liberté qu'elle prenait de ne pas assister à tous ses cours de la faculté de médecine que de celle qu'elle avait de voyager à son gré, sans qu'elle eût, en apparence, à se contraindre dans ses dépenses d'argent.

Elle n'ignorait rien des luttes d'influence qui opposaient, au sein des organisations de gauche, divers courants qui ne se distinguaient que par leur degré de radicalité marxiste-léniniste, et s'épuisaient à se noyauter mutuellement. Elle avait connu les militants de la section française de l'Unem, qui formaient la composante la plus à gauche de ce syndicat, et s'exaltaient de défier le Makhzen avec d'autant plus d'impudence qu'ils vivaient à Paris sous d'autres lois, le temps de leurs études. Elle avait pris part à l'expérience d'autogestion qui avait eu lieu à la Maison du Maroc de la Cité universitaire, pendant les événements de mai 1968 ; et elle s'était indignée devant moi de sa fermeture, qui venait au mois de juillet d'être décidée par le palais, pour imposer silence à ce foyer de la contestation. Elle était amie d'Anis Balafrej, le fils de l'ancien Premier ministre, élève de l'École centrale à Paris, qui était l'un des leaders de « La Cause du peuple », aux côtés d'étudiants français.

Elle me posait souvent des questions sur le roi, mais l'opinion qu'elle en avait était si bien arrêtée que mes réponses ne la changeaient pas le moins du monde.

Tous les efforts que je faisais pour la persuader des bonnes qualités de ce monarque restaient vains. Elle me contredisait en m'affirmant qu'elle avait de toute façon d'autres sources que moi-même dans l'entourage du roi, et qu'elles étaient plus véridiques, car elles étaient bien mieux placées auprès de lui. Je luttais peu contre cette obstination. « Il méprise ceux qui le flattent, il déteste ceux qui lui résistent, me dit-elle un jour. Aucun rapport avec lui n'est possible. Qu'il ait affaire à un courtisan de basse espèce, et il est impatient de trouver quelqu'un avec qui exercer son intelligence d'égal à égal ; mais qu'il soit en compagnie d'un homme qui ne lui cède en rien par l'esprit, et il est impatient de l'anéantir, car personne ne doit risquer de lui faire de l'ombre. » Je me tus ; je me ressouvins que, parfois, la bassesse d'un courtisan ou la médiocrité d'un administrateur m'avaient paru si extraordinaires qu'elles étaient bien de nature à provoquer, et même à justifier les humiliations que le roi se laissait aller à leur infliger. Je me gardai, cependant, de faire part à Morgiane de ces réflexions.

Elle m'interrogea plusieurs fois sur ce que je savais de l'affaire Ben Barka, et ne se découragea jamais du peu de réponses que je lui faisais. Je n'avais au reste pas à feindre l'ignorance, car ces faits s'étaient déroulés pendant que je me trouvais à Tarfaya, aussi éloigné qu'il est imaginable des affaires de la politique. Cet attentat contre l'un des chefs de la gauche lui inspirait une indignation que les années n'avaient pas atténuée. La lettre que le roi avait adressée à son ancien professeur de mathématiques, peu de temps auparavant, pour l'inviter à revenir dans le royaume, car il avait besoin de son aide, ainsi qu'il l'avait écrit, pour « résoudre une équation », lui paraissait à la lumière de ce qui s'était produit par la suite un procédé d'une extraordinaire déloyauté. J'avais la conviction que le roi n'avait pas été insincère en écrivant cette missive, et qu'il n'avait pu de lui-même ordonner un acte aussi odieux, mais que des gens de sac et de corde en avaient pris l'initiative, à leur propre niveau de responsabilité, qui était bien inférieur.

Elle était sûre, au contraire, qu'un roi pourvu d'un tel orgueil n'avait pu souffrir d'avoir l'un de ses anciens professeurs comme opposant politique, et n'avait eu de cesse de méditer sa disparition de la surface de la terre. Elle affirma un jour : « Le souvenir de cet homme, et je dirais même le souvenir de la supériorité de cet homme sur lui, doit encore l'obséder terriblement, pour qu'il emploie si souvent cette expression, à propos de ses opposants : *ils veulent me mettre en équation*. » C'était vrai qu'il disait assez souvent cela, et chaque fois j'en étais frappé.

Elle ne me cacha pas le sentiment qu'elle avait, qu'un ancien camarade de classe n'était pas loin d'être dans une position aussi peu avantageuse aux yeux de ce monarque, si bien qu'elle me conseillait non seulement d'être sur mes gardes, mais de songer à passer franchement du côté des partisans d'un renouvellement profond de la vie politique nationale.

Quand je lui avais raconté l'aventure de ma substitution au roi, devant les soldats rebelles, à Skhirat, elle avait ri aux éclats de l'ignorance des soldats qui m'avaient pris pour lui, en étant dupes de ma cravate et de mon veston, car elle jugeait qu'il y avait bien peu de ressemblance entre nous, et me flatta en m'assurant que j'étais mieux fait que lui, contre quoi je ne laissai pas de protester.

Puis elle avait éclairci une phrase que le roi avait dite, et que je n'avais pas entièrement comprise, en me faisant le récit de l'invraisemblable péripétie inventée par Alexandre Dumas dans *Le Vicomte de Bragelonne*, où l'on voit le mousquetaire Aramis, ami du surintendant Fouquet, procéder au remplacement de Louis XIV par son frère jumeau, qui n'est autre que le fameux homme au masque de fer, tandis qu'il fait arrêter et enfermer à la Bastille ce vrai monarque ; et celui-ci a beau hurler à la méprise, les apparences sont contre lui extrêmement, et nul n'a de raison de le croire, sinon ceux qui sont dans la confidence. Cependant, comme celui dont j'avais été l'acteur, qui n'avait duré que quelques minutes, cet échange de la personne royale ne persiste dans ce roman que fort peu de temps, une journée à peine, car M. Fouquet, effrayé par la folle entreprise d'Aramis, dont il n'a pas été informé, ordonne dès qu'il apprend cela l'élargissement du roi prisonnier, lequel l'en remerciera fort mal.

Cela fit un sujet de plaisanterie entre nous, ou plutôt de sa part ; elle jugeait que ce ministre avait été bien bête dans une telle occasion, et ajouta qu'à ma façon moi aussi, en redonnant au roi le pouvoir que je lui avais emprunté, dans un moment très bref, pour le protéger de l'agression des rebelles. J'avais eu entre mes mains la possibilité de faire basculer l'histoire du royaume, et je m'en étais dessaisi aussitôt, sans plus de réflexion. Elle était persuadée que ce monarque serait bien éloigné d'éprouver pour moi de la reconnaissance (comme Louis XIV, dans l'affabulation d'Alexandre Dumas, n'en avait pas eu pour Fouquet), et préférerait me voir disparaître plutôt que de se sentir mon obligé. Je dus lui protester encore que je pensais tout le contraire.

Morgiane ne perdait jamais une occasion de déplorer la mauvaise administration du roi. Nous allions souvent nous promener, dans l'enceinte de l'ancien palais impérial, près du pavillon où Moulay Ismaël avait coutume de recevoir les ambassadeurs étrangers. Or, l'auvent de ce pavillon avait perdu son revêtement de tuiles vertes, qui avait été remplacé à la diable par de la vilaine tôle, déjà un peu rouillée. Comment était-il possible, demandait-elle, en me marquant sa colère, que ce monarque mît aussi peu de soin à conserver et à restaurer le patrimoine de ses ancêtres ? Et son regard, chargé d'indignation, allait de ces plaques de tôle aux herbes folles qui poussaient sur le sol des anciens jardins royaux, et qu'elle me désignait comme une autre preuve de ce qu'elle avançait. Puis elle s'obstinait à rire de moi, quand je lui répondais que Sa Majesté était aussi éloignée que possible de dédaigner tout ce patrimoine, et que l'une de mes missions, ici, était précisément de reconnaître et de signaler de telles dégradations, afin que les services concernés au sein de l'administration des affaires culturelles, étant alertés au nom du roi, pussent diligenter les actions nécessaires.

Je me flattais d'avoir réussi à garder secrète en sa présence la nature exacte de ma mission à Meknès, et ainsi de n'avoir pas rompu le serment qui me liait au roi, bien que, dans la passion dont je brûlais pour elle, j'eusse souvent eu envie de lui en faire la révélation. Elle semblait si peu la soupçonner qu'elle me demanda plusieurs fois si le roi avait prévu de célébrer par des réjouissances les trois cents ans du règne de Moulay Ismaël, qui étaient imminents, et dont elle s'étonnait de n'avoir entendu parler nulle part. Je n'avais d'autre choix que de faire comme si je n'en savais rien, en m'efforçant de sonder son opinion, qui pourrait m'éclairer utilement sur les sentiments qu'éprouverait sur ce sujet, de manière plus générale, une certaine frange activiste de la jeunesse étudiante du royaume. Il n'était d'ailleurs pas aisé de discerner ce qu'était son opinion, car les emportements que lui inspirait le roi lui faisaient exprimer des pensées qui allaient dans toutes les directions, au point de me sembler contradictoires. En n'organisant aucunes réjouissances, ce dont ce monarque serait bien capable, disait-elle, il prouverait encore le peu de cas qu'il faisait de l'histoire de ses États ; mais s'il lui venait l'idée d'en organiser (et elle le disait comme si cela comportait une sorte d'audace déplacée qu'il eût mieux valu lui déconseiller), on verrait trop la disproportion qu'il y avait entre son glorieux ancêtre et lui-même, cependant que la grandeur de Moulay Ismaël risquerait d'en être flétrie ; et elle concluait qu'il ne ferait rien, en trouvant presque cela sage, maintenant.

Je croyais devoir représenter à Morgiane que la comparaison des deux monarques était bien éloignée de tourner systématiquement en défaveur de celui qui régnait dans le présent. Il n'y avait pas de commune mesure, lui disais-je, entre les cruautés de Moulay Ismaël, qui fit couler beaucoup de sang, et les mesures de police rigoureuses que le roi régnant devait quelquefois prendre, avec ses vizirs, pour maintenir son peuple dans une discipline nécessaire à son progrès. Morgiane, qui se piquait d'avoir toujours le dernier mot, me soutint que je me trompais, et que les jeunes soldats qui avaient participé au coup d'État manqué, sans savoir dans quoi on les enrôlait, étaient traités avec une extrême rigueur, dans des cachots où n'entrait jamais un rayon de jour. Elle blâmait avec la dernière sévérité ces violences sournoises, que ce monarque croyait cacher au peuple et aux étrangers ; mais elle ne faisait pas reproche à Moulay Ismaël d'avoir versé le sang en abondance, disant que c'était la marque d'une puissance indomptable, qui était l'une des plus extraordinaires dont eût joui le royaume dans son histoire, et dont il convenait de brandir le souvenir, contre tous ceux qui avaient le dessein de nous asservir, ou de nous traiter de haut en bas.

J'avais trouvé, dans mes appartements du Dar Jamaï, un fort beau jeu d'échecs, de grandes dimensions, dont les longues pièces de bronze résonnaient lourdement en se posant sur les cases, d'une façon qui me plaisait. Cet ouvrage avait je ne sais quoi d'étincelant qui tranchait avec la noble vétusté des autres meubles, et qui me fit penser qu'il n'y avait pas longtemps qu'il était sorti de l'atelier d'un artisan ; je me demandai même s'il n'avait pas été installé là spécialement pour me complaire, peu avant mon arrivée. La première fois que Morgiane vint chez moi, elle se précipita sur ce jeu, aussi promptement que si elle avait su où le trouver, et me convoqua à entrer en lice, à quoi je me pliai de la meilleure grâce du monde. Elle recourut à des tactiques savantes et rapides, qui démontraient une profonde connaissance du jeu des échecs, et qui ne tardèrent pas à lui donner l'avantage ; la victoire lui fut bientôt acquise, et la revanche qu'elle m'accorda de prendre ne me permit pas de rétablir entre nous une balance égale : je fus battu plus vite encore. Cela me détermina à renouer avec l'étude des plus savants traités consacrés à ce jeu ; je parvins à relever mes capacités, assez pour emporter quelques victoires dans la suite, mais si l'on doit faire le compte de toutes les parties que nous engageâmes, ce fut elle, sans contestation, qui en gagna le plus.

Des dispositions naturellement romantiques, démultipliées par la conscience qu'elle avait de la noblesse de sa maison, lui firent voir dans notre relation une version moderne de l'histoire de Wallada et d'Ibn Zeydoun. Wallada était la fille du dernier calife omeyyade de Cordoue, au cinquième siècle de l'hégire ; on peut affirmer, sans risquer d'être contredit, que cette princesse était la femme la plus rayonnante de son temps ; elle vivait librement, elle écrivait des poèmes, elle tenait un salon littéraire. On raconte qu'elle marchait dans la ville en arborant sur sa robe deux hémistiches qu'elle avait fait broder, par exemple ceux-ci, qui n'avaient rien pour déplaire à Morgiane :

Dieu m'a faite pour la grandeur, et je vais fièrement.

Ibn Zeydoun était un poète de renom, qui avait par ailleurs un rang élevé à la cour. L'une des compétitions poétiques qui étaient à la mode en Andalousie, dans ce temps-là, l'avait mis en présence de Wallada, et ils s'étaient aimés passionnément, dès qu'ils s'étaient vus. Ils avaient échangé une sorte de correspondance faite de poèmes qui s'entre-répondaient, et qui furent aussitôt tenus pour des chefs-d'œuvre de la littérature arabe, en sorte qu'on les étudie encore de nos jours, dans nos écoles.

La comparaison, cependant, ne nous était favorable que jusqu'à certain degré. Ibn Bassâm dit qu'on raconte à leur sujet « des histoires de toutes sortes, qu'on ne saurait ni dénombrer, ni étudier avec minutie ». Wallada était entrée dans une grande colère quand Ibn Zeydoun avait séduit l'une de ses esclaves. Elle écrivit de nouveaux poèmes où elle l'accablait ; dans l'un d'eux, qui est célèbre, elle l'appelle un « hexagone », car six attributs infamants lui conviennent. Morgiane se divertissait beaucoup à me mentionner ce poème, pour me menacer de faire mon propre hexagone, quand une querelle se levait entre nous. Ibn Zeydoun exprima, dans des poèmes également fameux, son affliction, son repentir et sa volonté de reconquérir le cœur de Wallada, ce qu'il ne lui fut jamais donné de réussir. Cette princesse avait entre-temps séduit un vizir, Ibn Abdus, qu'elle ne cessa plus de préférer à ce poète. Ibn Zeydoun fut jeté en prison ; il aurait, dit-on, pris part à un complot dont le dessein était de réinstaller les Omeyyades sur le trône de Cordoue. Il n'était pas difficile de deviner que ce geste d'un amant, qui avait entrepris (si cela était avéré) un coup d'État en faveur de la dynastie de celle qu'il aimait, était pour Morgiane digne du plus grand éloge imaginable. Mais Wallada, qui n'avait jamais eu à souffrir des successeurs du calife son père, ne sembla pas avoir été émue par cette action autant que l'eût été Morgiane. Ibn Zeydoun passa cinq cents jours en prison ; puis il s'évada, s'enfuit loin de Cordoue, y revint quand le pouvoir changea de mains, et dut en repartir de nouveau ; il s'établit à la cour de Séville. Quand il mourut, au service des califes de cette cité, il composait encore des poèmes d'amour à Wallada, où il décrit avec la dernière perfection le passage du temps, la séparation, le regret, l'exil.

Le romantisme de Morgiane se plaisait aussi bien à l'histoire des dynasties les plus anciennes qu'aux représentations d'une république future fondée sur la vertu, où les étudiants et les militaires se partageraient harmonieusement le pouvoir, en l'exerçant selon les idéaux d'Al-Fârâbî et de Karl Marx. Elle était si hostile à l'état présent du royaume, et si exaltée par le seul mot de révolution, qu'elle me semblait fort éloignée de s'inquiéter des différences qui empêchaient de concevoir en même temps une restauration de la dynastie idrisside et l'établissement de la dictature du prolétariat.

La passion que j'avais conçue pour elle faisait que je me plaisais à ses discours, quels qu'ils fussent. Ils me paraissaient d'ailleurs quelquefois si extravagants que je croyais qu'elle jouait à me provoquer, ce dont elle s'amusait autant que moi, comme si nous étions dans un théâtre.

Il m'arriva cependant de juger que ce théâtre allait trop loin, et ne me faisait plus rire, en particulier un jour où Morgiane m'avait donné rendez-vous dans un café de la ville européenne. C'était un établissement obscur, parmi les plus modestes de la ville, et qui me sembla trancher avec les choses brillantes auxquelles était accoutumée cette princesse. Je crus d'abord qu'elle l'avait choisi au nom de la discrétion qui était nécessaire à nos rencontres ; mais je compris bientôt que ses desseins étaient autres. Ce café avait une arrière-salle, où elle me fit asseoir ; et à peine étions-nous attablés que je vis entrer une petite troupe de jeunes gens, qui nous joignirent sans y avoir été invités. Morgiane, cependant, me dit qu'elle les connaissait tous, et, quand elle fut assurée que nous pouvions parler sans craindre d'être entendus, elle les invita à se présenter à moi. Les uns étaient des soldats dont plusieurs camarades avaient été embarqués dans l'assaut de Skhirat : leurs familles, me dirent-ils, n'en avaient pas la moindre nouvelle. Étaient-ils enfermés dans un bagne secret, au milieu du désert, comme on l'entendait souvent ? Les autres étaient des étudiants qui avaient participé aux grandes émeutes de 1965. Ils avaient été en prison ; l'un d'entre eux avait au visage une large cicatrice, et l'on voyait que son nez avait été cassé. Eux aussi étaient sans nouvelles de certains de leurs amis.

J'ignore quelle présentation de moi leur avait auparavant faite Morgiane, mais il était certain qu'ils croyaient avoir affaire à quelqu'un de suffisamment bien placé dans l'appareil d'État pour les renseigner, et pour les aider. Je vis bientôt que je les décevais ; j'aurais peut-être mieux su quoi leur répondre, si je n'avais pas été surpris de cette rencontre. J'eus le sentiment qu'ils hésitaient à me menacer, mais que la présence de Morgiane, et l'incertitude où ils étaient du rôle qui était à présent le mien, comme de celui que je jouerais dans l'avenir, les empêchèrent de déverser sur moi leurs innombrables colères. Ils me quittèrent en m'assurant que le régime ne tiendrait plus longtemps, et que de grands événements se préparaient. La rébellion, me dirent-ils, avait un nouveau chef, qui était si puissant dans le Makhzen que son échec était impossible. J'étais bien embarrassé d'entendre cela ; car si cela était vrai, et que j'entreprisse de signaler cette information, je ne risquais rien de moins que de la faire parvenir à celui qu'elle concernait de la plus brûlante des façons ; lequel s'empresserait naturellement de m'éliminer.

J'avais beau me flatter jusqu'alors (pour justifier cette extravagante liaison, dans les moments où je la jugeais incroyablement périlleuse) d'accomplir en même temps que je voyais Morgiane une sorte de travail de renseignement dans les milieux de la jeunesse contestataire, il me parut nécessaire, après cette surprise, de lui remontrer que je ne souhaitais pas qu'une telle circonstance se reproduisît jamais. Je lui marquai de la froideur pendant quelque temps. Elle me répondit par un silence qui était peut-être fait pour m'alarmer, et je ne sais comment je trouvai la force de ne pas me précipiter aussitôt à ses pieds, pour la supplier de me laisser la revoir. Le moment de nos retrouvailles ne fut pas long à venir ; elle me marqua qu'elle aurait de la douleur de me perdre, et qu'elle ne me mettrait plus dans des embarras semblables à celui que j'avais ressenti dans ce café. Elle m'expliqua, cependant, en me flattant d'une manière telle qu'il me fut difficile de lui résister, que le nouveau régime aurait besoin de cadres, et qu'il ne tenait qu'à moi de me préparer à y exercer des fonctions parmi les plus importantes ; mais il fallait, pour cela, que je rencontrasse certains des groupes qui s'organisaient clandestinement, et voici pourquoi elle avait organisé ce rendez-vous, sans m'en prévenir, car elle savait que je l'aurais refusé si elle m'en eût d'abord parlé.

J'étais tourmenté par des craintes qui différaient si entièrement que cette situation était presque comique : je me demandais si je devais redouter davantage les risques que lui faisaient courir, comme à moi-même de plus en plus, ses pensées révolutionnaires, ou bien le moment où il me faudrait demander sa main à sa famille. J'imaginais que ces chorfa idrissides ne pourraient s'empêcher de faire un grand éclat de rire, en entendant cette demande extravagante ; mais après en avoir ri de la sorte, peut-être la trouveraient-ils injurieuse pour Morgiane et pour eux-mêmes. Quoi ! un être de rien, qui ne devait son rang subalterne à la cour qu'à ses mérites et à un grand hasard, se trouvait la proie d'une insolence qui allait jusqu'à la folie, s'il envisageait avec aussi peu de scrupules de prétendre à entrer dans l'alliance de l'une des plus nobles maisons du royaume. Et s'ils suppliaient Morgiane de considérer non seulement ce qu'elle se devait à elle-même, mais à son sang et à la haute noblesse de ses aïeux, j'avais peu d'espérance qu'en définitive elle consentît à passer par-dessus le point d'honneur.

XI

J'avais fait transporter à Meknès les ouvrages nécessaires à mes recherches. Certains m'étaient connus depuis longtemps, et j'en découvris quelques autres à la faveur de cette étude. Le gouvernement impitoyable de Moulay Ismaël n'avait pas dû ménager la sérénité des scribes, car les plus importantes des chroniques en langue arabe qui relataient ce règne avaient été écrites après qu'il eut pris fin, comme celle d'Aboulqâsem ben Ahmed Ezziâni, ou celle, plus tardive encore, d'Ahmad ibn Khalid al-Nasiri, dans son *Kitab al-Istiqsa li-Akhbar duwwal al-Maghrib al-Aqsa* (« le livre de la recherche approfondie des événements des dynasties de l'extrême Maghreb »)[1]. En revanche, les Européens qui avaient approché le sultan, soit qu'ils eussent été envoyés

1. Je n'ignore pas le rôle qu'a pu jouer, à la cour de Moulay Ismaël, Abou Othman el-Omairi, que ce sultan avait nommé mufti et professeur à la mosquée du palais impérial, et qui fut aussi cadi de Meknès. Il n'a pas écrit la chronique du règne, mais quelques renseignements qu'il a laissés à son sujet, dans sa *fahrasa*, ont été utilisés par des historiens postérieurs.

en ambassade dans ses États, soit qu'ils eussent fait partie de ses captifs, avaient été nombreux à écrire et quelquefois publier leur témoignage, quand ce prince vivait et régnait encore. Parmi les récits laissés par les prisonniers, je consultai en particulier la *Relation de la captivité du sieur Moüette* ; *A True Account of the Captivity of Thomas Phelps at Machaness in Barbary* ; *The History of the Long Captivity and Adventures of Thomas Pellow in South Barbary* ; trois ouvrages qui avaient été publiés, respectivement, à Paris en 1683, à Londres en 1685, et à Londres en 1739. Quant aux récits des ambassadeurs, les plus fameux étaient ceux de Saint-Amant, de Pidou de Saint-Olon, et des religieux qui furent dépêchés pour la rédemption des captifs, notamment les Pères de la Mercy. Les divers mémoires du consul de Salé, Jean-Baptiste Estelle, conservés aux archives des Affaires étrangères, à Paris, étaient également une source très estimée des historiens, qui en citaient souvent de larges extraits.

Bien que je fusse très éloigné de regarder avec mésestime la connaissance que le roi pouvait avoir de l'histoire de sa propre dynastie, il m'apparut qu'il était de mon devoir de lui représenter de nouveau les grands événements du règne de son aïeul, dans un tableau d'ensemble qui fût assez synoptique pour épargner son temps et sa peine.

Moulay Ismaël régna en 1672, à l'âge de vingt-six ans. Il succéda à son frère, Moulay Rachid, qui mourut emporté par un mouvement brusque de son cheval, tandis qu'il célébrait la reconquête des territoires du Sud. Depuis le début du dix-septième siècle, les guerres tribales s'étaient multipliées à mesure que faiblissait l'autorité des derniers Saadiens. Moulay Rachid, pendant les six années de son règne, réussit à recomposer l'unité du pays ; c'est pourquoi les historiens tiennent ce sultan pour le premier de la dynastie des Alaouites, que l'on connaissait jusqu'alors comme une illustre famille de chorfa établie dans la région du Tafilalet.

Le règne de Moulay Ismaël fut beaucoup plus long ; il dura cinquante-cinq ans. Il lui fallut réduire plusieurs rébellions, en particulier de ses autres frères, et d'un neveu qui lui fit la guerre pendant quinze ans. Il combattit sans relâche les tribus insoumises qui n'acceptaient pas sa suzeraineté. Je mis aussi en évidence, dans mon rapport à Sa Majesté, pour l'encourager à faire une comparaison avec elle-même qui ne laisserait pas de la flatter, que Moulay Ismaël avait fait la guerre non seulement aux Espagnols, à qui il reprit les villes côtières de Larache, Maâmora, Arcila, mais aussi aux Ottomans d'Alger, lesquels à plusieurs reprises financèrent ou aidèrent ceux qui cherchaient à le renverser. Sous le règne de ce sultan, l'empire chérifien allait de la Méditerranée au fleuve Sénégal, et s'étendait, dans le Sahara, jusqu'à Ain Salah, Gao, Tombouctou et Djenné. Aucun souverain de la dynastie ne posséderait, dans l'avenir, des territoires aussi étendus.

La grandeur et la durée de son pouvoir furent appuyées sur ses victoires, sur la crainte qu'il inspirait, sur le bon ordre qu'il mit aux brigandages, et en particulier sur une institution qu'il avait imaginée, et dont il tira beaucoup d'avantages : pour ne pas dépendre de l'allégeance des tribus arabes, et ne pas craindre la rupture soudaine de leurs serments, dont il y avait maints exemples, il se créa une « garde noire » composée d'esclaves et d'hommes libres qui étaient issus des peuples d'au-delà du Sahara. Ce corps d'armée ne cessa de croître, jusqu'à atteindre le nombre de cent cinquante mille hommes ; et sa fidélité au sultan qui l'avait institué ne fut jamais prise en défaut.

Thomas Pellow, sujet du roi d'Angleterre, qui avait été capturé en mer au début de son adolescence, fut longtemps esclave à Meknès, où il gagna l'estime de Moulay Ismaël, et, s'étant converti, se vit confier des postes de commandement dans l'armée. Il put observer la façon dont ce monarque exerçait sur les alcaydes des grandes villes et des provinces du royaume une autorité sans partage. Il rapporte, dans l'histoire de sa captivité, qu'une agitation mortelle s'emparait d'eux quand ils devaient se rendre à la cour ; qu'ils se déchaussaient et enfilaient l'habit des esclaves, avant de comparaître ; qu'ils se prosternaient jusqu'à baiser la terre que foulait le cheval du sultan ; et que, si ce monarque leur adressait la parole, ils penchaient la tête en avant et de côté, en signe de la plus complète soumission. Des ambassadeurs et d'anciens esclaves ont raconté à plusieurs reprises qu'il avait coutume de donner la mort personnellement, s'il faut ainsi dire, sans se cacher de sa cour. « Il aime si fort à répandre le sang par lui-même, écrivit Pidou de Saint-Olon (qui le vit à Meknès en 1693), que l'opinion commune est que depuis vingt ans qu'il règne, il faut qu'il ait fait mourir de sa propre main plus de vingt mille personnes. Ce que je pourrais d'autant mieux présumer ou confirmer, qu'outre que j'en ai compté jusqu'à quarante-sept qu'il a tués pendant vingt et un jours que j'ai passés dans sa cour, il n'eut pas même honte de paraître devant moi, dans la dernière audience qu'il me donna, tout à cheval à la porte de ses écuries, et ayant encore ses habits et son bras droit teints du sang de ses deux principaux Noirs, dont il venait de faire l'exécution à coups de couteau. » D'autres récits étaient plus mesurés, quant à l'étendue de ces cruautés ; mais on jugera si la question préalable de l'opportunité d'une célébration ne cessait de se reposer à moi, à mesure que j'avançais toujours plus loin dans cette étude.

Ce guerrier sanguinaire, qui avait la passion des chevaux, semblait avoir consacré peu d'heures dans sa vie à la lecture des philosophes et des poètes, et moins encore à leur imitation. Il fit cependant œuvre de bâtisseur, en engageant le considérable chantier de Meknès, dont les projets furent si nombreux et grandioses qu'ils ne touchèrent jamais à leur fin. Il avait choisi cette ville pour capitale, au lieu de Fès, comme pour marquer la nouveauté de son règne. Il l'entoura d'une double enceinte longue de quarante kilomètres, que l'on franchissait par des portes monumentales. Il y fit construire une cité impériale, où les palais se comptaient par dizaines. Les grands du royaume avaient là leur demeure, près de celle du monarque.

Beaucoup de ces palais étaient tombés en ruine depuis longtemps ; mais leurs vestiges eux-mêmes étaient encore monumentaux. En s'y promenant, comme je le faisais alors, dans ces journées fraîches de l'automne, on ne pouvait manquer d'éprouver le sentiment que ce règne avait été marqué par la grandeur des nombres. Tout devait être plus nombreux, ou plus grand qu'ailleurs. Cela valait des ouvrages de pierre, comme des hommes et des bêtes que Moulay Ismaël avait à son service. Mille deux cents eunuques assuraient la garde de son palais. Douze mille chevaux étaient abrités dans des écuries gigantesques. On lit partout que ce sultan avait cinq cents concubines, et un millier d'enfants ; en sorte que je fis réflexion que beaucoup, parmi les sujets actuels du royaume, même s'ils étaient nés dans les familles les plus obscures, pouvaient rêver d'en être des descendants cachés.

Le bassin de l'Agdal, d'une superficie de quatre hectares, conservait dans le dessin de la ville le souvenir de cette époque de grandeurs, en même temps qu'il marquait son éloignement ; car ses abords étaient maintenant plus évocateurs d'un terrain vague que d'une cour royale, et il fallait un effort de l'imagination pour se représenter que de gracieuses embarcations de plaisance avaient navigué là autrefois, comme l'écrit Al-Nasiri. Des sortes de buissons à demi immergés avaient poussé dans l'eau, sur les flancs de ce bassin. Le jour, des pêcheurs à la ligne s'y installaient quelquefois ; à la nuit tombée, de petits groupes de jeunes gens venaient y tuer le temps, et d'autres me semblèrent se livrer à de menus trafics. Je goûtais la désolation mélancolique de cette pièce d'eau aux dimensions impériales, et j'aimais à en faire le tour à différentes heures de la journée, selon mon humeur. J'eus très tôt la certitude qu'une partie des festivités auxquelles j'avais à réfléchir, pour célébrer les trois cents ans du règne de Moulay Ismaël, se tiendrait sur ce bassin, et que j'en saisirais l'occasion pour ordonner quelques travaux qui lui redonneraient son lustre. Le long d'un de ses bords, du côté de la casbah impériale, un immense entrepôt pouvait, selon Al-Nasiri, « contenir les grains de tous les habitants du Maroc ». Les toits de ce grenier s'étaient effondrés en des temps reculés ; mais les hautes arches de pisé qui les soutenaient étaient restées debout, ornées maintenant d'une végétation sauvage que des siècles d'abandon avaient laissée croître. Morgiane appréciait la vision des longues perspectives que leur alignement formait sous le ciel, et qu'elle magnifiait avec un grand talent dans des photographies qu'elle en prenait, et qu'elle me fit l'honneur de me montrer.

Quand le sultan mourut, le royaume jouissait d'une tranquillité intérieure qui était la conséquence de son autorité implacable. On n'y trouvait plus de voleurs ni de coupeurs de route. « Les malfaiteurs et les perturbateurs, écrit Al-Nasiri, ne savaient plus où s'abriter, où chercher un refuge : aucune terre ne voulait les porter, aucun ciel ne consentait à les couvrir. » Cet État de rude police, qui reposait sur la peur et l'impôt, s'effondra à l'instant même où le sultan mourut. L'immense chantier de Meknès n'était pas achevé, et ne le serait jamais ; on raconte que lorsqu'ils apprirent la nouvelle de cette mort, les captifs prirent aussitôt la fuite, en abandonnant les ouvrages auxquels ils étaient forcés de travailler, et en laissant épars, le long du chemin de la capitale, de gros blocs de pierre qu'on avait pris aux ruines romaines de Volubilis. Les soldats de la garde noire pillèrent la ville et s'entre-déchirèrent en briguant le pouvoir vacant. Une nouvelle période d'anarchie commença dans le royaume ; elle dura une trentaine d'années, jusqu'à l'avènement de Mohammed III.

Il ne pouvait m'échapper, tandis que je me livrais à mon étude, que certains aspects de la biographie de Moulay Ismaël étaient délicats à remémorer, car, tout en renforçant le parallélisme du roi et de son aïeul, ils attireraient l'attention sur des rumeurs hostiles qui circulaient de nos jours, et ne laisseraient pas de leur donner une importance qu'elles n'avaient pas encore. Il était connu que l'*Istiqsa* d'Al-Nasiri (un fonctionnaire dont la carrière avait été une succession de charges modestes) n'avait pas reçu du sultan, à qui il avait été humblement offert par son auteur, un accueil aussi favorable que celui-ci l'avait espéré, car il n'avait quelquefois « pas caché suffisamment la vérité » ; si bien que j'inclinais souvent à ne pas présenter au roi des détails qui lui déplairaient. À d'autres moments, cependant, il me semblait de mon devoir de ne pas les lui cacher, surtout quand il m'apparaissait à moi-même qu'il vaudrait mieux que ces célébrations n'eussent pas lieu.

L'une de ces particularités était que Moulay Ismaël avait la peau fort sombre, selon de nombreux témoignages. On disait que sa mère était noire ; John Windus, dans le récit de son ambassade, en fait mention comme d'une chose établie, qu'il ne met pas en doute ; Saint-Amant dit de lui qu'il a le visage « plutôt noir que blanc, c'est-à-dire fort mulâtre ». Or il se trouvait qu'une rumeur similaire courait dans notre royaume, trois siècles après. Dans les cercles des comploteurs qui avaient eu le dessein de renverser le roi à Skhirat, on le surnommait désobligeamment « le nègre ». La rumeur disait que la mère du roi n'était pas Lalla Abla, la première épouse du sultan son père, mais une femme noire de son harem ; certains ajoutaient qu'elle lui avait été offerte par le Glaoui, celui-là même qui ourdirait sa destitution dans les années cinquante ; d'autres, plus malveillants encore, insinuaient qu'elle était déjà enceinte lorsqu'elle avait été reçue en présent au palais ; et quelques-uns, qui ajoutaient à la mauvaiseté la démence, laissaient croire que l'homme qui l'avait auparavant rendue grosse, et qui était donc le père véritable de Sa Majesté, n'était autre que le Glaoui. Aussi peu vraisemblable que cela paraisse, il y avait des gens pour le croire ; car la crédulité de l'opinion est sans bornes dès qu'il s'agit de la vie des grands, à qui elle attribue les anecdotes les plus extravagantes, comme s'ils ne vivaient que dans le monde de son imagination, et non selon les lois de la nature commune.

Il était également malaisé d'évoquer le sort qui était fait aux prisonniers de guerre, aux captifs chrétiens et aux esclaves que Moulay Ismaël employait à la construction des palais de Meknès. Ils étaient enfermés sous la terre, dans un labyrinthe de galeries aux voûtes surbaissées, dont l'étendue était presque aussi vaste que la casbah elle-même. Ils n'en sortaient que pour rejoindre leurs chantiers harassants. On désignait cette immense prison souterraine par le nom de Habs Kara, la « prison de Kara ». Quand je l'avais visitée, mon guide m'avait raconté quelques légendes qui couraient à son sujet dans la ville. Son nom, Kara, était celui d'un captif portugais qui avait conduit pour le sultan ce chantier gigantesque, et avait en échange reçu la liberté, car il avait fallu beaucoup d'ingéniosité et d'efforts pour concevoir et achever sous la terre une prison si vaste, qui pouvait détenir quarante mille hommes. Beaucoup de gens disaient d'ailleurs qu'elle était encore plus grande que ce que l'on croyait, qu'il subsistait des galeries secrètes, cachées derrière des parois aveugles, et qu'un jour, des explorateurs français s'y étaient égarés et n'avaient jamais été retrouvés. Certains habitants de la région étaient persuadés que les zones oubliées de cet immense réseau carcéral allaient jusqu'aux environs de la ville de Fès. Mon guide feignait de n'en rien croire ; mais il prenait visiblement plaisir à le rapporter.

Je m'étais irrité intérieurement contre lui, en m'efforçant de n'en rien laisser paraître. Nous étions décidément un pays de rumeurs ; un pays où la rumeur était reine, si bien que même le roi était son sujet. Quel peuple étions-nous pour croire à l'existence, sous nos pieds, d'une prison dont l'imagination repoussait sans cesse les limites, comme si elle devait être aussi vaste que le royaume et former pour ainsi dire son reflet infernal et privé de lumière ? J'avais voulu mener ces ratiocinations jusqu'à la dernière absurdité ; j'avais planté mes yeux dans ceux du guide, et je lui avais dit : « Si ces galeries souterraines sont aussi infinies qu'on le prétend dans les rêveries que tu me rapportes, les captifs européens y ont peut-être reconstitué un royaume secret, qui se perpétue là, à notre insu, depuis trois siècles, à quelques mètres en dessous du sol que nous sommes en train de fouler. Qui sait ? C'est ce royaume souterrain que sont allés rejoindre les explorateurs français qui ont disparu, ne le crois-tu pas ? »

J'avais soudain pensé, en l'écoutant me rapporter ces rumeurs, au roman de Pierre Benoit, *L'Atlantide*, dont Delhaye m'avait parlé un jour ; ce roman avait été publié au temps de son enfance, avec un immense succès. C'était vers 1920. Il l'avait lu alors, et relu bien des années après, quand il avait été en poste au protectorat. Pierre Benoit avait écrit un roman d'aventures qui reposait sur l'hypothèse que l'Atlantide n'avait pas disparu parce qu'elle avait été engloutie sous la mer, mais parce que la mer s'était retirée, effaçant les contours géologiques de cette île et laissant son peuple perdu au milieu d'un désert de sable. Les Atlantes avaient creusé sous les dunes une cité secrète, où ils vivaient cachés aux yeux du monde, depuis des siècles. De temps à autre, ils sortaient à la surface de la terre, par des passages secrets ; ceux qui découvraient par hasard ce royaume en demeuraient captifs jusqu'à la mort, car nul ne devait jamais en soupçonner l'existence. Delhaye trouvait singulièrement ingénieuse cette intuition d'une Atlantide disparue par assèchement de la mer autour d'elle, bien qu'il se fût demandé, sans engager les recherches bibliographiques qui lui auraient apporté la réponse, si elle n'apparaissait pas antérieurement chez d'autres auteurs ; quant à la narration proprement dite, il la jugeait superbe, jusqu'au moment où les explorateurs français arrivaient devant la reine des Atlantes, Antinéa, scène d'après lui ridicule, où s'effondraient tous les mystères qui avaient auparavant tenu le lecteur en haleine.

Le guide avait été perplexe et fébrile. Il ne savait comment comprendre cette sortie ; j'avais dû lui paraître si modéré. Il m'avait répondu : « Oui, Sidi. » Il avait l'air content de pouvoir adhérer franchement à cette croyance qu'il avait feint, devant moi, de tenir éloignée de son esprit. « D'ailleurs, avait-il ajouté, de temps à autre, des gens disparaissent mystérieusement, dans la région. » Quand je lui avais demandé s'il savait des choses plus précises, il m'avait dit que c'étaient des histoires qui circulaient, et que tout le monde les connaissait. Il m'avait retenu par le bras, et il m'avait dit : « Il y a des gens sous la terre, Sidi. Ils ne voient plus jamais le soleil. »

L'une des matières qui, à mon sens, allaient mieux séduire l'attention du roi était le parallèle qu'on ne pouvait manquer de tracer entre Moulay Ismaël et le roi de France Louis XIV ; car de même que, dans la géométrie, deux lignes droites parallèles à une troisième ligne sont parallèles entre elles, de même s'établirait-il que, du parallèle entre Moulay Ismaël et le roi d'une part, et du parallèle entre Moulay Ismaël et Louis XIV d'autre part, découlerait la démonstration d'un parallèle entre Louis XIV et le roi.

Leurs règnes étaient en grande partie contemporains, et furent presque aussi longs l'un que l'autre ; ces deux monarques, chacun en son royaume, avaient établi une très puissante autorité au centre d'un pays divisé par des guerres intestines ; et, délaissant les anciennes capitales, ils avaient ordonné, dans de petites villes obscures, la construction de nouveaux palais gigantesques. Meknès, comme Versailles, était un site élu par un grand roi pour y donner libre cours à sa démesure. Pour ces raisons, nombreux étaient les historiens qui jugeaient que Moulay Ismaël avait été au Maroc ce que Louis XIV avait été à la France.

Leurs destinées n'étaient pas seulement parallèles, mais se rencontraient en plusieurs endroits. Quand Moulay Ismaël commençait son règne, en 1672, la réputation de grandeur de Louis XIV, qui gouvernait seul depuis la mort de Mazarin, survenue en 1661, était déjà bien établie, de sorte qu'il vit bientôt en ce monarque un exemple, et peut-être un allié contre l'Espagne et l'Angleterre. Il fallait, pour cela, consentir à mettre plus de bornes et de règles à l'activité des corsaires de Salé, que contrôlait alors en très large part le Makhzen, car les prises qu'ils faisaient en mer de ses navires, en plus d'irriter la couronne de France, entraînaient en représailles, de la part de cette puissance qui était alors la première en Europe, des bombardements et des blocages sur les côtes du sultanat, dont les effets, ainsi que les présages, n'étaient pas à mésestimer.

Au début de l'année 1682, une ambassade, menée par Hadj Mohammed Si Témim, fut envoyée à Paris, et négocia un traité d'amitié entre les deux royaumes, à Saint-Germain-en-Laye. J'avais trouvé, lors de mes promenades à Meknès, chez un libraire de la ville européenne, un petit livre singulier, édité dans les dernières années du protectorat, *Les Émerveillements parisiens d'un ambassadeur de Moulay Ismaël*, où l'on trouvait la réimpression d'une espèce de reportage publié dans *Le Mercure galant* au moment de cette visite. C'était une relation plaisante à lire, pleine d'anecdotes, et que l'on avait présentée sous la forme de lettres écrites à une dame de qualité habitant la province. J'avais été frappé de lire que, dans son audience de congé du roi, l'ambassadeur Si Témim avait, d'après cette relation, conclu son discours « en souhaitant que le Ciel veuille donner un jour toute l'Afrique au sultan mon maître, et à Votre Majesté toutes les autres parties du monde ».

Cependant, les relations diplomatiques entre les deux royaumes se développèrent moins favorablement que ne le promettait cette ambassade. Il semble que l'ambassadeur Si Témim, à son retour, n'ait pas osé présenter au sultan le traité avec lequel il était reparti de France, car il craignait que ce monarque ne le trouvât trop défavorable à ses intérêts, et n'entrât dans une grande colère. C'est ce que crut comprendre le baron de Saint-Amant, lorsqu'il fut envoyé au Maroc par le roi de France l'année suivante, pour s'assurer de la bonne ratification du traité, et qu'il découvrit que le sultan avait d'autant moins pu le signer qu'il ignorait jusqu'à son existence.

Quand il lui en présenta les termes, il apparut que deux des vingt articles du traité de Saint-Germain ne pouvaient recevoir l'agrément de ce monarque. Ils avaient trait, d'une part, au prix fixé pour le rachat des captifs, qu'il jugea trop faible (bien qu'il fût égal pour les deux parties) en comparaison des bénéfices qu'il espérait en retirer ; et d'autre part, à la solidarité qui était demandée par la France au royaume de Maroc contre les pirates d'Alger, de Tunis et de Tripoli, et qui était contraire aux principes de l'islam.

Les relations entre les deux royaumes furent de glace pendant quelques années. Jean-Baptiste Estelle, le consul de France à Salé, s'efforçait de rétablir les liens rompus, de provoquer des ambassades, de relancer les négociations. Ce qu'il écrivit de Moulay Ismaël rappelle les propos qu'avait tenus Si Témim lors de son ambassade : « Ce roi est absolu au-delà de ce qu'on peut dire, et sachant dans quelle autorité l'empereur de France gouverne ses sujets, il se compare souvent à ce grand prince ; il dit qu'il n'y a que cet auguste roi et lui, dont la volonté sert de loi dans leurs États. » On voit comme ce sultan pouvait mêler la plus grande louange au plus grand orgueil. Pidou de Saint-Olon, gentilhomme de la maison du roi, se rendit à Meknès, auprès du sultan, en 1693 ; il revint en ne rapportant rien d'autre qu'un livre de son voyage, où le portrait qu'il donna de Moulay Ismaël put le faire passer aux yeux du public de France pour l'un des plus grands despotes que la terre eût portés.

Cinq années passèrent encore ; et la France avait résolu d'envoyer une escadre contre Salé, quand Abdellah ben Aïcha, le corsaire couvert de gloire, devenu l'un des premiers vizirs du sultan, entreprit de rouvrir une négociation. C'est ainsi que cet alcayde de la mer fut à son tour envoyé en ambassade à Paris, où il arriva en février 1699 ; mais son action n'eut pas une meilleure issue. Bien que l'on fût près d'aboutir à un accord au sujet de l'échange des captifs, il refusa d'agréer l'impossibilité faite aux navires d'Alger et de Tunis de s'armer dans les ports du Maroc. Son voyage en France eut cependant une conséquence extravagante ; dans la relation qu'il en fit au sultan, celui-ci fut tellement charmé du portrait de la princesse de Conti, fille de Louis XIV et de Madame de La Vallière, qu'il entreprit de demander sa main au roi son père. On en rit beaucoup à la cour de Versailles ; et Louis XIV ne jugea pas opportun de répondre. Il entrait sans doute, dans cette étrange requête, plus de politique que de sentiment, car cela se passait au moment où un petit-fils de Louis XIV s'apprêtait à monter sur le trône d'Espagne, et le sultan espérait peut-être qu'aux termes d'une telle alliance, il lui serait accordé en quelque manière de reprendre Ceuta et Melilla. Sans que les raisons de cette indifférence fort peu diplomatique eussent été véritablement éclaircies, on peut croire que la couronne de France, loin d'entrer dans ce dessein du sultan, ne voulut pas s'allier de cette façon à une puissance ennemie de l'Espagne, dont elle se rapprochait au point presque de s'unir à elle.

La comparaison des deux rois m'inspira l'esquisse d'un poème, qui me délassa de mon étude :

Hôte implacable,
Tu voudrais partager la terre

À lui le nord, les nuages cotonneux
À toi le sud, l'azur aveuglant

(Et puisse le maître des deux mondes
Conserver en prospérité & en gloire
Les deux maîtres du monde)

Tu lui parles, et il ne t'entend pas
Tu le regardes, et il ne te voit pas

Tu enrages
Tu défies le ciel
Tu brandis ton poing colérique

Frère noir du soleil,
Son ombre

— La grandeur d'un homme se mesure
À la mélancolie de ses doubles

Je n'avais pas eu tort de penser que la comparaison de Moulay Ismaël avec Louis XIV piquerait la curiosité du roi, car il me questionna plusieurs fois à ce sujet.

Un jour, il voulut savoir si le règne de ce monarque avait été signalé par des cruautés singulières, qui auraient heurté la postérité. Je rassemblai dans mon esprit les souvenirs que je conservais de mes études d'histoire, et que mes récentes recherches avaient ravivés, ou complétés. Je lui représentai que les plus spectaculaires des châtiments perpétrés durant ce règne avaient été, à ma connaissance, l'exécution des conjurés fédérés par le sieur de Latréaumont (dont le chevalier de Rohan, ami d'enfance du roi), qui avaient eu le dessein de prendre le dauphin en otage en Normandie, tandis qu'ils établiraient une république dans cette province ; et l'emprisonnement du surintendant Fouquet dans une lointaine forteresse, pendant presque trente ans, jusqu'au moment de sa mort. Encore le crime de ce vizir n'avait-il pas été d'attenter au roi, mais pour ainsi dire de lui offrir ses services, en prétendant succéder au cardinal Mazarin dans le rôle de principal ministre, puis de se croire d'autant plus indispensable à ce monarque qu'il était capable de l'éblouir de sa magnificence. Il fallait aussi compter les réprimandes plus légères, qui pouvaient cependant être ressenties avec la douleur la plus vive : froideur du roi, retrait d'une charge, éloignement dans une province, exil hors de France, résidence surveillée de plus ou moins brève durée, etc. Elles s'abattaient sur les bavards, les aventuriers, les vétérans de la Fronde, les faiseurs d'intrigues, les victimes d'intrigues, ceux qui montraient de l'indépendance, et ceux qui n'entraient pas dans les desseins que le roi avait pour eux. Quant à cette institution de la Bastille, qui est connue de tout le monde, ce qu'il y avait en elle de plus digne d'effroi était l'arbitraire par lequel on pouvait y être conduit et indéfiniment gardé, plutôt que les traitements que l'on faisait aux prisonniers, et qui étaient relativement doux en comparaison d'autres geôles. Le roi m'écouta avec attention, mais ne fit aucun commentaire, et passa à un autre sujet.

Un autre jour, il me demanda de l'éclairer sur la notion de droit divin dans la monarchie absolue au temps de Louis XIV, et sur les points communs et les différences que présentait cette conception du pouvoir avec celle qui avait cours dans le Dar al-Islam. Il se trouvait que, peu auparavant, j'avais relu en partie le livre de Louis Gardet, *La Cité musulmane*, que je m'étais procuré à Paris dans les années cinquante, et je crus bon de m'en inspirer pour répondre au roi, car quelques pages qui n'avaient pas laissé d'attirer mon attention me semblaient maintenant bien faites pour répondre à sa curiosité.

Dans la tradition chrétienne, disait Louis Gardet, toute autorité vient de Dieu : *omnis potestas a Deo* – et le roi sourit en entendant cette locution latine, qui dut lui rappeler ses études de droit, et qu'il songea peut-être à garder en mémoire pour impressionner des journalistes français, lorsque l'occasion s'en présenterait. Dans la tradition musulmane, en revanche, il n'y a d'autorité que de Dieu, et Il ne peut la communiquer, ni la déléguer, car Il gouverne seul, absolument et infiniment seul, dans Sa transcendance inaccessible. Dieu n'est accompagné de personne. Je crus percevoir que le roi m'écoutait avec le plus grand intérêt, désormais, et qu'il était impatient d'entendre la suite de mon discours. « Le pouvoir demeure en Dieu, continuai-je, il est entièrement et directement exercé par Lui ; et cela, Majesté, a deux conséquences dans la vie politique, d'après cet auteur. » Le roi sortit de sa poche un étui à cigarettes, et l'ouvrit ; il en prit une, l'introduisit dans son fume-cigarette, qu'il porta à ses lèvres, et l'alluma. Je m'étais interrompu, pour lui laisser le temps d'accomplir ces gestes. « La première, dis-je, est la possibilité que celui qui gouverne agisse d'une manière parfaitement arbitraire, car les voies de Dieu sont inscrutables pour les hommes. » Le roi plissa les yeux et sourit, sembla vouloir dire quelque chose, mais resta silencieux ; et il fit tomber, d'un geste sec de l'index, le long cylindre de cendre qui s'était formé au bout de sa cigarette. « La seconde, qui est, pour ainsi dire, à la fois inverse et complémentaire de la précédente, est une extrême liberté des opinions publiques dans leur façon d'apprécier les actes des détenteurs du pouvoir temporel. » Le roi fronça les sourcils, et me pria de m'exprimer plus clairement. « Puisque celui qui gouverne, continuai-je, ne peut se prévaloir d'aucune autorité qui lui soit déléguée, transférée ou conférée par Dieu, le sentiment du sacré ne le protège pas des mouvements désordonnés de la foule. Aussi bien des séditions de minime ampleur peuvent-elles se propager avec une rapidité foudroyante au sein des peuples de notre religion, qui s'accommodent d'ailleurs aisément des révolutions de palais et des coups de force militaires. » Je vis que le roi s'agitait sur son trône ; et quand je m'aperçus de la hardiesse de ces propos, dont je lui avais rendu compte comme je l'aurais fait devant un cénacle de théologiens, sans prendre garde qu'il en recevrait tout autrement la signification, il avait déjà levé les yeux au ciel, et laissé tomber sa main gauche sur son bureau, qu'il frappa ensuite, à plusieurs reprises, du bout de ses doigts. « Abderrahmane, enfin, mais tu es fou ! Ne va pas, je t'en prie, colporter tes théories sur la place publique, j'ai bien assez de problèmes comme ça ; ne recommence pas à faire ton Abderrahmane qui s'attire des problèmes dès qu'il ouvre la bouche, tu sais que je t'aurais étranglé l'année dernière, quand tu as raconté ton histoire du médecin qui tue tout le monde à la cour ; et d'abord, qu'est-ce qu'il connaît au Maroc spécifiquement, ton Louis Gardel ? »

La confusion que j'avais donnée au roi par ma maladresse, me fit craindre une nouvelle disgrâce. « Je n'ai pas besoin d'un bouffon, me dit-il, j'en ai bien assez comme cela ; allez, va. » Je lui exprimai mon repentir, tandis que je commençai à me retirer comme une ombre, pour calmer son courroux en disparaissant de sa vue ; mais, d'une voix soudain aimable, il me fit revenir. « D'ailleurs, malgré les théories de ton théologien, en pratique nous pouvons observer que les Bourbons ont été renversés, et aussi les Orléans, et que les Français ont changé de régime beaucoup plus souvent que notre cher peuple. Quant à moi, je suis toujours là, et la dynastie que je représente règne depuis plus de trois cents ans. Nous sommes la plus vieille dynastie au monde, tu entends ? Alors si la théorie est une chose, la pratique en est une autre, je te prierai de t'en souvenir. » Je représentai au roi que ses réfutations de ce théologien étaient dignes des plus excellents savants ; et comme je m'apprêtai, de nouveau, à prendre congé, pour ne pas occuper son temps outre mesure, il voulut me faire le témoin d'une continuation de ses pensées. « Dis-moi, est-ce qu'il a étudié la république du San Theodoros, ton Louis Gardel, dans ses réflexions ? Non ? Alors il faut d'urgence lui dire de l'intégrer dans son paradigme. Car il y a plus de coups d'État en Amérique latine que chez nous, mais que je sache l'islam n'était pas dans la cargaison des caravelles de Christophe Colomb. Alors ? Comment fait-on rentrer cela dans le paradigme ? Il faut relire les aventures de Tintin, c'est meilleur que ton auteur. » Je promis au roi de faire parvenir à Louis Gardet (dont je pris soin d'écorcher le nom comme il l'avait fait) un recueil de ses observations, lesquelles, ajoutai-je, conduiraient certainement cet érudit à réviser ses théories ; puis il m'accorda la permission, que je lui demandai, de me retirer.

XII

En octobre, ainsi que nous en étions convenus, je me rendis aux fêtes de Persépolis, dans la délégation de Son Altesse Moulay Abdallah, qui devait y représenter le roi son frère. C'était un personnage fantasque qu'on disait noceur, ayant le goût du luxe et de la farce, meilleur intendant de sa fortune que du budget de l'État, avec cela peu enclin aux travaux de l'esprit ni même à ses plaisirs. J'ai dit comment, à Skhirat, l'assaut des rebelles fut d'abord pris par certains des conseillers qui accompagnaient le roi pour une déplaisante facétie ourdie par ce prince, alors qu'il n'en était rien, et qu'il avait été gravement blessé, qu'il avait vu sa dernière heure venir, enfin qu'il avait redouté d'être amputé d'une jambe. Cet événement avait dû le changer, car il me sembla fort différent, durant les quelques jours que je passai dans son équipage, du portrait malveillant que l'on m'avait fait de lui. Je sentis qu'il s'inquiétait à la fois de la pérennité du régime, et des nouvelles mesures de police que l'on prendrait au nom de sa défense. On eût dit que l'indolence de son caractère lui faisait instinctivement répugner aux expédients du despotisme.

Le souverain de la Perse n'avait rien négligé pour que les fêtes qu'il allait donner pendant plusieurs jours restassent dans les mémoires comme faisant partie des plus brillantes du siècle, et fussent jugées dignes des merveilles qu'on trouve recueillies dans les chroniques des Sassaniens. On avait envoyé des invitations, dans toutes les parties de la terre, aux rois, aux présidents des républiques, aux chefs des familles princières non régnantes ; et ceux qui n'avaient pu venir avaient délégué à leur place des personnalités illustres, choisies parmi leur cour ou leur gouvernement. Le shah les reçut à l'aéroport de Shiraz, en réglant subtilement, d'après la puissance de leur pays, la durée du sourire aimable qu'il leur accordait. Il parlait toutes les langues utiles à une diplomatie d'influence ; le protocole était sa vie, la représentation sa seconde nature ; je crus voir un homme qui était comme une vivante statue de lui-même. Ce monarque avait accédé au trône à vingt-deux ans, et passé plus de la moitié de sa vie à régner, si bien que l'étendue de ses États lui étant devenue trop petite, en même temps que trop familière, il voulut se répandre dans le plus grand monde. Il réunit les princes de tous les continents, comme pour s'assurer d'être l'un des premiers en leur cercle. Ainsi fut-il à sa manière, pendant ces journées, non seulement le shah, mais le *shah-an-shah*, le « roi des rois », car tel était le titre, ancestral et pompeux, que se donnaient les souverains de la Perse, depuis les Achéménides. Jamais les deux sens du « monde » ne furent si bien confondus ; jamais événement mondain ne fut en même temps si mondial.

À Persépolis, bloc de ruines majestueuses abandonnées au milieu du désert, où rien ne pouvait accueillir des hôtes si nombreux et d'un si haut rang, un village de tentes avait été dressé en contrebas du site archéologique. Chacune de ces tentes était comme une maison parfaitement ronde, avec quelques chambres, de différentes dimensions selon qu'elles étaient destinées aux dignitaires ou aux membres de leur suite. De l'extérieur, elles étaient identiques ; à l'intérieur, elles se distinguaient par le style de leur décoration. Quand on regardait du haut des ruines de Persépolis les cinq axes de ce village – de courtes rues artificielles où l'on pouvait garer, devant l'entrée des tentes, une ou deux voitures –, ils dessinaient une étoile au centre de laquelle, dans un bassin circulaire, un puissant jet d'eau dressé vers le ciel se déployait en abondance. À la pointe de l'une des branches de l'étoile se dressait la tente d'honneur, semblable aux autres par sa forme circulaire, mais les dépassant par sa taille ; c'est là qu'étaient installés le shah et la shahbanou, et qu'ils recevaient leurs invités en particulier. Mais la plus vaste de toutes les tentes était celle où avaient lieu les banquets, derrière la tente d'honneur.

Il régna dans ce campement, pendant trois jours, une curieuse atmosphère de vacances suprêmes. Je vis le vieux roi du Danemark, assis devant sa tente, sur un fauteuil pliant, fumant la pipe et lisant un journal, comme un paisible retraité installé dans un *camping* ; et celui de Belgique, filmant sa famille avec l'un des plus récents modèles de caméra portative, qu'il manipulait en se délectant, comme un jouet dont il était fier. Ils semblaient peu tourmentés de complots contre leurs personnes ; mais je savais que Sa Majesté eût regardé avec effroi et pitié, comme une possibilité de son propre sort, qu'elle refusait passionnément et à laquelle elle eût préféré la mort, ces représentants de ce qu'elle appelait les « monarchies figuratives », où des princes régnaient sans rien gouverner. Dans les allées, le jeune fils du shah passait au volant d'une sorte de petite voiture pour terrain de golf, et s'offrait à conduire où ils le désiraient, autour du village, les invités du roi son père.

Le premier soir, lors du grand dîner officiel, je me trouvai placé à côté de Shojaeddin Shafa. On me l'avait désigné, auparavant, comme celui qui avait eu l'idée de ces célébrations. Il était vice-ministre de la Cour impériale, et l'un des porte-parole du shah ; il était, pour les affaires culturelles, le principal conseiller de ce puissant monarque, qui avait pour lui la plus grande estime ; on m'avait aussi laissé entendre qu'il rédigeait ses discours, et quelquefois ses ouvrages. Il avait étudié en France et en Italie ; il avait traduit en persan un nombre considérable d'auteurs classiques de la littérature européenne, Chateaubriand, Goethe, Byron, Lamartine, et beaucoup d'autres encore. C'était un homme élégant et affable, âgé d'une cinquantaine d'années.

Nous aurions pu deviser longtemps de poésie, d'histoire, ou bien de Paris, de la Sorbonne et du Quartier latin, tandis que les serveurs français, vêtus de fracs bleu clair, couleur des Pahlavi, défilaient entre les tables en portant tour à tour les œufs de caille aux perles, les paons à l'impériale et les sorbets au vieux champagne ; mais j'étais surtout impatient de lui demander combien de temps avait été nécessaire à l'organisation de ces cérémonies, dont je lui fis déjà l'éloge, bien que nous ne fussions qu'à leur commencement. Quand il me dit qu'il en avait parlé pour la première fois au shah à la fin des années cinquante, je crus défaillir, et m'efforçai de contenir mon trouble ; je songeai à part moi que cette initiative de célébrer les trois cents ans du règne de Moulay Ismaël, si précipitée, serait décidément impossible à mener à bien, et de nouveau je me sentis accablé d'être en charge d'une mission qui semblait courir à un échec certain. J'avais brûlé de révéler ce projet à Shafa, car ses conseils auraient pu m'être précieux, et j'étais enclin à lui accorder ma confiance mais je me ravisai soudain, et me mis en devoir de le lui taire (ainsi que j'avais résolu de le faire depuis mon arrivée), pour qu'il ne conçût pas une mauvaise opinion du fonctionnement de nos instances, et ne prît pas en mésestime le prestige de notre royaume, en apprenant qu'il y avait à peine deux mois que nous avions commencé de réfléchir à des célébrations si considérables.

Shafa ajouta, comme pour calmer mon inquiétude, qu'il n'avait heureusement nulle raison de percevoir, que beaucoup de temps avait passé avant que son idée d'une commémoration des débuts de l'empire perse vît enfin le jour. Ces événements auraient tout d'abord dû avoir lieu en 1961 ; un comité de planification avait été installé, qui avait présenté, durant l'été 1960, un programme assez précis d'expositions et de publications ; mais c'est alors qu'un changement de Premier ministre, ainsi que de soudaines restrictions budgétaires, avaient provoqué leur ajournement. Des années avaient passé. Le shah, prétextant d'y penser plus mûrement, avait semblé enfouir ce dessein dans l'oubli. On avait commencé d'en reparler à la fin des années soixante, quand des scientifiques étrangers, appartenant à des universités prestigieuses, s'étaient émus du profond sommeil où l'on avait plongé la commission aux travaux de laquelle ils avaient été naguère associés. Plusieurs personnages importants de la cour avaient entrepris de redonner vie à ces réflexions, et le shah ne les avait pas découragés ; mais quand l'ébauche d'un nouveau programme, plus ambitieux que le précédent, lui avait été soumis, il avait renoncé, car il s'était représenté avec appréhension combien il serait difficile d'accueillir les membres des cours étrangères d'une manière conforme à leur rang, dans ces ruines de Persépolis qui étaient dépourvues de toute infrastructure ; c'était seulement l'année dernière, en septembre, que ce puissant monarque, ayant de nouveau changé d'avis, avait enfin fixé une date pour ces festivités et nommé en remplacement de l'ancien comité, devenu informel à force d'intermittence, un

Haut Conseil qu'il avait pressé de les organiser en diligence.

Shafa en faisait partie ; il était notamment en charge des colloques et publications. Les universitaires européens, me dit-il, étaient lents ; presque tous rendaient leurs articles en retard ; mais il avait réussi à les recevoir à temps, en feignant d'avancer largement les délais de remise. Je me ressouvins que j'avais songé à écrire à Maurice Druon et Michel Jobert, et je résolus de le faire dès notre retour dans le royaume.

Ce Haut Conseil avait neuf membres et rendait compte deux fois par mois, en séance plénière, de l'avancement de ses travaux à l'impératrice Farah. Il n'avait disposé, en définitive, que d'une année pour réformer de fond en comble l'ancienne programmation, en inventer une autre, et surtout organiser sa mise en œuvre pratique. Il me sembla que la situation dans laquelle je me trouvais n'était pas si différente. Mes inquiétudes se dissipèrent ; ma tâche n'était peut-être pas si impossible que je l'imaginais. Mais à peine avais-je commencé de louer intérieurement Shafa, qui m'encourageait ainsi sans s'en apercevoir, que je retombai dans mon affliction lorsqu'il ajouta que le défi à relever avait été colossal, que mille fois ils avaient cru échouer, et redouté soit de mécontenter le shah, soit d'éveiller en lui, une fois de plus, l'impulsion de tout annuler ; je songeai alors que j'étais seul, et le demeurerais tout le temps de cette étude préliminaire dont je devais moi-même examiner si elle se prolongerait ou non dans une programmation concrète.

Je fis effort pour dissimuler mon trouble, et remerciai Shafa de m'avoir fait le détail de cette longue entreprise ; il était temps, pour lui comme pour moi, de nous entretenir avec les autres convives dont nous étions les voisins à cette table, et c'est ainsi que je parlai avec une interprète qui appartenait à la suite de la reine des Belges, et se trouvait assise à ma droite.

Ce long dîner fut suivi d'un spectacle son et lumière dans les ruines de Persépolis, où les invités se rendirent en procession. La nuit était fraîche ; les rois et les reines s'enveloppèrent dans les couvertures chauffantes que l'on avait mises à leur disposition. Le musicien grec Xenakis, familier de la cour du shah, avait conçu lui-même toute une architecture d'éclairages pour accompagner l'abstraction sévère, et stridente, de ses arrangements sonores. À côté de moi, un homme à l'esprit épigrammatique, en qui je reconnus un membre de la délégation française, dit en élevant assez la voix pour que l'on entendît son mot d'esprit à la ronde, que cette musique était bien faite pour mettre en déroute les armées de Xerxès, et que ce n'était point un hasard si elle était l'œuvre d'un Grec. Je ne doutais pas, cependant, que l'on retiendrait surtout de ce spectacle que les Persans étaient en pointe de la modernité ; et je me demandais, anxieux de ne pas trouver de réponse, quel artiste d'avant-garde nous pourrions, quant à nous, revendiquer pour ami du royaume. Je fis réflexion, en outre, que j'ignorais quels étaient les goûts de Sa Majesté en matière de musique.

Après les feux d'artifice qui marquèrent la fin de ce spectacle, tandis que l'on s'apprêtait à regagner les tentes des délégations, Shafa, ayant compris que le sujet des cérémonies devait continuer de m'intéresser, voulut me présenter quelqu'un qui pourrait m'en parler encore ; ainsi fis-je la connaissance d'Ashraf Kazerouni, qu'il me désigna comme une brillante jeune femme, ayant étudié à l'université d'Oxford. Son extérieur annonçait une personne de distinction, dont la famille devait être l'une des plus considérables du royaume. Je n'eus pas l'audace de lui demander s'il en était comme je le croyais. Elle travaillait pour le compte d'Abdolreza Ansari, un autre membre du Haut Conseil. J'appris que chacun de ces neuf dignitaires pouvait s'adjoindre les services de divers assistants, et qu'il disposait en outre, pour les installer, de vastes bureaux situés, dans Téhéran, non loin des ministères. Beaucoup de ces assistants étaient, comme elle, de jeunes gens dont l'esprit avait été cultivé dans des universités occidentales

Nous allâmes marcher dehors, sous le ciel étoilé, à l'écart de la foule des invités qui se dispersaient dans le village de tentes. Il était tard, désormais. Elle me proposa de fumer une cigarette avec elle, en me tendant son étui. Ces manières libres ajoutaient à son air noble. Sans que je lui eusse révélé les raisons que j'avais de l'interroger, n'ayant prétexté qu'une curiosité provoquée par le formidable succès de ces fêtes, elle me fit part d'informations pratiques dont je considérai à part moi qu'elles pourraient m'être utiles. Les principaux fournisseurs avaient été choisis en France, pour leur prestige et leur diligence. Les délais auxquels ils avaient été soumis étaient particulièrement courts, et ils avaient su achever leurs travaux sans les outrepasser. Les tentes avaient été réalisées par Jansen, célèbre maison parisienne de décoration d'intérieur ; les provisions de bouche avaient été acheminées par le restaurant Maxim's. Jansen, Maxim's, je notai ces noms dans ma mémoire. À Paris, j'étais quelquefois passé devant la porte de chez Maxim's, rue Royale, mais je n'y étais jamais entré. Je feignis de ne pas ignorer le nom de Jansen, alors que j'en entendis parler pour la première fois ce jour-là.

Il m'apparut aussi, en l'écoutant, que ces grandes festivités de Persépolis, auxquelles avaient été conviées, pendant quelques jours, de si nombreuses personnalités, n'étaient que la plus éclatante des manifestations de diverses natures qui se succédaient depuis déjà plusieurs semaines, et continueraient de le faire pendant toute une année. De nouveaux musées avaient été inaugurés ; des écoles avaient été ouvertes partout dans le pays. Des écoles, me dis-je ; oui, cela plairait au roi. Il conviendrait de multiplier les initiatives de cette sorte, pour que le peuple n'eût pas lieu de reprocher au palais de dépenser frivolement, en réjouissances éphémères, des sommes qui pourraient être plus utilement investies dans le développement de l'industrie nationale, ou l'élévation du confort domestique de tous les sujets du royaume.

Ashraf Kazerouni me représenta, enfin, que les cérémonies ne s'arrêtaient pas à relater la succession des époques de la Perse, mais se plaçaient sous l'invocation du grand Cyrus, le fondateur de la dynastie achéménide, qu'elles présentaient comme un modèle de souverain, éclairé et puissant, dont les vertus devaient se refléter sur le shah, puisqu'il lui rendait hommage. Je fis réflexion qu'il me faudrait étudier si cet hommage pouvait inspirer celui de Sa Majesté à Moulay Ismaël. La veille de notre arrivée, à Pasargades, devant le tombeau de Cyrus, le shah avait prononcé un discours qui n'avait pas été inscrit au programme de toutes les délégations étrangères, pour ménager leur temps, car elles ne pouvaient être trop longtemps éloignées de leur pays. Ashraf Kazerouni me promit de m'en remettre une copie le lendemain, après la grande parade, dont je la vis impatiente.

Tandis que je marchais vers la tente du prince Abdallah, que je sentais moins curieux que moi-même de ces fêtes, je songeais que les moyens déployés par le roi de Perse étaient considérables, et semblaient ne point avoir de limites ; il attirait à sa cour des princes étrangers, des vedettes connues dans le monde entier, des artistes d'avant-garde qui venaient de New York ; et les gens qui travaillaient à son service me paraissaient tous exceller dans les lettres et les sciences, même quand ils n'occupaient pas encore les postes les plus importants, comme cette Ashraf Kazerouni qui n'avait pas trente ans, qui avait étudié en Angleterre, et que je reverrais peut-être ministre, dix ans plus tard (car il y avait déjà des femmes dans le gouvernement de la Perse), pourvu que Dieu conserve nos royaumes en prospérité et en gloire. Je dus reconnaître avec mélancolie que la situation de notre pays était moins favorable ; et les trois cents ans que nous envisagions de commémorer me donnèrent soudain l'impression d'être fort brefs, en comparaison des deux mille et cinq cents ans de la Perse.

Le lendemain eut lieu la grande parade, aussi majestueuse par son ampleur que par son extrême minutie, dont les images furent diffusées sur des chaînes de télévision du monde entier et frappèrent les imaginations. J'étais au cinquième rang des spectateurs, avec les conseillers de moindre importance, les délégués des plus petites nations, et quelques princes puînés de maisons non régnantes. C'est là, sous les treize colonnes restantes du palais de Darius Ier, que je vis défiler par centaines les militaires que l'on avait grimés en combattants de toutes les dynasties de la Perse, achéménides, sassanides, parthes, séleucides, mèdes, safavides et kadjars. Pour les époques les plus anciennes, de grands savants avaient travaillé à la reconstitution des costumes, en étudiant, dans leurs moindres détails, les fresques, les miniatures et les bas-reliefs capables de les renseigner ; et à certains moments de la parade, pour faire peut-être allusion à ces images antiques, les hommes marchaient en s'appliquant à garder immobile, à l'aplomb de leur nez, une main tendue à la manière d'un aileron, comme des figures représentées de profil qui eussent conservé leur posture en se retrouvant dans les trois dimensions de l'étendue. Une quinzaine de séquences historiques se succédèrent ainsi. Entre les cohortes quadrangulaires de soldats d'infanterie passèrent des cavaliers, des chars, une tour d'assaut de l'époque de la première dynastie, montée sur trois rangs de roues pleines, et des navires reconstruits, en grandeur naturelle, sur le modèle de ceux que Xerxès avait lancés à la conquête de la Grèce. Le soleil était fort ; la parade dura presque trois heures. Quand elle s'acheva, un émissaire me remit un livret, relié par un fil d'or, où je vis imprimé le discours de Pasargades, en persan et en français.

Au premier rang des invités, à quelques places du shah, j'avais aperçu Senghor ; je me précipitai à sa rencontre, pour lui dire qu'il m'avait écrit une lettre, il y avait plus de quinze ans, quand il était député du Sénégal et moi étudiant à Paris, en réponse aux poèmes que je lui avais envoyés sur la recommandation de Delhaye. Il me dit, avec un large sourire, qu'il s'en souvenait très bien : « *Élégies barberesques*, n'est-ce pas ? Ce titre ! Comment l'oublier ? » Il me demanda des nouvelles de Delhaye ; et il regretta vivement que Georges Pompidou ne fût pas là, car il aurait eu plaisir à me présenter à lui. Il me fit promettre de lui rendre visite à Dakar, puis me quitta en m'appelant « cher ami », et je ne le revis jamais.

Dans l'avion, tandis que nous rentrions à Rabat, mon imagination inventa de longues processions, en s'affranchissant de toute contrainte, budgétaire ou temporelle. Le gigantisme dont Moulay Ismaël avait fait preuve en toutes choses s'y prêtait bien. Son pouvoir avait reposé sur la grandeur insurpassable des nombres, qu'il s'agît des dimensions de ses palais ou des effectifs de ses armées ; le défilé rappellerait le souvenir de ces forces considérables, et tirerait de leur mise en scène un grand spectacle mémorable. Douze mille chevaux pour un seul homme ; cent cinquante mille soldats dans la garde noire, l'armée la plus puissante de toute l'Afrique, en son temps. J'essayai, sans véritablement y parvenir, de me représenter l'ampleur d'un cortège de douze mille chevaux et d'un autre de cent cinquante mille hommes. Il faudrait naturellement réduire ces nombres, mais en ayant soin de conserver au défilé une ampleur suffisante pour susciter l'enthousiasme du public, et son émerveillement devant la puissance du royaume, dans le passé comme dans le présent.

Cependant, mon imagination se heurta bientôt à la question de savoir s'il serait opportun de montrer aussi dans ces cortèges les eunuques du sultan, les femmes qu'il tenait encloses en son sérail, et les enfants qu'elles lui avaient, disait-on, donnés par centaines. Les dignitaires européens n'en croiraient pas leurs yeux, si on les recevait ainsi en leur offrant le spectacle de cette quintessence du *despotisme oriental*. Et qu'en serait-il des captifs de la prison souterraine ? Un malaise comique me saisit, lorsque je les vis défiler dans mon esprit, hâves et chargés de chaînes, poussant d'énormes blocs de pierre, ou tenant dans leurs mains meurtries des débris d'architraves de Volubilis, sous le regard perplexe du président Georges Pompidou – ou du Premier ministre

Chaban-Delmas, qui avait représenté la France à ces fêtes de Persépolis. Même les plus chers amis du royaume, tels Michel Jobert et Maurice Druon, seraient enclins à tenir cela pour une mauvaise plaisanterie.

Bien que ce voyage officiel fût en apparence consacré tout entier à un long divertissement, la succession des occasions mondaines où il avait fallu incessamment faire bonne figure, et avec cela la nécessité où j'étais de prendre note de tout ce qui pourrait intéresser ma propre mission avaient fini par m épuiser ; et sans doute est-ce la raison pour laquelle j'eus étrangement beaucoup de peine à chasser de mon imagination ces visions que j'avais moi-même inventées par jeu, et que jugeai de plus en plus sinistres à mesure qu'elles semblaient résolues à me hanter. Je voyais le président Pompidou se lever de sa place à la tribune, pour marquer son indignation devant ce manquement à la diplomatie la plus élémentaire ; la petite silhouette de Michel Jobert lui emboîtait le pas, et ce ministre avait le front visiblement plissé, en signe de profond déplaisir, car il se sentait blessé dans l'amitié qu'il portait au royaume, où il était né au temps du protectorat. Le roi, frappé lui-même de stupeur en considérant la catastrophe qui s'enclenchait, me jetait soudain un regard plein de colère, et je sentais s'abattre sur moi l'ombre d'une disgrâce perpétuelle, bien pire que celle que j'avais connue quelques années auparavant.

Je me réveillai en sursaut. Je m'apaisai en voyant, à travers le hublot de l'avion royal, la petite lumière qui brillait, dans la nuit noire, au bout de l'aile droite ; ce n'était qu'un songe absurde, une vision délirante née de mon épuisement et des angoisses dans lesquelles me jetait souvent ma mission. Pour regagner le sommeil, je m'efforçai d'imaginer des scènes plus paisibles, et ce furent les navigations gracieuses d'une flottille sur le bassin de l'Agdal qui se présentèrent à mon esprit. Des vaisseaux miniatures des deux royaumes engageaient un simulacre de poursuite ou de bataille navale, que figurait un ballet nautique aux trajectoires réglées. Ils se distinguaient par les formes de leurs gréements et de leurs carènes, et par leurs pavillons qui déployaient au vent, les uns un soleil d'or au visage content, les autres un soleil noir aux traits mal déchiffrables. – Il faudrait, me dis-je, que je demande à Delhaye de me fournir en documentation sur les fêtes organisées par Louis XIV à Versailles ; il devait y avoir, sur le Grand Canal, de superbes défilés de bateaux.

Je voyais, de part et d'autre de l'Agdal, les palais de Meknès et de Versailles qui se faisaient face, représentés à la manière des plus riches décors de théâtre. Les flottilles, s'étant une première fois poursuivies, revenaient chacune en son côté du bassin ; puis notre vaisseau amiral, bordant sa voile latine, mettait de nouveau le cap sur Versailles, suivi des navires plus petits qui se disposaient derrière lui en forme de triangle, avec la discipline d'une escadre d'élite : c'était l'ambassade du corsaire Ben Aïcha, qui venait demander au nom du sultan la main de la princesse de Conti. La réalité de l'histoire était, naturellement, quelque peu déformée, pour être rendue plus simple et plus symbolique, comme il convient à un spectacle. Cette princesse se tenait au bord de l'eau, devant le décor de Versailles, au milieu d'un groupe de jeunes marquis et de dames de compagnie qui semblaient n'être là que pour mettre en évidence l'éclat de sa beauté. Quand le vaisseau de Ben Aïcha approchait de Versailles, les Français manœuvraient de petites chaloupes, que je me représentais assez semblables aux gondoles de Venise, et dessinaient une haie d'honneur entre laquelle notre ambassade se glissait avec une lenteur maîtrisée, jusqu'à un appontement spécial où des gardes suisses venaient à l'instant de déployer en diligence un vaste tapis rouge. L'ambassadeur, ayant posé chevaleresquement un genou à terre, tendait à la princesse de Conti la lettre de Moulay Ismaël, sur laquelle était apposé le sceau de ce monarque ; puis, l'ayant ouverte et lue, elle devenait la proie d'une émotion qu'elle ne pouvait maîtriser ; elle fuyait vers le château de Versailles, entourée de dames de compagnie qui la retenaient de faillir, mais elle tendait les bras vers l'ambassadeur, dans la direction opposée à sa course, en signe de déchirement. Alors les protagonistes des deux nations se livraient à de grandes manifestations de tristesse, et se lançaient à distance des adieux lyriques qui émouvaient la foule innombrable des spectateurs assis dans les gradins provisoires.

Je tournai mon regard vers le hublot ; la nuit était noire, impénétrable. Cette mise en scène me parut grossière ; mais je me rassurai en me représentant que je venais à peine d'y penser ; il faudrait travailler à sa conception bien davantage, pour monter le jour venu un spectacle digne d'être inscrit dans les annales du règne. Autour de moi, dans leurs fauteuils au dos incliné, les membres de la délégation et les soldats en civil chargés de leur protection étaient tous assoupis. Le prince Abdallah dormait dans la petite cabine aménagée pour le roi, à l'avant de l'appareil.

De nouveau, le sommeil me gagnait et m'ensevelissait dans mes songes. Mon esprit engourdi était sans défense contre les fictions terrifiantes qui sortaient de leurs forges. Voici (sans que j'eusse pu résister en quelque manière à l'apparition dans mon esprit de ces images d'épouvante) que le sultan Moulay Ismaël, ou plutôt le figurant qui le représentait dans cette mise en scène, tirait un couteau fixé à sa ceinture, dont il frappait à grands coups les autres personnages qui se trouvaient près de lui, en tachant tout son habit de leur sang ; et soudain, comme si ce geste de folie eût été un signal, de la foule massée au bord de l'Agdal sortaient des rebelles faméliques, indignés qu'on eût dépensé une si grande part du trésor royal pour montrer au peuple des *messieurs à perruque poudrée*. Je les entendais qui désignaient ainsi l'objet de leur haine, les *perruques poudrées* ; certains sautaient dans le bassin pour prendre d'assaut les bateaux et les renverser ; des coups de feu fusaient, de plus en plus nombreux. Sa Majesté prenait la fuite, accompagnée des gardes et des ministres.

Le régime chutait le jour même où il célébrait sa longévité dans le souvenir du plus puissant monarque de la dynastie. Du haut de la tribune royale, où je me retrouvais seul, je contemplais le désastre dont je me sentais responsable ; la foule des rebelles me désignait en hurlant : « c'est lui ! », comme si j'étais encore pris pour le roi, et châtié, pour ainsi dire, d'avoir un jour eu l'audace de favoriser cette confusion ; et j'étais résolu à me laisser atteindre par une balle, plutôt que d'entreprendre de me cacher. C'était le cauchemar de Skhirat qui revenait me hanter, en faisant planer sur ces fêtes la menace de sa répétition ; il m'apparaissait qu'elles seraient d'autant plus difficiles à organiser qu'elles posaient des problèmes qui n'étaient pas seulement d'ordre pratique.

XIII

Quand j'écrivis à Delhaye pour lui faire part de la grande curiosité que j'avais de consulter des documents anciens au sujet des fêtes organisées par Louis XIV à Versailles, en lui laissant entendre que cette enquête pourrait être suivie d'effets concrets, sans entrer dans aucuns détails, il me répondit non seulement qu'il se faisait fort de trouver en abondance de quoi satisfaire ma curiosité, mais encore qu'il songeait à revenir passer quelques jours de loisir au Maroc, pour la première fois après une assez longue absence, à la fin de l'automne ou au début de l'hiver, et serait heureux de me revoir à la faveur de cette visite. Je le pressai de ne point hésiter et de réaliser ce dessein sans attendre, et bien que je ne pusse lui offrir l'hospitalité dans mes appartements du Dar Jamaï, je me proposai de lui trouver une grande et belle chambre dans un des meilleurs hôtels de la ville, et de l'y faire loger gracieusement ; car il me semblait légitime que cette dépense fût inscrite au budget de ma mission, lequel, si je devais en croire la parole du roi, n'était pas enfermé dans des limites étroites.

Je fus bien aise de le retrouver ; j'avais toujours le souvenir de la correspondance qu'il avait maintenue avec moi, lorsque j'étais seul à Tarfaya, et je lui étais reconnaissant d'avoir adouci le sentiment que j'avais de ma disgrâce, en réglant sa conduite à mon égard comme si elle n'avait pas véritablement eu lieu. J'avais dressé de ma propre main, dans un bassin de porcelaine très fine, une pyramide de fruits que j'avais fait acheter chez les meilleurs marchands de la médina ; je la lui présentai en l'invitant à prendre tous ceux qu'il lui plairait de goûter. Delhaye se trouvait maintenant dans une époque de sa vie où les événements lui étaient favorables. Georges Pompidou, son ancien camarade du lycée Louis-le-Grand et de l'École normale, avait été élu président de la République française. Il n'en avait retiré, me dit-il, aucun avantage précis dans sa carrière, pour le moment du moins, mais il sentait bien qu'un certain prestige l'entourait, depuis quelque temps, dans des circonstances de plus en plus nombreuses.

Je lui rappelai, en plaisantant, l'histoire du plébéien qui avait été à l'école avec Septime Sévère, et à qui celui-ci, devenu empereur, avait fait donner le fouet le jour où il avait eu l'outrecuidance, ou la naïveté, d'en faire état publiquement, comme pour laisser entendre qu'ils avaient été égaux en leur enfance. Delhaye me l'avait apprise, quinze ans auparavant, afin de me mettre en garde ; à mon tour, je pouvais avoir des conseils à lui prodiguer, maintenant qu'il se trouvait avoir été, lui aussi, en définitive, élève d'une sorte de Collège royal, bien que personne n'eût su alors qu'un prince était parmi eux. Mais Georges Pompidou, contrairement à Septime Sévère, semblait apprécier la compagnie de ses anciens camarades d'études. Delhaye, peu avant son départ, avait été invité à dîner au palais de l'Élysée, avec Senghor, lequel lui avait dit, fort amusé de cette circonstance, qu'il avait rencontré l'un de ses anciens élèves aux fêtes de Persépolis, et un normalien d'une promotion plus récente, Michel Bruguière, qui était conseiller au cabinet du président de la République ; et il avait appris que d'autres dîners, avec d'autres anciens camarades, avaient lieu fréquemment. Le Président leur avait dit qu'il avait revu, quelques jours plus tôt, Julien Gracq, avec qui il s'était aussi lié d'amitié dans les années trente, dans cette école de la rue d'Ulm ; c'était un auteur qui avait reçu le prix Goncourt vingt ans auparavant, pour un roman dont le titre était *Le Rivage des Syrtes*, ce qui m'avait fait croire, à cette époque-là, et maintenant encore, ne l'ayant point lu, qu'il se passait en Libye.

« Le temps ayant passé, me dit Delhaye, quand je lui demandai de me parler de Georges Pompidou, il est naturel de rechercher dans nos souvenirs des signes qui auraient annoncé, dès cette époque, la destinée de notre camarade. La vérité m'oblige à dire que si je m'efforce de contenir cette tendance à l'illusion rétrospective, je n'en trouve aucun, sinon peut-être qu'il réussissait des choses assez diverses sans effort apparent, dans une tranquille nonchalance. Il terminait presque toujours ses dissertations avec une ou deux heures d'avance. Un jour, à Louis-le-Grand, il quitta la salle d'examen en remettant sa copie au bout d'une heure. Une heure ! C'était une composition d'histoire. En partant, il vint dire à Senghor, assis près de moi : "Ghor (c'est ainsi que nous étions quelques-uns à l'appeler), je vais fumer une sèche." Il dut en fumer plus d'une, d'ailleurs, en nous attendant. Et il fut premier. Mais il n'était pas le seul d'entre nous à avoir des *facilités*, comme disent les professeurs. » Il se tut un instant, et reprit : « Sa vie est faite de sauts et de surprises, dont il a toujours pris soin de favoriser l'irruption. Il avait un certain sens de l'adaptation au moment présent, et comme un art secret de se rendre capable de saisir les chances que l'avenir pourrait lui présenter. »

Quand j'appris que ce prince était, comme moi, le fils d'un instituteur, et qu'il était né dans une province éloignée, je me sentis confusément prendre part à sa destinée ; et je ne sais quelle subite impudeur me fit exprimer cette pensée à Delhaye, dont je crus percevoir la surprise, et pour ainsi dire l'inquiétude que lui inspirait, pour mon propre sort, cette dangereuse inconvenance, car il devait penser qu'il n'était pas permis à un sujet de la monarchie chérifienne de s'abandonner à des songeries dans lesquelles il se verrait exercer lui-même le pouvoir, et de les exprimer. Je m'aperçus que les rêveries révolutionnaires de Morgiane, que je me gardai d'apprendre à Delhaye, m'avaient pour ainsi dire accoutumé à cette idée, car elle ne cessait de me dire qu'un nouveau régime aurait toutes les raisons de me promouvoir, à quoi je lui répondais toujours qu'elle plaisantait.

Je crus bon de faire paraître à mon ancien professeur que le despotisme du roi n'allait peut-être pas si loin qu'il le redoutait, en lui racontant l'initiative très singulière que j'avais prise à Skhirat, au cours de laquelle j'avais en effet exercé le pouvoir, ou plutôt joué à l'exercer, dans un moment si bref qu'il avait à peine plus de réalité qu'un songe, et en lui disant que Sa Majesté ne s'en était pas autant émue qu'elle l'aurait fait, si un esprit de tyrannie avait guidé son jugement. Delhaye fut extrêmement surpris de ce récit, qui lui sembla à peine vraisemblable (bien qu'il m'assurât qu'il ne mettait nullement ma parole en doute), et, par ailleurs, assez comique, car il lui fit penser, comme à Morgiane, à l'histoire du *Vicomte de Bragelonne*, qu'il me faudrait donc lire, décidément ; et il ne put se retenir de rire, en imaginant la confusion du soldat qui me faisait face : « C'est vrai que vous lui ressemblez un peu, maintenant que vous le dites ; mais n'exagérons rien. Cela ne m'avait jamais frappé. Si vous étiez son jumeau, vous seriez – pour le moins – hétérozygote ! » L'explosion de son rire, dont ce mot bizarre fut pour ainsi dire l'étincelle, se communiqua jusqu'à déclencher le mien. « À un frère jumeau si peu ressemblant, continua-t-il, on n'aurait pas besoin de visser un masque de fer sur la tête. » Son rire redoubla, tandis que je dus forcer le mien, pour ne pas lui faire sentir que ces dernières paroles m'avaient paru moins drôles ; puis, s'interrompant soudain, comme s'il retrouvait ses esprits, il me fixa en me demandant : « Mais, d'ailleurs, n'êtes-vous pas né le même jour que le roi ? »

Je fus si surpris de cette question que je la lui fis répéter ; et quand il m'eut encore une fois demandé si ma date de naissance n'était pas identique à celle du roi, ainsi qu'il paraissait en être persuadé : « Pas du tout, lui répondis-je ; Sa Majesté, comme chacun le sait, est venue au monde le 9 juillet 1929, tandis que je suis né le 6 novembre de la même année. – Je le croyais, pourtant. Il me semblait, dit-il, que cette coïncidence était l'une des raisons pour lesquelles vous aviez été choisi comme camarade de classe du prince, en plus de vos excellents états de service scolaires, naturellement. En tout cas, c'est quelque chose que je crois avoir entendu à l'époque, quand vous étiez dans ma classe. Mais tout cela est bien lointain, à présent ; vingt-cinq ans ont passé. Je dois avoir mal compris une chose que l'on m'avait dite ; ou peut-être ai-je brodé sur des propos saisis au vol. Quoi qu'il en soit, ce souvenir erroné a cheminé dans mon esprit jusqu'à aujourd'hui, et il était temps de le corriger. »

J'eus le sentiment qu'il fallait tout à la fois changer le sujet de notre conversation, et garder dans ma mémoire cette curieuse remarque de mon ancien professeur, pour enquêter plus tard et me rendre compte s'il n'y avait rien de plus que ce malentendu, ou s'il s'y cachait un mystère que j'aurais intérêt à éclaircir.

Ma charge d'historiographe en présenta l'occasion, car Delhaye, qui, on s'en souvient, l'avait déjà mentionnée dans une lettre, quelques années auparavant, était curieux de m'entendre parler des missions qu'elle comportait. Il dut remarquer, cependant, que je ne me sentais pas libre de lui en faire le détail ; et pour me tirer de cet embarras, il entreprit de me parler de l'histoire de cette charge au temps des anciens rois de France. J'avais d'autant plus lieu de m'en réjouir que mes connaissances à ce sujet n'allaient pas au-delà de quelques généralités.

Delhaye, s'étant livré à quelques recherches, avait trouvé dans de vieux registres des listes d'historiographes des rois de France. Quelques-uns étaient des écrivains très renommés : Racine, Boileau, Voltaire. Plusieurs n'étaient pas inconnus des historiens : Sorel, Guez de Balzac, Scipion Dupleix, André Félibien, Pellisson, Pinot Duclos (l'ami de Rousseau), Marmontel. Les noms de la plupart, cependant, étaient aujourd'hui entièrement obscurs, et Delhaye m'en livra quelques-uns au hasard, en parcourant ses notes : Jacob de La Baudouère, Julien Pellens, Nicolas Renouard, Jean-Daniel Schoepflin, et ce François de Belleforest qui avait été fait historiographe de Charles IX pour avoir écrit une *Histoire des neuf rois de France qui ont eu le nom de Charles*, ce qui nous fit rire, tellement la flatterie était grosse, et le dessein absurde.

J'interrompis Delhaye pour lui représenter qu'Al-Mansour, le plus célèbre des sultans saadiens, avait eu à son service un lettré, Al-Fichtâli, qui avait porté simultanément les titres d'historiographe, de « grand vizir de la plume », et de poète officiel. Le premier de ces emplois consistait à établir, au jour le jour, les annales du règne, le deuxième à rédiger la correspondance du sultan, et le troisième à composer des pièces de vers à l'occasion de grandes réjouissances, comme les fêtes de la nativité du Prophète. Dans une époque bien plus récente, Hassan Ier avait confié une charge d'historiographe à son ancien précepteur, Ahmed ibn el-Hajj, et lui avait d'abord donné pour mission d'écrire toute l'histoire de la dynastie alaouite, puis lui avait demandé de s'interrompre, quand il n'en était encore qu'au onzième volume, sur vingt-cinq qui devaient être écrits, pour aller directement à la consignation des événements de son propre règne, que ce prince ne voulait pas attendre trop longtemps, ni même risquer de ne pas voir.

En France, reprit Delhaye, certains historiographes avaient écrit sur le roi régnant, d'autres sur des monarques anciens ; certains avaient préparé pour le souverain des textes qu'il devait prononcer ou signer ; d'autres avaient exercé la fonction d'interprète, comme Gabriel Chappuis, qui parmi les missions de sa charge d'historiographe du roi Henri IV, avait reçu celle de traduire la langue espagnole, ou comme ce Jean Bernard, inscrit comme « chroniqueur et historiographe du roy ès langue angloise et galoise, islandoise et écossoise », dans les années 1570. De ceux qui étaient les plus obscurs, il arrivait qu'on ne sût dire quels travaux ils avaient accomplis dans leur charge ; mais cela ne voulait pas dire, selon Delhaye, que leur titre d'historiographe eût été purement honorifique et n'eût pas comporté de missions effectives ; car même Racine et Boileau, que le roi aurait pu pensionner pour leurs seuls mérites d'écrivain, gracieusement pour ainsi dire, sans en faire le prix de travaux qui les détourneraient des ouvrages de littérature auxquels ils devaient leur réputation, même ceux-là avaient dû consacrer beaucoup de temps à leur charge d'historiographe, dès le moment qu'ils avaient été nommés ; et on les voyait transportés sur les champs de bataille, prenant froid, montant maladroitement à cheval, en comparaison des nobles officiers du roi, qui s'en moquaient avec plus ou moins de tendresse.

La Révolution française mit fin à cet emploi, naturellement ; mais le Directoire nomma un historiographe de la République, Pierre-François Réal, qui semble avoir été le seul à remplir cette charge, laquelle n'eut d'ailleurs que peu de durée, ce Réal, futur comte de l'Empire, ayant été bientôt appelé par Bonaparte à d'autres fonctions, dans l'administration de la police.

Il n'y eut pas d'historiographe du roi au temps de la Restauration, quoique l'on ait eu le projet, au début du règne de Charles X, en 1825, de recréer cette charge pour l'attribuer à M. de Chateaubriand, et voici pourquoi. À la fin du règne de Louis XVIII, l'auteur de *René*, d'*Atala* et du *Génie du christianisme* (qui n'avait pas encore achevé d'écrire ses fameux *Mémoires d'outre-tombe*) avait été nommé ministre des Affaires étrangères, puis congédié sans ménagement après quelques mois, probablement parce qu'il était trop libéral aux yeux de M. de Villèle, le président du Conseil ; il ne laissait pas d'en conserver un vif ressentiment, et se tenait en retrait de la cour. La mort de Louis XVIII n'était pas de nature à effacer sa disgrâce, ni sa rancune, car le personnel politique et les conseillers qui l'avaient entouré demeuraient pour la plupart les mêmes auprès du nouveau roi son frère. Charles X, cependant, voulait se concilier Chateaubriand, car il jugeait inutile de laisser à cet auteur en renom des raisons d'écrire en sa défaveur, plutôt qu'en sa faveur. Le vicomte Sosthène de La Rochefoucauld rédigea à l'intention du roi un rapport sur l'hypothèse du rétablissement de la charge d'historiographe du roi, et fit la proposition d'en créer deux, dont l'une irait à M. de Chateaubriand. Ce vizir ne cacha pas, dans son rapport, qu'une telle nomination, en plus de marquer un geste de conciliation, présenterait l'avantage de contenir dans une charge où il entrait peu d'exécution les fougueuses ambitions politiques de l'auteur, auxquelles il ne mettait point de bornes, car il s'imaginait que son talent était si grand qu'il pouvait s'appliquer d'une façon aussi étincelante aux affaires publiques qu'à la littérature. Ce projet, cependant, fut ajourné quelque temps plus tard, et finalement tout à fait oublié ; on n'a jamais su si celui qui devait en être le destinataire fut même informé de son existence. Ce qu'on lui accorda fut autre ; il fut nommé ambassadeur à Rome, en 1828.

En entendant ce récit, où il apparaissait avec évidence que la charge d'historiographe du roi était comme une consolation pour un homme que l'on ne voulait plus faire ministre, je ne pus m'empêcher de resonger à mes propres ambitions piétinées, et de considérer qu'il fallait peut-être parler d'autre chose maintenant, et singulièrement de Versailles, et de ses fêtes.

Avant cela, cependant, Delhaye voulut me montrer un extraordinaire document, pour continuer sur ce sujet des historiographes. Je redoutais de souffrir encore d'allusions qui lui échapperaient, et j'étais en outre de plus en plus impatient qu'il me parlât des réjouissances qu'on organisait au temps de Louis XIV, mais je fus d'autant moins capable de l'arrêter que, depuis qu'il avait trouvé ce document, il était, me dit-il, dans une grande impatience de me le montrer.

C'était un texte d'une quinzaine de pages, ayant pour titre « De la charge d'historiographe de France », et qui était signé de Charles Sorel, mais se trouvait placé en avant-propos d'une *Histoire de Louis XIII* qui était d'un autre auteur, un certain Charles Bernard. Delhaye m'avait apporté ce volume entier, qui datait de 1646, et avait toutes les marques de ce qu'on imprimait en ce temps-là : les « s » écrits comme des « f », les « j » comme des « i », les « u » comme des « v », etc. Il m'expliqua qui étaient ces deux personnages. Charles Bernard, historiographe du roi Louis XIII, avait fait dans l'histoire des lettres moins de bruit que son neveu, Charles Sorel. Celui-ci avait écrit, dans sa jeunesse, une sorte de roman picaresque, qu'on étudie encore de nos jours, *L'Histoire comique de Francion*, et il avait vécu à peu près sans ordre et folâtrement, ce dont il ne se cachait point dans ce livre, jusqu'au moment où, commençant peut-être à ressentir le poids des ans, il avait entrepris de courir les charges et les pensions, et singulièrement celle de son oncle, qu'il lui fut donné de reprendre quand celui-ci mourut. Il termina l'histoire de Louis XIII laissée inachevée par son parent, en lui ajoutant ce petit traité de sa composition sur la charge d'historiographe, qui était en réalité plein de politique personnelle ; car Sorel s'efforçait d'établir une distinction très nette, et pour ainsi dire infranchissable, dont il avait beaucoup à gagner, et qui n'avantageait d'ailleurs que lui seul, entre la notion d'historiographe *du roi*, vague titre que l'on pouvait donner à qui l'on voulait complaire, sans que le nombre des bénéficiaires potentiels en fût limité, et que l'on pouvait aussi retirer, et celle d'historiographe *de France*, charge unique et permanente, et d'un plus grand prestige naturellement, qui n'avait eu que cinq titulaires depuis Charles IX, dont son oncle et maintenant lui-même.

Delhaye me parut ravi de sa découverte, et de l'occasion qu'il trouvait enfin de s'en ouvrir à moi ; il me fit la lecture de quelques phrases qu'il avait choisies dans ce texte pour me les soumettre. « Écoutez ceci, me dit-il : *Charles IX et Henri III jugèrent nécessaire de créer la charge d'historiographe de France, qui est permanente et en titre d'office formé, au lieu que les qualités d'historiographes du roi que l'on a données autrefois à des gens de lettres et que l'on leur donne encore, ne sont que pour avoir un titre sous lequel ils puissent obtenir une pension ; et l'on en fait sans nombre, comme des secrétaires de la Chambre du roi.* On dirait presque Saint-Simon et sa maladie de l'étiquette, son acharnement à défendre les prérogatives des ducs, c'est-à-dire les siennes, lui qui était fraîchement duc, cependant. » Je dis que ce désir des distinctions subtiles me paraissait une marque de la société française, non de Saint-Simon ni de Sorel seulement, lesquels poussaient à l'hyperbole une passion qui était de toute leur nation, et dont j'avais vu tant d'exemples. Delhaye ne me contredit pas, et me demanda, pour conforter par un exemple ce que je venais de dire, si j'avais entendu parler de la différence de prestige, pour ainsi dire infinie, qui séparait, en France, dans les ministères, un simple chargé de mission, le plus bas degré dans la hiérarchie d'un cabinet, d'un chargé de mission « auprès » du ministre, dont la nature et le rang changeaient par la grâce de ce seul mot, « auprès » ; je lui répondis que je connaissais d'autant mieux cette différence que l'on avait jugé bon de la répliquer dans les organigrammes du Makhzen.

Delhaye chercha du regard, sur la page suivante, un autre extrait, et reprit sa lecture. « Ah ! Voici. Écoutez encore. *La plupart des charges uniques de l'État portent le surnom de France, au lieu que les particulières et inférieures ne donnent titre que de simples officiers au roi. Il est vrai que le prénom de grand que l'on ajoute à quelques-unes marque de l'autorité sur les autres. Il y a un grand aumônier de France, un grand maître de France, un grand écuyer de France ; et au-dessous il y a des aumôniers du roi, des maîtres d'hôtel du roi, et des écuyers de l'Écurie du roi. Les historiographes de France n'ont pas ainsi du pouvoir sur les autres historiographes, et n'ont rien à démêler avec eux ; mais cela n'empêche point que leur charge ne soit plus élevée ou qu'elle ne le doive être, pour suivre l'intention des rois qui l'ont érigée, lesquels n'ont pas entendu lui donner en vain l'attribut de France.* Vous voyez la subtilité de notre auteur. Il concède que l'historiographe de France n'est pas, si vous me permettez cet anachronisme, le *supérieur hiérarchique* des historiographes du roi, car s'il en était ainsi, il serait probablement désigné comme *grand historiographe de France*, titre qu'on n'a jamais lu ni entendu nulle part ; mais cette absence de lien d'autorité n'empêche pas une supériorité de prestige. — Je l'entends bien ainsi, répliquai-je. Savez-vous que ma charge d'historiographe du royaume est elle-même unique ? D'après la classification de votre auteur, je pourrais donc revendiquer de me faire appeler *historiographe du Maroc*, ou plutôt *de Maroc*, comme on disait au dix-septième siècle… — En effet. — Mais l'enjeu serait faible, à la vérité, car je n'ai pas besoin, étant seul, de me distinguer particulièrement de cette piétaille innombrable d'historiographes du roi, à laquelle il redoute tant d'être assimilé. — Savez-vous ce qui est le plus extraordinaire ? J'ai fait d'autres recherches, après avoir lu ce document. Eh bien, il apparaît que Sorel est le seul à avoir jamais fait cette distinction entre historiographes du roi et historiographes de France. Les deux expressions sont utilisées à toutes les époques de manière indifférente, et assez souvent pour désigner les mêmes personnes. Tous ceux qui commentent cette construction de Sorel la jugent sans fondement dans le passé, ni conséquence dans l'avenir ; ce fut une tentative audacieuse, mais vaine, d'un homme qui chercha à s'élever en retaillant son titre. »

Je fus, en définitive, bien aise d'entendre cette nouvelle conférence que mon ancien professeur avait préparée pour moi. Il ne m'ennuyait pas, et me rappelait le temps du Collège royal. Comme le sujet semblait décidément lui plaire (peut-être davantage que les fêtes de Versailles), je lui demandai, pour prolonger ce qu'il venait de m'exposer, si ces historiographes du roi, ou de France, s'étaient aussi appelés quelquefois historiographes « du royaume », car tel était le titre exact de ma charge. Delhaye me répondit que non, puis il ajouta, en se jouant, qu'il fallait peut-être voir dans cette nouvelle façon de dire une sorte d'avancée démocratique, à peu près aussi forte que celle de Louis-Philippe quand il s'était fait proclamer roi des Français, au lieu de roi de France ; car un roi moderne était au service du peuple, et non l'inverse, et de même son historiographe ; et je crois que nous rîmes autant de cette plaisanterie, que du sentiment d'être les seuls au monde à en rire.

Mais il nous apparut qu'il fallait enfin qu'il me parlât de ces fêtes de Versailles, dont je pensais qu'elles pourraient inspirer celles que je devais inventer moi-même, sans être certain, cependant, que le roi consentirait par après à les ordonner.

Il me dit qu'il y avait eu en particulier trois fêtes qui parmi tant d'autres étaient restées dans les annales de ce règne. La première, en 1664, s'était appelée « Les Plaisirs de l'île enchantée » ; elle avait duré sept jours consécutifs. Un carrousel, des collations, des ballets, des comédies de Molière, un feu d'artifice, des promenades, une loterie avaient rempli le temps des invités de ces réjouissances.

La deuxième, en 1668, n'avait duré qu'une journée. Ce « grand divertissement royal », selon le nom qui lui avait été donné, célébrait la paix d'Aix-la-Chapelle. On y donna une comédie-ballet de Molière, dont Lully avait composé la musique ; c'était l'histoire d'un paysan qui se mariait avec la fille d'un gentilhomme, et qui, dans tout le cours de la comédie, était puni de son ambition, ce qui me fit resonger avec perplexité aux espérances que j'avais de me marier avec Morgiane, et qui m'apparaissaient souvent comme des folies. Je m'entretins en silence de ces pensées peu agréables, pendant que Delhaye continuait de parler.

La troisième fête avait eu lieu en 1674, et c'était toute une série de réjouissances, s'établissant en six journées réparties dans l'été, depuis le début de juillet jusqu'à la fin d'août. André Félibien, qui avait été l'un des historiographes de Louis XIV, en fit la description et le récit sous ce titre : « Les divertissements de Versailles donnés par le roi à toute sa cour au retour de la conquête de la Franche-Comté ». Delhaye me signala que des promenades en gondole sur le grand canal de Versailles, la nuit, à la lueur des flambeaux, comptaient parmi les plus mémorables de ces divertissements ; et il semblait que ces gondoles eussent été envoyées à la cour du roi de France par le doge de Venise en personne. Je n'avais donc pas eu tort, dans les songeries qui m'avaient assailli dans l'avion, quand nous revenions de la Perse, de me figurer spontanément cette sorte de bateaux vénitiens naviguant sur le bassin de Meknès, car ils se prêtaient bien à toutes sortes de réjouissances nautiques, même si l'on était loin de Venise. Outre ces navigations sur le canal, il y eut des représentations théâtrales, dont une autre comédie-ballet de Molière, des feux d'artifice, des collations et des soupers, mais Delhaye n'avait pas cru remarquer la tenue d'un carrousel dans les fêtes de cette année-là.

Mon ancien professeur avait employé plusieurs fois ce mot de carrousel, dont je n'étais pas assuré de connaître bien la définition précise. C'était, me dit-il, un divertissement équestre dans lequel les chevaux faisaient comme des figures de danse, cependant que les courtisans qui les montaient étaient parés de déguisements fastueux. Des groupes de cavaliers, qu'on appelait quadrilles, représentaient ainsi, dans une succession de scènes, des sujets tirés de l'histoire ou de la mythologie. Depuis que le roi Henri II était mort dans un tournoi, ces carrousels qui étaient arrivés d'Italie étaient devenus un divertissement très apprécié des princes, car ils comportaient moins de dangers. Au lieu de s'affronter, et de risquer de se blesser ou de se tuer, les cavaliers rivalisaient désormais dans différents jeux d'adresse, en particulier la course de bague, au cours de laquelle ils devaient passer leur lance dans un anneau suspendu.

Je notai, sur une feuille d'un carnet que j'avais avec moi, que le carrousel était une fantasia où les cavaliers étaient déguisés, faisaient exécuter à leur monture des mouvements gracieux et complexes, et ne tiraient pas de coups de fusil dans les airs. Delhaye ne chercha pas à contester cette façon de dire.

Mais, comme frappé d'une idée qu'il avait oubliée et qui lui revenait soudain : « Ah ! s'exclama-t-il, j'ai oublié de vous dire une chose. Dans les ballets, qui le divertissaient beaucoup, le roi dansait, et faisait danser les courtisans autour de lui. Ce n'était pas de brèves apparitions. Il dansait beaucoup, et bien, semble-t-il. Cela dura jusque vers 1670, je crois. Puis il préféra être spectateur, et des troupes de danseurs professionnels, pour ainsi dire, remplacèrent les gens de la cour. » Je fis effort pour imaginer notre roi dansant, puis, effrayé de trouver comique cette représentation, je dus lutter contre moi-même pour m'empêcher d'y penser.

Delhaye me présenta trois petits ouvrages, qui se rapportaient chacun à l'une des trois fêtes dont il venait de parler, en me disant qu'il m'en faisait don, et qu'il n'avait pour l'heure que ces modestes présents pour me remercier de mon accueil et de la chambre d'hôtel que j'avais fait mettre à sa disposition. Précautionneusement, je considérai, l'un après l'autre, d'abord l'ouvrage de Félibien sur les divertissements de 1674, puis celui d'Isaac de Benserade sur ceux de 1664, et enfin, un tome des œuvres complètes de Molière, où l'on trouvait, dans les pages qui suivaient la comédie de *Georges Dandin*, deux relations de la fête de 1668, l'une écrite par l'abbé de Montigny, et l'autre, encore par Félibien. Je promis à Delhaye de consacrer tout le temps qu'il faudrait à leur étude, et j'étais d'ailleurs bien résolu pour mon propre intérêt à tenir cette promesse.

Il me montra ensuite un extrait des *Mémoires pour l'instruction du dauphin* (il fut au regret de ne pouvoir me laisser l'ouvrage entier), qu'il me dit être un résumé de la doctrine de ces fêtes, écrit de la main même du roi : « Cette société de plaisirs, qui donne aux personnes de la cour une honnête familiarité avec nous, les touche et les charme plus qu'on ne peut dire. Les peuples, d'un autre côté, se plaisent au spectacle où, au fond, on a toujours pour but de leur plaire ; et tous nos sujets, en général, sont ravis de voir que nous aimons ce qu'ils aiment, ou à quoi ils réussissent le mieux. Par là nous tenons leur esprit et leur cœur, quelquefois plus fortement peut-être, que par les récompenses et les bienfaits ; et à l'égard des étrangers, dans un État qu'ils voient d'ailleurs florissant et bien réglé, ce qui se consume en ces dépenses qui peuvent passer pour superflues, fait sur eux une impression très avantageuse de magnificence, de puissance, de richesse et de grandeur. »

Je ne pus qu'approuver ce texte, où je crus retrouver tout l'esprit dans lequel je poursuivais mes réflexions sur les réjouissances qui devraient, si Sa Majesté le jugeait bon, célébrer les trois cents ans du règne de Moulay Ismaël ; et je louai mon ancien professeur de me l'avoir fait connaître, en lui disant que je le montrerais au roi.

« Vous serez aimable, me dit alors Delhaye, de lui transmettre dans cette occasion le respectueux souvenir de son vieux maître. » Un silence marqua le sentiment que nous dûmes éprouver, l'un et l'autre, quand nous nous aperçûmes que cette façon de parler d'un « vieux maître », que je savais commune chez les professeurs, qui la maniaient d'ailleurs avec une tendre ironie pour eux-mêmes, prenait dans cette circonstance, où on l'appliquait involontairement à un monarque, une signification singulièrement embarrassante, que Delhaye ne fut pas long à s'efforcer de rectifier. « Enfin, reprit-il, ce n'est peut-être pas exactement par cette expression qu'il conviendra de le faire ; mais vous avez perçu ce que je voulais dire… »

À peine lui eus-je laissé paraître que nous nous comprenions si bien que cela n'avait pas même besoin d'être dit entre nous que je lui demandai, pour achever d'enfouir dans l'oubli ce moment de trouble, si Louis XIV était le seul auteur de ses mémoires, ou s'il était connu qu'on l'avait aidé à les écrire. La rumeur courait depuis toujours, me dit-il, qu'un homme de lettres du nom de Pellisson, historiographe du roi, avait été chargé de ce travail. Delhaye l'avait auparavant mentionné, dans sa liste d'historiographes, au rang de ceux qui n'étaient pas tout à fait oubliés des érudits et des historiens ; mais j'ignorais tout de ce Pellisson, dont me rendit aussitôt curieux, naturellement, ce titre qu'il avait eu auprès de Louis XIV. Delhaye entreprit de me raconter son histoire, en m'assurant qu'elle était des plus singulières.

Paul Pellisson appartenait au cercle des amis et des collaborateurs du surintendant Fouquet. On pouvait même dire, sans exagérer, qu'il avait été son bras droit. C'est à lui que ce vizir devait l'introduction de Jean de La Fontaine dans son entourage de lettrés ; et lorsqu'il avait espéré succéder à Mazarin comme principal ministre du roi, Pellisson avait mené la campagne pour lui. Au lieu de cela, Fouquet était tombé en disgrâce, et Pellisson jeté à la Bastille. Il était resté cinq ans dans cette prison, où il avait persisté à écrire des apologies de son protecteur, en vain ; puis le roi l'en avait sorti pour le placer à son service. Ce retour de la fortune n'était pas allé sans cruautés. En travaillant aux *Mémoires pour l'instruction du dauphin*, Pellisson avait dû contribuer au récit de l'affaire Fouquet, telle qu'elle apparaissait dans le point de vue du roi ; ainsi traita-t-il, ou laissa-t-il traiter son ancien protecteur de voleur. Le roi avait plié son âme. Il la plia encore. Pellisson était protestant, et avait dû abjurer pour entrer à son service. Quand il fut démis de sa charge d'historiographe qui passa à Racine et à Boileau, on lui confia l'établissement et l'administration de la « caisse des conversions », qui incitait, par le versement de primes, les huguenots à se faire catholiques. « Notez, me dit encore Delhaye, que ce Pellisson est en général tenu pour un homme de lettres d'un talent méritoire, même si je vous accorde qu'on ne le lit plus beaucoup. » Il dut voir que je compatissais avec sa destinée, mais il n'alla peut-être pas jusqu'à s'apercevoir que j'étais d'autant plus troublé de m'en sentir la doublure, pour ainsi dire, que jusqu'à ce jour je n'avais jamais entendu son nom.

Il me fit remarquer que Pellisson n'avait pas été le seul historiographe du roi à connaître les geôles de la Bastille, avant de recevoir cette charge. Voltaire aussi, dans sa jeunesse, y avait été emprisonné, pendant presque un an, car il avait écrit des satires contre le régent. Une légende qui n'était peut-être pas éloignée de la vérité disait que, lorsque ce prince avait consenti à le faire libérer, et avait même, en considération de son talent, veillé à lui faire obtenir une gratification, Voltaire lui avait écrit qu'il était infiniment obligé à Son Altesse royale, et qu'il la remerciait de vouloir bien continuer à se charger de sa nourriture, mais la suppliait de ne plus se préoccuper de son logement. Il me sembla que j'oublierais difficilement ce mot d'esprit, qui ferait une parfaite réplique au roi, s'il lui venait encore dans l'esprit de me confier des charges lointaines et mortellement vides.

Le moment de nous quitter approchait. J'avais quelque remords, cependant, de ne lui avoir rien dit de ma mission, laquelle était cause des demandes que je lui avais adressées, et qu'il avait si bien satisfaites. Mon dessein de garder le secret me parut extrême, car c'était un homme dont je n'avais jamais eu lieu de mettre en doute la confiance qu'il m'inspirait. Je résolus de lui révéler en partie la nature de mes recherches, avant son départ. « Ainsi donc, me dit-il, vous faites vos *Vies parallèles…* » Je lui montrai le livre des *Émerveillements parisiens d'un ambassadeur de Moulay Ismaël*. Il ne le connaissait pas ; il s'empressa de le feuilleter. Tout semblait retenir son attention dans le récit de l'ambassade de Si Témim près la cour de Louis XIV. Il resta en arrêt devant une page, dont il me lut ensuite un extrait à haute voix : « Il ne s'est presque passé aucun jour qu'en parlant du roi sur divers sujets, Si Témim n'en ait dit des choses nouvelles et fait son éloge d'une manière différente. Il a même ajouté que, si on lui laissait passer le reste de sa vie en France, il ne doutait point qu'il n'eût tous les jours de nouveaux sujets d'admiration et de louanges, tant il trouvait de qualités éclatantes dans cet empereur » Delhaye commenta ces phrases sans dissimuler l'ironie qu'elles lui inspiraient, en me disant : « Ce sont des choses que l'on pourrait écrire aujourd'hui, à propos des Français qui sont sous le charme du roi du Maroc et n'expriment à son égard que des louanges émerveillées. »

Je fis cadeau de ce volume à Delhaye, ce qui redoubla la bonne humeur dans laquelle notre entrevue me semblait l'avoir mis. « J'ai eu tant de plaisir à converser avec vous, monsieur l'historiographe, me dit-il en prenant congé, que je l'aurais voulu faire durer davantage… Ciao, camarade ! »

XIV

Les réjouissances des Persans, quand ils avaient fêté les deux mille et cinq cents ans de leur empire, avaient mobilisé une si grande multitude d'hommes et une si longue durée de temps, ainsi que je l'avais appris là-bas, que j'étais revenu de ce voyage accablé par le sentiment que le dessein d'organiser les nôtres était encore plus hors de portée que je ne l'avais d'abord redouté. Au contraire, la visite de Delhaye me rendit espoir, sans que véritablement je m'y attendisse, en particulier grâce aux livres qu'il m'avait laissés, et que j'avais lus aussitôt ; car j'y trouvais une variété d'exemples qui, en me plaçant devant un nombre fini d'éléments à choisir et à composer, au lieu d'une page blanche, me semblait bien faite pour m'assister dans ma tâche.

Ces exemples, au reste, avaient été maintes fois applaudis, en leur temps, par un public qui était alors le plus sévère qui fût au monde ; et il m'apparaissait avec de plus en plus d'évidence que, dans cette sorte de réjouissances, l'on avait autant sinon davantage de plaisir à revoir des spectacles consacrés par la tradition qu'à expérimenter des nouveautés dont la valeur n'avait nulle part été reconnue, ni même éprouvée ; de sorte que je me sentais conforté dans mon dessein de puiser à la source de ce qui avait déjà eu lieu, en m'épargnant la fatigue d'inventer de toutes pièces des célébrations inouïes, et en bornant mon ambition à l'accommodement du présent avec le passé, au moyen de variations tantôt subtiles, et tantôt plus notables.

J'avais été frappé de lire, au début de sa relation des divertissements de Versailles de l'an 1674, que m'avait offerte Delhaye, une page de Félibien qui avait eu la vertu de balayer mon découragement, en me faisant songer que rien n'était impossible, en matière d'intendance des fêtes, à une petite équipe d'hommes décidés et riches d'expérience, laquelle je saurais bien instituer autour de moi, si le roi agréait mes projets, quand je les lui soumettrais : « Une des choses que l'on doit beaucoup considérer dans les fêtes et les divertissements dont le roi régale la cour est la promptitude qui accompagne leur magnificence ; car ses ordres sont exécutés avec tant de diligence par le soin et l'application particulière de ceux qui en ont la principale intendance, qu'il n'y a personne qui ne croie que tout s'y fait par miracle ; tant on est surpris de voir en un moment, et sans qu'on s'en aperçoive, des théâtres élevés, des bocages ornés et enrichis de fontaines et de figures, des collations dressées, et mille autres choses qui semblent ne pouvoir se faire qu'avec un long temps, et dans l'embarras d'un nombre infini d'ouvriers. » Il m'arriva souvent de penser à cet écrit de Félibien, mon homologue, mon confrère par-delà les siècles, et de clamer en moi, sans bruit, pour me donner du cœur, songeant à ces programmes qui n'existaient encore que dans mon esprit : « Ah ! Que leur promptitude accompagne leur magnificence ! »

J'avais été fort intrigué, dans ma conversation avec Delhaye, par ces fantasias des Européens, qu'ils appelaient carrousels, où ils ne tiraient aucun coup de fusil, et faisaient danser les chevaux. Cela ne se pratiquait presque plus à l'époque contemporaine, m'avait dit mon ancien professeur, sauf dans quelques corps d'élite de l'armée française où se perpétuait l'art équestre, comme la garde républicaine et le Cadre noir de Saumur ; or, j'avais espoir que, dans le cadre des coopérations bilatérales entre nos deux pays, que ce symbole eût assurément renforcées, le concours de ces soldats nous serait octroyé, et qu'ils contribueraient grandement, par leur efficacité et leur connaissance de ces choses, à la prompte mise en place de nos célébrations.

Il me semblait qu'en m'inspirant de ces carrousels, je pourrais répondre à l'injonction du roi qui m'avait demandé des spectacles plus originaux qu'une fantasia, mais sans me demander en termes exprès de renoncer à cette tradition, ce que nul n'eût compris. Il fallait, me disais-je, associer ces deux genres d'art équestre ; et j'étais exalté de cette idée, dont je cherchais la bonne figuration, hésitant à les entremêler, dans ce qui eût alors donné naissance à une sorte de troisième genre, ou bien à les faire se succéder, en les métamorphosant l'un dans l'autre, pour ainsi dire.

Peu à peu, le tableau des réjouissances s'esquissait dans mon esprit. Un défilé de soldats et de dignitaires vêtus comme au temps de Moulay Ismaël, passant sous l'une des portes monumentales de Meknès (le choix serait, à mon avis, entre Bab Mansour, Bab Lakhmis et Bab Berdaïne), un spectacle équestre mêlant carrousel et fantasia, probablement sur la place Lahdim, et un défilé de bateaux sur le bassin de l'Agdal (peut-être le soir, à la lueur des flambeaux, comme à Versailles) constitueraient les trois principales réjouissances de la célébration de Moulay Ismaël ; avec cela, naturellement, un grand dîner, des collations, un feu d'artifice, des discours, etc. compléteraient le programme, qui pourrait aisément remplir deux journées, ou même trois.

Je commençai bientôt à en parler au roi, qui m'encouragea à persévérer dans ces réflexions ; mais lorsqu'un jour, au téléphone, il s'apprêta à raccrocher en me marquant qu'il allait faire attendre ses partenaires au jeu de golf, s'il continuait cette conversation qu'il avait avec moi, je crus sombrer dans un abîme, en m'apercevant que j'avais tout à fait négligé d'inclure un divertissement de cette nature, alors même que, depuis fort peu de temps, un terrain pour ce jeu avait été aménagé à Meknès, dans les anciens jardins impériaux. Ce parcours de neuf trous, clos de murs, agrémenté de fleurs et d'arbres de toutes espèces, où il était prévu qu'on pût jouer à la nuit tombée, grâce à des projecteurs, semblait apprécié des fervents de ce jeu, mais s'ajoutait à la liste des griefs de Morgiane contre le roi, qui n'avait, disait-elle, rien trouvé de mieux pour réhabiliter le palais de ses ancêtres que de le dénaturer en faveur de cette frivolité où il consumait tout son temps. Quoi qu'il en soit, mon oubli serait d'autant plus facile à réparer, que le royaume avait maintenant acquis un grand savoir dans l'intendance des tournois de golf, qui pouvaient surgir à peu près n'importe où, avec cette diligence miraculeuse que Félibien voyait aux fêtes de Versailles.

L'inquiétude que j'avais eue, dès le commencement, de rendre ces fêtes odieuses au peuple par un excès de faste, me tourmentait encore, cependant ; et j'avais beau examiner ce problème dans différentes perspectives, j'avais tant de peine à concevoir comment des réjouissances de cette sorte pouvaient ne pas comporter de pompe, sinon en forçant leur nature à se contredire, que je concluais qu'elles ne devaient pas avoir lieu, si l'on jugeait que ce péril était trop grand. Plus je prenais de plaisir à les concevoir, plus je redoutais leurs effets ; et tantôt j'espérais que le roi déciderait de leur accorder l'existence, tantôt je faisais vœu qu'il eût la sagesse d'abandonner ce dessein.

J'étais en train de travailler à recueillir des gravures des dix-septième et dix-huitième siècles, sur lesquelles on voyait particulièrement bien les costumes portés à la cour de Moulay Ismaël, tant par les vizirs du plus haut rang que par les soldats de troupe, quand le roi me fit appeler au téléphone, vers le début du mois de février. Je le sentis embarrassé, ce qui était chose rare. « Écoute, Abderrahmane, me dit-il, je vais être franc avec toi, j'ai décidé que nous n'allons pas organiser de célébration. Je sais que tu as beaucoup travaillé sur ce dossier, et que tu vas en être peiné ; mais enfin, j'ai vu Oufkir hier, qui m'a dit, en un mot, que c'était une folie, à la fois au plan diplomatique et au plan intérieur, car nos chers alliés seront interloqués par le symbole, et notre cher peuple sera heurté par les dépenses. Il m'a dit aussi que ce serait un casse-tête d'organiser la sécurité de nos prestigieux invités comme de nous-mêmes. Quand je lui ai parlé de tes idées de défilé à la façon de Persépolis, et de régates en costume sur le bassin de l'Agdal, je ne te cache pas qu'il a levé les yeux au ciel. J'ai l'impression qu'il ne t'aime vraiment pas ; il faut dire que ce n'est pas un poète, comme toi ; mais je voudrais que vous vous entendiez mieux. Il voit clair en politique, je me fie à lui, et en l'espèce, je me range à son avis, qui était d'ailleurs, peu ou prou, le mien. Il m'a laissé entendre qu'il songeait à une autre manière de célébrer le tricentenaire de Moulay Ismaël, qui serait frappante, mais qui ne coûterait rien, qui nécessiterait beaucoup moins d'hommes et de temps de préparation que ta mise en scène à grand spectacle, et qui, d'une certaine façon, ne me créerait pas l'embarras de me mettre en équation avec Moulay Ismaël, si tu vois ce que je veux dire. Je n'en sais pas plus, nous verrons bien ce qu'il mijote, je suis sûr que ce sera intéressant. J'espère que tu n'es pas trop triste. » Je lui répondis naturellement qu'il n'en était rien, et que j'étais au contraire heureux de sa décision, puisqu'elle me paraissait, de toute évidence, être la meilleure. Je me gardai de lui dire que j'éprouvais à la fois des regrets et de la joie, à présent que j'étais déchargé de cette mission, qui avait pesé sur moi comme un fardeau écrasant.

Je sentis qu'avant de raccrocher, il voulait me dire encore une chose, ce qu'il fit en effet. Il me demanda si je savais ce qu'étaient les *schistes bitumineux*, et je fus d'autant plus incapable de lui répondre positivement que je crus entendre, à travers le téléphone, qu'il me parlait de *schismes lumineux*. C'étaient, m'expliqua-t-il en me faisant aimablement reproche de mon ignorance, des ressources d'énergie nouvelles qu'on savait depuis peu pouvoir trouver dans les sols, et qui remplaceraient bientôt le pétrole, quand les technologies de leur exploitation achèveraient d'être développées ; or le royaume, qui n'avait ni gisements de pétrole, ni centrales nucléaires, regorgeait cependant, sur son littoral, singulièrement du côté de Tarfaya, de ces schistes bitumineux qui rendraient possibles de grands projets d'infrastructure, comme le dessalement de l'océan Atlantique, ou la ligne de chemin de fer qui relierait Marrakech à Laâyoune, dont il faudrait lancer le chantier quand les territoires légitimes nous seraient restitués ; et comme il lui semblait se ressouvenir que je connaissais bien cette région, il envisagea de me donner la responsabilité d'une sorte de « mission de préfiguration » concernant l'exploitation de cette ressource énergétique, au considérable potentiel. Je me demandai, un instant, s'il voulait ainsi répliquer au projet farfelu de mer saharienne que j'avais médité jadis de lui soumettre pour me payer sa tête, ce dont je n'avais rien fait, mais dont il avait peut-être été avisé, par l'espionnage du directeur de l'école. Puis je crus que j'oserais lui répondre, comme Voltaire au régent quand il sortit de la Bastille : « Sire, je remercie Votre Majesté de se préoccuper de ma carrière, cependant je la supplie de ne plus se charger de mon logement », mais cette impertinence ne sortit pas des tréfonds de ma gorge, et je ne sus que lui exprimer la profonde gratitude que je lui devais, pour les compétences extraordinairement variées qu'il me faisait l'honneur de me prêter.

Dans les semaines qui suivirent, j'écrivis une pièce de théâtre qui racontait, en quatorze tableaux, le coup d'État manqué de Skhirat. J'y songeais depuis l'été, mais j'avais été trop occupé par ma mission commémorative pour avoir eu le temps de noter quoi que ce fût. Je pris soin d'y déguiser totalement l'épisode dont Morgiane, puis Delhaye, avaient dit qu'il leur rappelait d'une façon presque comique *Le Vicomte de Bragelonne*. Je n'avais aucun espoir qu'elle fût jouée, ni même publiée, mais sa composition combla l'oisiveté soudaine dans laquelle je m'étais retrouvé contre toute attente, et me détourna autant qu'il était possible des inquiétudes que n'avait pas laissé de faire naître en moi ce dénouement abrupt. Le roi ne m'avait confié aucune tâche nouvelle ; sans m'avoir exprimé son mécontentement, il ne demandait plus à me voir ni à me parler. Je restai tout de même quelque temps à Meknès, prêt à me remettre à la tâche si jamais il changeait d'avis, comme l'avait fait le shah de Perse, aux dires de ses conseillers ; mais cela ne se produisit pas, et les affaires de mon emploi me laissèrent plus de liberté que je n'en avais eu depuis longtemps.

Cette liberté fut assombrie par l'éloignement de Morgiane, qui partit au mois de juin à Paris, où elle me dit qu'un membre de sa famille se mourait, et que sa présence là-bas était nécessaire. Je reçus d'elle une première lettre, qui ne fut suivie d'aucune autre. Elle ne m'avait donné ni adresse ni numéro de téléphone, en prétextant qu'elle ne saurait que dans les commencements de son séjour où elle se fixerait, et qu'il ne fallait d'ailleurs pas écarter la possibilité qu'au lieu de se fixer, elle aille, à Paris et même ailleurs, en France ou hors de France, d'endroit en endroit, en divers pays où sa puissante famille avait des possessions, pour rendre visite à des cousins qu'elle avait rarement vus, ou jamais, ce dont elle trouverait ainsi occasion. Le peu d'empressement qu'elle mit à rentrer en relation avec moi me causa de l'humeur et de la tristesse, qui augmentèrent à mesure que le temps passait, puis décrurent en se changeant en résignation, et me reconduisirent à cet état d'infortune amoureuse dont je croyais bien connaître les raisons, depuis assez longtemps, comme je l'ai dit.

Il y avait plus de deux mois qu'elle était partie et que je n'avais plus reçu la moindre nouvelle de sa part, quand on apprit, le soir du 16 août, que le roi avait échappé à un nouvel attentat, tandis qu'il revenait de France dans son avion. J'étais à Meknès, où les informations étaient rares, et la rumeur publique, loin de la cour, pauvre en bois dont faire feu. Le 17, je reçus un télégramme exigeant ma présence au palais, le lendemain à la première heure. Dans tous les services, la désorganisation était grande ; le chauffeur qui avait été mis à ma disposition à Meknès le temps de ma mission était introuvable, ainsi que la voiture qu'il conduisait ; je pus cependant monter dans un train au milieu de l'après-midi. Depuis la veille, la radio diffusait de la musique classique au lieu des programmes habituels ; un flash, quelquefois, rappelait que la monarchie chérifienne avait surmonté sans encombre une odieuse agression, mais ne disait rien du déroulement de l'attaque ni de l'identité de ceux qui l'avaient ordonnée. Le roi et le gouvernement ne s'étaient pas exprimés ; Rabat bruissait de rumeurs. Les gens du palais que j'avais appelés n'avaient rien voulu dire au téléphone. C'était dans les rues, au seuil des boutiques, à la terrasse des cafés que j'avais appris le plus de choses – non pas la vérité des faits, mais les rumeurs qui naissaient d'heure en heure à leur sujet. Les marchands que je connaissais me faisaient confidence de ce qu'ils savaient, comme pour en obtenir de moi la confirmation, avec d'autres détails ; ils ne pouvaient envisager que je ne fusse pas informé de tout, parmi les premiers du royaume. Je feignais de l'être, en leur laissant entendre, quoi qu'ils m'eussent dit, qu'ils détenaient de grands secrets ; flattés de mon arbitrage, ils respectaient mon silence.

Je savais depuis longtemps qu'il n'entrait pas dans les prérogatives de ma charge d'historiographe d'être informé du présent. Les événements n'étaient pas mon affaire ; et si j'avais voulu m'en mêler davantage, on aurait veillé à ce qu'il n'en fût rien. Je n'apprenais une chose qu'à partir de l'instant où l'on pouvait en disposer à son gré, dans une narration convenable.

Il y avait, dans tous ces récits, un fait dont on ne pouvait plus douter : Oufkir était mort ; on le disait partout, je n'entendis personne le démentir. Mais plusieurs versions circulaient. La plus répandue, celle qu'à ce qu'il me sembla l'on craignait le moins de répéter à haute voix – et qui serait bientôt imprimée dans les journaux –, était qu'il s'était suicidé dans le palais de Skhirat. Certains étaient persuadés, cependant, qu'un officier l'avait abattu froidement, et d'autres, que c'était le roi en personne qui l'avait tué de sa main. Cela ne se disait qu'à mots couverts, en précisant avec insistance que la rumeur venait de quelqu'un d'autre et qu'on ne la rapportait qu'à toutes fins utiles, pour ainsi dire.

Je rendis visite, le soir, à Mourad Guessous. C'était un journaliste de *L'Opinion* avec qui j'avais sympathisé en 1969. Nous avions à peu près le même âge ; je m'étais vite aperçu qu'il connaissait très bien la littérature arabe et française, et que nous aurions plaisir à nous entretenir de temps à autre. Il m'avait dit qu'il travaillait à un roman depuis plusieurs années, mais que le journalisme l'occupait trop pour qu'il eût pu l'achever jusqu'à présent. Je croyais plutôt qu'une sorte d'indolence supérieure était cause qu'il repoussait trop souvent le moment de l'écrire. Il se laissait vivre avec application ; l'existence lui souriait, et il était résolu à ne pas se créer d'embarras. Nonchalant et prudent, plein de charme et respectueux des secrets, c'était un homme fort agréable en conversation et bien reçu partout.

Il y avait un gouffre entre ce qu'il savait et ce qu'il écrivait. Je lui parlais librement, n'ayant pas à craindre de retrouver le matin dans son journal ce que je lui avais dit la veille. Il tenait à honneur d'être un homme bien informé, à son propre usage pour ainsi dire, et parvenait d'autant mieux à l'être qu'il n'avait pas l'ambition d'informer ses lecteurs. Il était curieux de toutes les intrigues, avec la sagesse de n'y entrer en aucune manière. Il acceptait sans déchirement de sa conscience les fortes restrictions apportées à la liberté de la presse, comme une fatalité nécessaire à l'exercice du pouvoir dans les premiers temps de l'indépendance, et ne cherchait pas à comprendre par quel paradoxe il se trouvait qu'elles se multipliaient avec les années. Elles avaient en outre l'avantage de limiter opportunément l'ampleur des efforts qu'il devait consacrer chaque jour à sa profession. Il n'était pas de ces auteurs intarissables dont la plume court à bride abattue, m'avait-il dit un jour ; l'écriture lui coûtait, et il ne répugnait pas à ce qu'on lui facilitât la tâche.

Il fut surpris de mon ignorance à peu près totale des événements en cours ; quant à lui, il avait eu le temps de recueillir des informations précieuses. Il se disait au palais que le général Oufkir s'était donné la mort parce qu'il avait échoué dans sa mission de réduire les foyers de subversion au sein de l'armée, après Skhirat « Ce serait donc un suicide à la japonaise, en quelque sorte », me dit-il, et il ajouta : « J'ai aussi entendu l'expression : suicide de loyauté. » Je fus perplexe ; je n'avais été ni proche, ni ami d'Oufkir, mais je l'avais vu assez souvent j'avais mille fois entendu parler de lui, et j'avais le sentiment que cela ne lui ressemblait pas. « Oufkir a voulu faire abattre sommairement tous les hommes qui étaient dans le coup, poursuivit Mourad. Tous, sans chercher à les mettre aux arrêts. S'il avait réussi, il n'y aurait pas eu de procès… » Je compris où il voulait en venir, mais je le laissai dérouler seul son raisonnement, en gardant le silence, pour le moment. « Il n'est pas impossible qu'Oufkir ait été mêlé au complot, et même qu'il en ait été l'instigateur. Entre nous, je le pense. De toute façon, il est mort, il ne me fait plus peur. Mais il doit être difficile d'admettre publiquement qu'un homme si proche du roi ait de nouveau cherché à le renverser, un an après Skhirat. Ce serait une grave crise de légitimité. Des ministres sont allés aujourd'hui dans la maison d'Oufkir, pour lui rendre un dernier hommage. On fait comme s'il était mort du bon côté, en quelque sorte. » Je fronçai les sourcils, et Mourad remarqua que j'avais été frappé par cette expression.

Il ajouta : « À Skhirat, nombreux étaient ceux qui avaient déjà un pied de chaque côté, et se sont replacés du côté du roi au dernier moment. Depuis lors, tout le monde a un pied de chaque côté. On ne sait jamais ce qui peut arriver ; chacun veut avoir son contrat d'assurance sur le destin. Le seul à ne pas avoir un pied de chaque côté, c'est le roi. » Je me retins de commenter ces propos, qui me troublèrent, et m'efforçai de détourner la conversation vers des sujets plus futiles, sans grand succès. Il me sembla qu'il regrettait d'avoir trop parlé, sans contrepartie : mon silence rendait nos confessions inégales, et il devait penser, surpris et soudain mécontent, que je ne ferais rien pour en rétablir l'équilibre. Avait-il voulu me faire dire que j'avais, moi aussi, un pied de chaque côté ? Et lui que j'avais toujours connu si prudent, était-ce encore par prudence qu'il avait cru bon de s'ouvrir à moi de ses réflexions – comme s'il se fût senti obligé de me laisser entendre, sans le dire à aucun moment, qu'il était prêt à suivre toutes les bifurcations de l'histoire ?

Je dormis mal, cette nuit-là ; au matin, je fis les cent pas sur la terrasse de ma maison des Oudayas, en face de l'océan, tandis que l'aube se levait sur la ville. Le ciel était pâle, un vent léger mais froid soufflait sur les hauteurs ; je frissonnais. Des barques de pêche, secouées par les vagues, dérivaient lentement dans l'embouchure de l'oued. Rien n'avait changé, dans ce paysage, depuis l'époque du Collège royal. Vingt-cinq ans avaient passé. Longtemps j'avais imaginé que le sultan avait assisté à la scène du vieux pêcheur malmené sur la digue. J'avais été courageux, ce jour-là ; mais la vérité m'obligeait à reconnaître que je n'avais rien eu à perdre, en accomplissant ce beau geste. Je n'avais jamais su si le sultan s'était caché sous le déguisement de l'aveugle – et si, dans cette hypothèse, il avait raconté ce qu'il avait vu au prince son fils. Cela valait pour toute ma vie : je ne savais rien de ce que l'on savait de moi, ni en bien, ni en mal.

La mort d'Oufkir changerait peut-être beaucoup de choses dans l'entourage du roi. Quel serait mon destin ? Le roi m'avait dit qu'Oufkir ne m'aimait pas, qu'il méprisait les poètes. Je n'avais pas cherché à éclairer si cela concernait tous les poètes inconditionnellement, ou seulement ceux qui se mêlaient d'action, ou seulement moi-même. Peut-être serais-je appelé à de nouvelles fonctions, plus essentielles au fonctionnement de l'appareil d'État ; peut-être entrerais-je dans le premier cercle des conseillers de Sa Majesté, dont j'avais toujours été tenu éloigné depuis son établissement sur le trône, malgré le Collège royal.

Je me rappelais les discours de Morgiane, les jugements sévères qu'elle portait sur le roi, son rêve d'un régime plus juste. Nos conversations avaient été sans témoin et je n'imaginais pas qu'elle les eût ébruitées. J'étais plus troublé par le souvenir de cette réunion où elle m'avait convié malgré moi, dans le café de la ville européenne, avec les étudiants révoltés et les soldats perdus. C'était peu de chose ; cela m'avait semblé tellement dérisoire ; mais si le coup d'État avait réussi, j'aurais pu m'en prévaloir, et maintenant qu'il avait échoué, cela suffisait à me compromettre.

Moi aussi, j'avais un pied de chaque côté ; cette pensée m'inspira un profond déplaisir. Depuis Skhirat, avait dit Mourad, tout le monde a un pied de chaque côté. Cela m'était arrivé, à moi aussi – moi qui avais connu le roi bien avant qu'il fût roi ! – mais cela – et j'en prenais Dieu à témoin – cela était tombé sur moi comme une sorte de fatalité, une chose que je n'avais cherchée en aucune manière. J'eusse préféré que Morgiane montrât moins de sympathie à la rébellion. Je n'avais pas un seul instant formé le désir de rencontrer le petit groupe de ses amis ; c'était elle qui m'avait mis en leur présence, sans m'en avertir. Désormais, tout cela pourrait aisément être retenu contre moi. Le « pied de chaque côté » valait comme une protection, en cas de changement de régime ; mais il était une menace si le détenteur du pouvoir restait en place, et finissait par découvrir que l'on s'était approché de ses opposants. Être exilé de nouveau sur le rivage de Tarfaya, afin d'y superviser l'exploitation encore hypothétique des schistes bitumineux, eût alors été un châtiment fort clément, pour un tel crime. Le silence de Morgiane, ces dernières semaines, m'avait été douloureux ; à présent, je ne pouvais m'empêcher d'espérer qu'il se prolongerait quelque temps, et cela ne le rendait pas moins douloureux. Était-il possible qu'elle fût mêlée, d'une manière ou d'une autre, à ce complot ? Mes tourments se multipliaient. Je songeai que si j'avais été dans l'avion royal, je n'aurais pas redouté, ayant frôlé la mort avec les autres, d'être la cible de soupçons absurdes. Mourad semblait, quant à lui, inaccessible aux tourments, rayonnant dans son habileté solaire. J'étais sûr, à présent, qu'il avait lui aussi un pied de chaque côté – c'était une évidence. Il avait dit : tout le monde, sauf le roi. Par déduction logique, cela ne pouvait que le concerner aussi.

Une Mercedes grise m'attendait au pied des marches de la casbah. Le chauffeur, ses yeux masqués par des lunettes noires, m'ouvrit la portière sans dire un mot. La distance qui séparait la casbah du palais n'était pas longue à parcourir. Je m'efforçais de dissimuler ma fébrilité, en regardant au-dehors, comme un voyageur étranger au royaume et curieux d'en découvrir la capitale, où il vient d'arriver pour la première fois ; mais je connaissais tous les chemins que la voiture pourrait emprunter, et la vision de cette ville familière ne parviendrait pas à me distraire. Quand les verres fumés du chauffeur se tournaient furtivement vers le large rétroviseur suspendu au plafond de l'habitacle, et me faisaient face pendant quelques secondes, il me semblait qu'il cherchait davantage à me tenir à l'œil qu'à prendre garde à la trajectoire des voitures qui roulaient derrière lui. J'avais pressenti, depuis quelques heures, que j'irais vers un tournant de mon destin, sans savoir encore s'il serait favorable ou funeste ; et maintenant, cet homme qui me scrutait et ne me parlait pas m'apparaissait comme le premier signe annonçant que ce qui m'attendait au palais, c'était mon écrasement.

Lorsque je fus introduit en présence du roi, je me prosternai avec empressement, et lui ayant baisé la main, d'abord sur le dessus et ensuite sur la paume, je posai ma joue et mon front tout contre elle, en signe de la plus complète obéissance.

Il ne me parut pas, au début de cette audience, que Sa Majesté fût spécialement en colère contre moi ; mais je n'avais peut-être pas à m'en flatter, car d'avoir échappé à un grand péril provoquait en elle une sorte d'exaltation, qui la rendait bienveillante et volubile. Je compris qu'elle voulait me délivrer l'un de ses monologues pleins de péripéties, d'apophtegmes et de formules lyriques, que les courtisans appréciaient assez pour ne pas avoir à feindre leurs louanges, et dont ils tenaient pour un privilège d'être spectateurs ; et c'est ainsi que je tins du roi lui-même le récit de l'attentat aérien où il avait failli périr, dont je m'efforçai de ne perdre aucun détail, car j'étais là pour exercer mes fonctions d'historiographe, en inscrivant ce récit dans les archives du règne. Ma convocation n'avait pas d'autre motif. Sans doute avais-je exagéré mon importance illusoirement, en imaginant que toute ma destinée se déciderait dans cette audience.

« Je reviens de Paris dans mon avion – ainsi commença le roi – quand je vois soudain, par le hublot, une escadrille de six chasseurs F-5 qui portent nos cocardes. Je n'avais pas la moindre connaissance du sujet qui pouvait amener ce détachement de notre flotte aérienne. Alors je m'interroge, j'interroge la délégation alentour, j'interroge Dlimi – mais enfin, qui a demandé une escorte ? Je n'ai pas le temps de recevoir une réponse que déjà l'on nous tire dessus. L'avion est secoué, touché, mais vole encore droit. Le pilote, tu le connais, c'est Kabbaj. Il sait ce que c'est qu'un combat aérien. Il était l'un de nos meilleurs éléments dans l'armée de l'air, et je n'ai qu'à me louer de l'avoir choisi pour piloter mon Boeing. Mais un Boeing contre une demi-douzaine de F-5, c'est très inégal. On ne peut pas faire des loopings et des entrechats avec un gros appareil comme ça. On est comme un éléphant dans un champ de tir. Dès que Kabbaj faisait une embardée, les objets volaient dans tous les sens et les gens de la délégation s'agrippaient à leur siège – certains rampaient dans le couloir central, en poussant des cris terrifiants, je dois le dire. Quand il a manœuvré pour aller droit dans le soleil, et gagner quelques très précieuses secondes en aveuglant momentanément les chasseurs F-5, j'ai pensé à cette phrase de Moulay Ismaël qui est inscrite sur l'une des portes de Meknès, et que tu avais signalée à mon attention dans l'un de tes rapports : *Ma splendeur lumineuse monte jusqu'à l'altitude de sa bonne étoile, et de sa clarté illumine le firmament.* Tu vois, mon cher Abderrahmane, que tes recherches érudites n'ont pas été totalement vaines. »

Je représentai à Sa Majesté, en la remerciant, qu'une telle réflexion, dans ce péril mortel, était le meilleur témoignage qu'elle pût donner de sa force d'âme ; mais elle acquiesça d'une manière plus sèche qu'à l'accoutumée, qui marquait qu'il lui déplaisait de se sentir flattée en cet instant, ou qu'elle ne voulait pas m'être redevable d'un compliment.

« Attends, attends, reprit-elle, ce n'est pas fini. À cause du soleil, ils ont tiré quelques salves à côté. Tout ce qu'on pouvait espérer, c'est qu'ils gaspilleraient leurs munitions avant d'avoir pu nous abattre. Mais franchement, la probabilité était mince. Le coup du soleil, ça ne pouvait pas durer éternellement. Il fallait bien qu'ils finissent par nous atteindre. Il y a eu un grand choc. Des gens ont été blessés. Le

Boeing a commencé à perdre de l'altitude, très vite : mille mètres, d'un coup. Kabbaj a réussi à maîtriser la chute ; son sang-froid était extraordinaire. Mais on était encore plus vulnérables, maintenant. Ils n'avaient qu'à nous planter des banderilles. »

Je me représentais cette scène, pendant que le roi me parlait ; ils avaient tous dû penser qu'ils allaient mourir, et lui aussi. Ce n'était plus qu'une question de minutes, même de secondes. Seul un miracle avait pu les sauver ; je me demandai lequel, et j'attendis la suite du récit. Le roi, qui maîtrisait extrêmement l'art de susciter la curiosité d'un auditoire, avait perçu la mienne et résolu de l'aiguiser, en s'interrompant quelques instants pour allumer une cigarette. Plus il lui arrivait des aventures extraordinaires, plus il s'affirmait comme le meilleur conteur du pays ; et je fis réflexion que, tandis que Shéhérazade, par ses récits, tenait le sultan dans l'incertitude de savoir s'il la ferait mourir ou la laisserait vivre, il valait mieux, quant à moi, dans le même dessein, que je me tusse et que j'encourageasse le roi à parler autant qu'il le désirerait, car les légitimes satisfactions d'amour-propre qu'il ne manquerait pas d'en retirer pèseraient peut-être en ma faveur, dans son jugement.

« C'est alors, mon cher Abderrahmane, dit-il enfin, que j'ai eu une idée. J'ai lancé une communication radio, et, déguisant ma voix comme si j'étais un homme de l'équipage, j'ai annoncé que le roi était mort dans l'impact qui avait touché l'avion, que nous avions à bord plusieurs blessés graves, et que nous implorions l'autorisation d'atterrir pour les soigner, au nom des dispositions les plus élémentaires des conventions de Genève. »

Je n'eus pas à feindre l'admiration que m'inspira l'idée géniale qui avait traversé l'esprit du roi, et il le vit. Son récit, cependant, ne s'arrêtait pas là ; et il semblait bien aise de prolonger la maîtrise qu'il exerçait sur mon attente, en me faisant espérer de nouvelles péripéties. « Il aurait été trop beau, reprit-il, que cela suffise à leur faire rebrousser chemin. Il y a eu d'autres tirs, mal ajustés. Puis l'un des pilotes a tenté de projeter son appareil sur nous, en s'éjectant de son cockpit. Ils n'avaient plus de munitions. » Le roi fit une pause, et dit : « Je suis donc au regret d'avouer que leur stupidité a été plus décisive que mon génie. » Je m'inclinai en souriant, pour saluer ce mot.

Malgré tous les dommages qui lui avaient été infligés, l'avion royal était parvenu à se poser en catastrophe à Rabat ; c'était encore un exploit de Kabbaj. Entre-temps, les chasseurs rebelles avaient repris des munitions à la base de Kénitra, et redécollé. Ils attaquèrent l'aéroport de Rabat en mitraillant le pavillon d'honneur et les berlines du cortège officiel, qui avaient attendu le roi sans se douter de rien, et maintenant démarraient en tous sens et sans ordre, pour s'échapper. Le roi n'était pas dans ces voitures ; il avait emprunté la petite automobile Peugeot d'un fonctionnaire de l'aéroport, qui avait été fort ému de se trouver en sa présence, et de pouvoir lui rendre ce service. Pour être plus méconnaissable, il avait aussi revêtu les habits de cet homme, qui était à peu près de sa taille. Ainsi avait-il pu se soustraire aux tirs des avions, et se retrouver bientôt en lieu sûr.

La suite de son récit correspondait à ce que m'avait dit Mourad Guessous. Oufkir avait lancé des troupes lourdement armées contre Kénitra, en donnant l'ordre d'abattre sans attendre les soldats et les officiers qui avaient été mêlés de près ou de loin à l'attentat manqué contre l'avion du roi ; le soir, il avait été convoqué au palais de Skhirat, pour rendre compte des événements ; cependant, le roi, au lieu de parler de « suicide de loyauté », employa en ma présence une autre expression, composée comme la précédente, mais dont la signification différait entièrement : « suicide de trahison ». On ne considérait plus que ce vizir s'était donné la mort au nom d'un sens aigu de la responsabilité, en assumant la faute d'officiers placés sous son autorité ; c'était le dernier geste d'un coupable qui sait que tout est fini. Les visites officielles à la villa des Oufkir appartenaient à une autre écriture de l'histoire, qui n'avait duré que quelques heures. En définitive, le général Oufkir était mort du mauvais côté.

« C'était donc cela, poursuivit le roi, la manière dont il avait prévu de célébrer les trois cents ans du règne de Moulay Ismaël : en disloquant le trône alaouite en plein ciel. J'eusse mieux fait de suivre ton conseil. Tes ballets nautiques dans le bassin de l'Agdal auraient été plus inoffensifs. Dommage qu'il soit un peu tard, maintenant, pour se préoccuper à nouveau de les organiser. » Il inspira une bouffée de sa cigarette, et reprit : « Il m'avait dit : Majesté, je songe à quelque chose de plus sobre, et de plus simple, mais qui ne fera pas moins d'effet. Quand j'y repense, Abderrahmane ! » En prononçant ces paroles, il écrasa sa cigarette dans le cendrier, sans attendre de l'avoir tout entière consumée, avec la même rage que s'il rasait jusqu'aux fondements, à hauteur d'infamie, la maison de ce conspirateur.

Je crus que l'audience était terminée, et je m'apprêtais, contre toute attente, à quitter le roi sans que mon sort eût basculé dans la grâce ni la disgrâce, lorsque je le vis faire un geste qui marquait son intention de m'entretenir encore.

« Par ailleurs, je veux te marier », reprit le roi. Ces paroles me déconcertèrent ; la sueur me vint au visage, et je ne sus que répondre. « Sire, dis-je, je vous supplie de me pardonner si je parais interdit à la déclaration que Votre Majesté me fait, et à laquelle je ne m'attendais pas. »

Je savais qu'il se plaisait à marier les gens de sa cour, non sans malignité quelquefois ; et je pris peur en me ressouvenant de l'histoire de la fille du général Bedreddine. Elle n'avait pas cédé aux avances de Sa Majesté, qui avait feint de s'incliner devant ce refus, sans le moindre transport de colère ; quelque temps plus tard, cependant, il avait été ordonné au général son père, qui en avait été cruellement mortifié, de consentir au mariage de cette jeune femme avec le plus vil et le plus mal fait des officiers subalternes de la maison militaire du roi. Ce commandement de Sa Majesté n'avait pas laissé d'exciter en secret des murmures au sein du palais. Les concubines et les esclaves, qui respectaient d'ordinaire le pouvoir absolu du roi, jugèrent ce jour-là qu'il en avait abusé, en unissant de cette façon la laideur avec la beauté. Voilà quelle sorte de mauvais tour je me prenais à redouter à mon encontre.

Le roi, entrecroisant les doigts de ses mains, qu'il tenait serrées à la hauteur de son menton, tourna son visage vers une petite porte que l'on voyait derrière son trône, dans un recoin de cette salle d'audience, et qui était entrouverte, ce dont je ne m'étais pas aperçu ; et il dit ces simples mots : « Tu peux venir. »

On jugera de ma surprise, quand Morgiane entra. Cette vision me jeta dans un effroi inexprimable. J'étais trahi ; je faillis hurler de colère, mais je me figeai, comme frappé par la foudre ; je sentis mon destin scellé par surprise, arrêté dans sa course, et jeté inerte dans les ténèbres. Cette provocatrice avait entrepris de me perdre dans l'esprit du roi. L'apparition d'un serpent, prêt à m'inoculer son venin en se jetant sur moi, n'eût pas davantage glacé le sang de mes veines. Je me vis arrêté, emprisonné, torturé, poussé enfin dans un cachot souterrain, sans lumière, où je pourrais à peine me tenir debout. Elle avait dû rapporter toutes les paroles malheureuses que j'avais eues à propos de Sa Majesté ; mais le plus troublant était que ces paroles, j'avais la plupart du temps été incité par elle à les prononcer.

Des images de songe traversèrent mon esprit, en se succédant à vive allure. Un avion montait dans le soleil ; sa carlingue métallique en renvoyait les rayons, m'obligeant à plisser les yeux ; je tentais de le suivre du regard, mais quand il se plaçait dans l'axe du soleil, j'étais aveuglé par la lumière, et comme transpercé par elle, car il me semblait qu'elle s'abattait sur moi du haut du ciel.

Bien que je connusse au plus profond de moi que jamais je n'avais sérieusement songé à faire quoi que ce soit qui pût contribuer au renversement de la dynastie, je savais que rien n'était plus facile à Morgiane que de faire soupçonner le contraire au roi, et je sentis que je vivais l'instant de ma mort.

« Je crois que vous avez déjà fait connaissance, dit-il cependant, et je m'en réjouis. » Cette mise en scène me fit penser au jeu des échecs, et à ce qui s'y produit lorsqu'un pion parvient jusque dans le palais du roi adverse, retrouve sa reine, et la libère. Il était le roi ; elle était, s'il faut ainsi dire, ma reine ; j'étais le pion, et il m'en coûtait peu de le penser, dans la stupeur où je me trouvais. Mais ce pion ne repartirait pas libre avec sa reine ; les règles avaient changé. Je voyais cela avec tant d'évidence que je ne pus concevoir que le roi ne l'eût pas médité ainsi, pour se jouer de moi et apporter à ma dernière disgrâce un raffinement qui devait la lui rendre plus plaisante.

« Abderrahmane, mon cher, continua Sa Majesté, il n'est pas permis à un homme de ton âge de demeurer sans femme ; et cela te l'est d'autant moins que j'ai l'intention de te confier des responsabilités nouvelles et plus élevées. Je veux y penser moi-même, puisque tu n'y penses pas, et te donner une épouse digne de toi ; et, si j'ai bien compris ce qui m'a été rapporté, il me semble que la voici. » Je fus interdit, en entendant ces mots. Mon effroi se changeait soudain en espérance : le sceau de Sa Majesté dissiperait la crainte qu'avait pu ressentir Morgiane de se mésallier en épousant un homme qui n'avait ni naissance, ni biens, et viendrait à bout des résistances de sa famille de chorfa idrissides. Je ne songeais plus à l'hypothèse de sa trahison, par laquelle j'avais d'abord été accablé ; et tandis que le roi paraissait satisfait de son stratagème, et de l'espèce de victoire qu'il emportait sur moi dans ce moment, je fis réflexion que, loin de me perdre dans son esprit, comme il l'avait peut-être attendu, et comme je l'avais redouté, Morgiane ne devait lui avoir rien dévoilé de nos conversations, car il semblait soudain si peu prévenu contre moi, qu'il était prêt à augmenter l'étendue de mes responsabilités, d'une manière dont j'étais curieux. Elle m'avait en quelque sorte gardé du bon côté, avec elle ; et je commençai à me flatter de n'être pas moins victorieux que Sa Majesté, dans cette joute étrange.

Le roi, cependant, voulait encore parler ; je fus surpris quand il l'appela d'un autre nom que celui de Morgiane que je lui connaissais, mais ce ne fut rien au prix du trouble dans lequel je fus de nouveau jeté en entendant ce discours. « Je ne peux que te louer de ton choix, dit-il. Je redoutais que tu ne convoites une alliance qui eût été jugée inégale. Or vous avez en commun de ne rien devoir aux privilèges que donne la naissance, mais tout à vos seuls mérites. Le père de Latifa était le dernier chauffeur du Glaoui, que j'avais repris à mon service, en le tenant pour quitte des fautes de ce prince, et en prenant en charge l'éducation de sa fille. Nos matrones officieuses lui ont enseigné tous les secrets utiles au couronnement de cette beauté si peu commune dont elle est pourvue ; et je suis bien aise, en te donnant sa main, de lui accorder la permission de quitter mon sérail, où elle sera regrettée extrêmement. »

Je me jetai aux pieds du roi, pour lui marquer combien j'étais sensible aux bontés qu'il avait pour moi ; et, en me relevant, je lui dis que je n'aurais pu recevoir une épouse de meilleures mains. Il me manda que je vinsse à un conseil du cabinet royal qu'il tiendrait le lendemain, en me marquant que la disparition du général Oufkir imposait de remettre de toute urgence en bon ordre les différents organes de la Sûreté nationale.

Cruel mais suave était mon sort. La célébration de Moulay Ismaël n'aurait pas lieu, mais l'imitation de ses cruautés commençait. Les événements deviendraient peut-être mon affaire ; et j'eus le pressentiment que les états de grâce et de disgrâce, désormais, au lieu d'alterner, ne feraient plus qu'un.

ÉPILOGUE

par Delphine Clerc
Maîtresse de conférences à l'université Rennes-II

Je crois utile de rapporter les circonstances dans lesquelles je me suis retrouvée en possession de ce manuscrit, après avoir rencontré son auteur.

J'habitais, à l'automne 1999, en haut de l'une des rues qui descendent en pente abrupte le flanc nord de la montagne Sainte-Geneviève, de la place du Panthéon jusqu'à la rue des Écoles puis au boulevard Saint-Germain. Je commençais ma deuxième année à l'École normale et je venais, en parallèle, de m'inscrire en maîtrise à la Sorbonne. Pour sujet du mémoire d'une centaine de pages que je devrais déposer à la fin de l'année universitaire, j'avais choisi d'étudier la double influence des *Mille et Une Nuits* et des *Mémoires* de Saint-Simon dans la genèse et la réalisation d'*À la recherche du temps perdu*, en prenant comme point de départ le long passage où Marcel Proust, à la fin du dernier volume, en parle comme de deux livres auprès desquels il aimerait que le sien prenne rang. Le texte est sinueux, semble affirmer plusieurs choses différentes en même temps, mais il est d'une grande richesse pour qui cherche à appréhender ce que peut vouloir dire l'influence d'une œuvre sur une autre. La meilleure manière de « refaire » les œuvres qu'on aime, dit au fond Proust dans ces pages, consiste à renoncer à les refaire : il faut non pas chercher à les imiter, ni se rendre esclave de leur idée fixe, mais trouver loin d'elles son propre cheminement, le suivre avec labeur et obstination, et c'est alors seulement, au bout de l'effort créateur, par une sorte de grâce, que l'on rejoindra peut-être ses modèles et, qui sait, que l'on s'égalera à eux[1].

---

1. « Si je travaillais, ce ne serait que la nuit. Mais il me faudrait beaucoup de nuits, peut-être cent, peut-être mille. Et je vivrais dans l'anxiété de ne pas savoir si le maître de ma destinée, moins indulgent que le sultan Scheriar, le matin, quand j'interrompais mon récit, voudrait bien surseoir à mon arrêt de mort et me permettrait de reprendre la suite le prochain soir. Non pas que je prétendisse refaire, en quoi que ce fût, *Les Mille et Une Nuits*, pas plus que les *Mémoires* de Saint-Simon, écrits eux aussi la nuit, pas plus qu'aucun des livres que j'avais tant aimés, et desquels, dans ma naïveté d'enfant, superstitieusement attaché à eux comme à mes amours, je ne pouvais sans horreur imaginer une œuvre qui serait différente. Mais, comme Elstir, comme Chardin, on ne peut refaire ce qu'on aime qu'en le renonçant. [...] Ce serait un livre aussi long que *Les Mille et Une Nuits* peut-être, mais tout autre. Sans doute, quand on est amoureux d'une œuvre, on voudrait faire quelque chose de tout pareil, mais il faut sacrifier son amour du moment et ne pas penser à son goût, mais à une vérité qui ne nous demande pas nos préférences et nous défend d'y songer. Et c'est seulement si on la suit qu'on se trouve parfois rencontrer ce qu'on a abandonné, et avoir écrit, en les oubliant, les contes arabes ou les *Mémoires* de Saint-Simon d'une

Le professeur Amiot, de l'université Paris-IV, l'un des plus grands spécialistes de Proust, avait accepté de diriger ce travail, alors qu'il aurait pu, au nom des multiples conférences qu'il était invité à prononcer partout dans le monde – ou de la lassitude qu'avaient dû finir par susciter en lui les cohortes d'étudiants qui, d'année en année, étaient venus le prier de leur accorder son patronage pour une énième maîtrise ou une énième thèse sur cet auteur dont il savait par cœur jusqu'aux brouillons encore inédits –, m'orienter avec la courtoisie ferme qu'on lui connaissait vers un autre professeur ou un maître de conférences moins accablé d'honneurs et de sollicitations de toutes sortes. Je l'aurais compris volontiers. Touchée par ce qui m'était apparu comme une marque de confiance, et sincèrement curieuse des résultats auxquels j'aboutirais peut-être au bout de quelques mois, je m'étais rapidement mise à la tâche, avant la rentrée universitaire, qui en ce temps-là commençait fort tard – et qui d'ailleurs, une fois survenue, ne changea pas grand-chose à l'organisation de mon temps, ou pour mieux dire, à la liberté presque totale dans laquelle cette année s'écoulerait, les seules obligations auxquelles nous étions soumis se réduisant à deux *séminaires de maîtrise* où nous fûmes un certain nombre à ne plus remettre les pieds après trois séances.

J'allais m'installer plusieurs fois par semaine, à la fin de l'après-midi, dans un café de l'île Saint-Louis situé

---

autre époque. Mais était-il encore temps pour moi ? n'était-il pas trop tard ? »

à l'angle du quai d'Orléans et de la rue des Deux-Ponts, dont il tenait son nom : le café des Deux-Ponts. La salle n'était pas très grande ; assez souvent j'y étais seule, ou presque seule. J'en profitais pour étaler sur deux petites tables mes livres et les feuilles de papier où je notais des citations importantes, des idées à approfondir, des esquisses de plan. En face, de l'autre côté de la Seine, la vue donnait directement sur la Tour d'Argent, au bout du pont de la Tournelle ; et un peu plus à gauche, on apercevait la façade de l'Institut du monde arabe, où je me promettais d'aller bientôt, pour consulter à la bibliothèque différentes éditions des *Mille et Une Nuits*. Je les lisais dans la célèbre traduction d'Antoine Galland, la première, celle qui au dix-huitième siècle avait fait connaître ces contes arabes dans toute l'Europe, celle aussi que Proust disait préférer. J'avais une vieille édition jaune des Classiques Garnier, illustrée par quelques jolies gravures. Quant aux *Mémoires* de Saint-Simon, je travaillais pour le moment avec plusieurs anthologies, plus ou moins volumineuses ; déjà il m'apparaissait que cette année universitaire ne me suffirait pas pour les lire dans leur intégralité.

C'est vers le début du mois de novembre, dans ce café, que je fis la connaissance d'Abderrahmane Eljarib. Il y avait déjà quelques semaines que, d'une table à l'autre, nous nous étions remarqués, identifiés, observés discrètement, enfin salués par de furtifs hochements de tête, sans encore échanger un mot. Nous faisions partie des rares habitués de la fin d'après-midi. C'était un monsieur âgé, aux cheveux gris bouclés, dont le visage, orné d'une fine moustache, était toujours régulier, bien qu'il eût, à mon avis, près de soixante-dix ans. Son regard était clair et vif, sous des sourcils à la Bogart ; son front, lourd et ridé, trahissait le nombre des années, des préoccupations, des tourments. Il portait des costumes gris qui paraissaient de bonne coupe, mais étaient devenus un peu trop amples avec le temps, comme il arrive aux hommes qui, en vieillissant, gardent sans les retoucher les vêtements dont vingt ou trente ans plus tôt, l'on n'eût pas douté qu'ils leur seyaient parfaitement. Il avait plusieurs journaux avec lui, qu'il lisait l'un après l'autre, lentement, en ayant l'air de ne sauter aucun article. J'apercevais, dans la pile posée devant lui, des quotidiens français, *Le Monde*, *Le Figaro*, et des journaux de langue arabe dont j'étais bien incapable de déchiffrer le nom.

De temps à autre, il n'était pas seul ; je le voyais en grande conversation avec un homme peut-être un peu plus vieux que lui, vêtu avec le même soin suranné. À travers les bribes qui me parvenaient de leurs conversations, non parce que je cherchais à les épier, mais parce que la petitesse du café rendait inévitable de les entendre sans le vouloir – il ne s'agissait d'ailleurs que d'affaires assez anodines, par exemple des nouvelles qu'ils se donnaient mutuellement d'enfants ou de neveux partis étudier aux États-Unis –, je crus percevoir qu'ils s'exprimaient l'un et l'autre dans un français précis et contourné, d'un classicisme insensible aux modes langagières de notre époque. Par moments, cependant, ils parlaient en arabe, et je songeais alors que c'était pour eux le moment d'aborder des sujets plus sensibles, dont rien ne devait par mégarde tomber dans l'oreille des inconnus du café. Un jour, je les vis fumer un cigare ; ils semblaient célébrer quelque chose.

Avant de faire sa connaissance, je le trouvais déjà romanesque. Peut-être était-ce un diplomate à la retraite ; il semblait doué du raffinement des manières, de la subtilité d'esprit et du sens du secret que j'imaginais, comme tout le monde, à la fois requis et cultivés par cette carrière, même quand elle vous conduit à représenter les régimes les plus frustes ou les plus cruels ; il m'évoquait un personnage de Constantin Cavafy ou de Lawrence Durrell, l'un de ces vieux dandys, vaguement fonctionnaires de l'Empire ottoman, qui tuaient le temps en divagations littéraires à la terrasse des cafés d'Alexandrie, au début du vingtième siècle – ce siècle que, dans peu de temps désormais, nous verrions finir. J'avais d'autres hypothèses encore. Peut-être avait-il fui une dictature, pour couler des jours plus heureux à Paris. Peut-être faisait-il partie de la caste énigmatique des « intermédiaires » sans lesquels aucun contrat d'importance ne semblait pouvoir être conclu entre la France et les pays du Moyen-Orient ; ils se mouvaient dans une sorte de no man's land où les lois des nations n'avaient plus guère de prise et où l'argent des commissions coulait en abondance ; l'« affaire Elf » avait récemment mis en lumière l'entregent de ces personnages, eux aussi romanesques, à leur façon. Mais s'il était un de ces hommes, je me demandais pourquoi il prenait ses quartiers ici plutôt que dans les bars des palaces du huitième arrondissement, monde pour moi lointain et mystérieux où j'étais prête à croire que toutes sortes de manigances se tramaient à l'abri de décors feutrés.

Les habitués d'un même café mettent souvent un certain temps à nouer conversation, surtout si chaque fois qu'ils se retrouvent à l'une des tables, ils sont manifestement absorbés dans la lecture d'un livre ou d'un journal, sinon dans l'écriture d'une page de leur carnet de notes. (On ne voyait guère, à l'époque, d'ordinateurs portables dans les cafés ; j'étais, je crois, presque seule parmi mes camarades à en avoir un, qui pesait lourd et dont l'écran monochrome était indéchiffrable quand on s'aventurait à l'utiliser à l'air libre ; je ne l'ai jamais apporté dans ce café, ni dans un autre.) Il se peut que l'habitude prise de garder ses distances, malgré les saluts échangés de loin, se conforte contre toute attente au lieu de conduire graduellement à se parler. Pour ce qui nous concernait, la cinquantaine d'années qui nous séparait ajoutait une réticence à surmonter. Ce fut le hasard d'une affluence inattendue qui nous fit engager la conversation. J'étais entrée dans le café ; j'avais vu que la seule table libre était juste à côté de la sienne ; embarrassée, j'avais balayé l'espace du regard, en feignant d'en chercher une autre. Il avait levé les yeux de son journal, avait insensiblement incliné la tête pour me saluer, et, comprenant la situation, m'avait invitée franchement, d'un geste de la main, à prendre place à ses côtés. L'ayant remercié, je m'étais frayé un passage entre les tables, je m'étais assise sur la banquette de cuir rouge, et m'étais absorbée dans mes notes et mes livres, dès que je les eus sortis de ma sacoche ; car je l'avais vu se replonger dans son journal aussitôt après cet intermède, comme pour me marquer qu'il n'entendait pas être dérangé, malgré les circonstances exceptionnelles qui nous rapprochaient. Cela me convenait aussi, à vrai dire.

Mais au bout de quelque temps, il rompit le silence, d'un ton enjoué auquel je ne m'attendais pas. « Saint-Simon et *Les Mille et Une Nuits* : je parie que vous nous préparez quelque chose sur Marcel Proust ! Me trompé-je ? » – Un érudit, un lettré ! Un ancien journaliste, un professeur, un écrivain peut-être ? La perspective d'une conversation devenait soudain plus légère. « Seriez-vous *normalienne* ? Oui ? Ah ! Une *normalienne* ! *Al-Hamdoulillah* ! Trois fois béni soit le jour de notre rencontre, comme on dit dans les aventures de Tintin ! J'ai bien connu quelqu'un qui avait été à l'École normale ; mais c'était un peu avant vous – dans les années trente… Il était de la promotion de Georges Pompidou, figurez-vous ! Vous savez que Georges Pompidou habitait juste à côté d'ici. » Je savais, répondis-je, que Georges Pompidou avait habité sur l'île Saint-Louis, mais j'ignorais à quelle adresse. « C'était à deux pas d'ici, littéralement, de l'autre côté de la rue, sur le quai de Béthune. Madame Pompidou vit toujours là, du moins je le crois. Un immeuble des années vingt ou trente. Un peu massif. Oh ! Il y a des ornements, certes, mais rien à voir avec les merveilles du dix-septième siècle que vous rencontrez ailleurs dans l'île. Rien à voir, non plus, je vous rassure, avec les HLM de la rue des Deux-Ponts.. — Ce sont des HLM ? — Mais non, enfin je n'en sais rien ; je faisais allusion à leur style architectural, un peu, comment dirais-je, un peu *plan-plan*... » Je m'en voulus de ma naïveté ; je m'efforçai de la lui faire oublier, en lui demandant de me parler encore de cet ami qui avait été à l'École normale.

Il s'appelait Philippe Delhaye, me dit-il, et il avait été l'un de ses professeurs au Collège royal, à Rabat, puis ils avaient continué à se voir, longtemps après. Il se trouvait que, peu de temps auparavant, François Chambaz, mon *caïman* – c'était ainsi que, dans notre très ancien jargon, s'appelaient les enseignants de l'École, parmi lesquels chaque élève devait choisir un tuteur, mais mon interlocuteur me fit comprendre que tout cela n'avait aucun secret pour lui –, m'avait parlé d'un normalien d'une promotion antérieure qui enseignait depuis quelques années au Collège royal. Chambaz avait eu l'air de trouver très romanesque cette carrière, et m'avait à demi-mot suggéré d'y penser pour moi-même, plus tard, quand j'en aurais fini avec l'agrégation et le doctorat. Quelle coïncidence ! J'avais appris l'existence de cette institution il y avait trois semaines à peine, et voici que par le plus grand des hasards, elle reparaissait au détour d'une conversation. Mon voisin de table – j'ignorais encore son nom à ce moment-là – partagea ma surprise et mon amusement, mais il me parut qu'il hésitait à encourager mes rêveries, surtout après qu'il m'eut entendue lui dire que je n'avais pas la moindre attache avec le

Maroc, où je n'avais jamais été ; et j'eus le sentiment de le rassurer en lui précisant qu'une telle perspective était à vrai dire des plus lointaines, et que je me gardais bien d'y songer sérieusement. « Lui aussi, d'ailleurs, dit-il soudain en pointant l'index vers le nom d'Antoine Galland, sur la couverture jaune de mon édition des *Mille et Une Nuits*, il a été professeur au Collège royal… » À Rabat ? Était-ce possible ? Je sentis qu'il fallait que j'aie l'air moins dépourvue d'esprit que lorsqu'il avait été question des HLM ; je pris le parti d'acquiescer laconiquement, pour au moins ne rien dire d'idiot. « Mais c'était un autre Collège royal, continua-t-il, où vous avez sans doute été vous-même… » Je ne voyais pas de quoi il s'agissait. Je voulus le détromper, je n'avais de ma vie fréquenté que des écoles publiques ; mais je me retins de le faire, et demeurai silencieuse. C'est lui qui, reprenant la parole, me libéra de l'embarras où il m'avait plongée. « Car il n'était autre que cet établissement que nous connaissons aujourd'hui sous le nom de Collège de France… » Oui ! j'étais allée quelquefois au Collège de France, l'année précédente, pour écouter des cours de Marc Fumaroli – lequel, m'apprit-il, avait passé son enfance au Maroc, à Fès. Il savait décidément tout sur tout.

Cette conversation commençait à me plaire ; elle ressemblait à celles que je pouvais avoir avec Chambaz, dans son bureau de la rue d'Ulm. Elle ne devait pas non plus déplaire à mon interlocuteur, car il jugea que le moment était venu de se présenter à moi. Il me tendit même une carte à son nom – scène qu'à vingt ans j'avais vue plus souvent au cinéma que dans ma propre vie. Elle portait les emblèmes de l'Institut du monde arabe, et je lus : *Abderrahmane Eljarib, directeur adjoint, chargé des éditions.* Il me sembla que c'était un poste prestigieux, et je l'en félicitai ; mais je crus entrevoir qu'il ne pensait pas exactement cela, et qu'il préférait parler d'autre chose. « Ici, dans ce café, nous sommes à mi-chemin de mon bureau et de mon appartement. J'habite rue Le Regrattier, dans un modeste deux-pièces ; mais peu importe l'exiguïté de ma demeure, car j'ai le goût de cette *Venise des fermiers généraux*, vous connaissez la formule de Balzac, vous qui êtes lettrée, vous qui avez tout lu. » Je feignis de ne pas l'ignorer. « Vous savez que, depuis plusieurs années, un certain nombre de vos compatriotes, fortune faite, s'installent à Marrakech dans de luxueux riads, dont certains ont les dimensions de véritables palais. Le murmure des jets d'eau et le parfum du bois de santal se sont rendus maîtres de leurs rêveries. Je les comprends ; je les comprends, car mon désir est le même que le leur, oui, le même, sinon qu'il va dans l'autre sens, vers le nord, vers les quais de l'île Saint-Louis et ces hôtels particuliers dont la grâce enchante le plus maussade des jours d'hiver parisiens[1]. Toute architecture est belle à la lumière du soleil ; c'est quand il fait gris, dans le ciel et dans les âmes, que l'on voit

1. Nous étions presque dix ans avant le rachat de l'hôtel Lambert par le prince qatari Abdallah ben Khalifa Al Thani, frère de l'émir du Qatar.

ce qui résiste. Le pavillon en arcade de l'hôtel de Bretonvilliers, vous connaissez cela… Oui, bien sûr. Êtes-vous déjà montée sur la terrasse de l'Institut du monde arabe, au dernier étage ? Quand vous passerez, annoncez-vous à l'accueil, je vous ferai visiter. De là-haut, on a une vue plongeante sur l'hôtel de Bretonvilliers. Merveille des merveilles ! Je ne sais pourquoi je le préfère même à l'hôtel Lambert ; peut-être parce qu'il est plus caché, et qu'on ne l'aperçoit qu'à la faveur d'une brève échappée de vue, au hasard, comme en rêve, dans ces extrémités désertées de l'île. On a soudain l'impression de voir surgir un fragment de la place des Vosges, et l'on est incrédule… » Je pensai, en l'écoutant, aux pages d'*À la recherche du temps perdu* où le narrateur s'égare dans les ruelles de Venise et découvre des lieux secrets qui l'émerveillent, ignorés des guides touristiques, mais dont il ne retrouvera jamais le chemin, et je crus me ressouvenir soudain que ce cheminement onirique était comparé, dans le texte, à un épisode des *Mille et Une Nuits* ; je notai cela, pour le vérifier plus tard, en le priant de m'excuser et de ne pas s'interrompre.

« J'ai habité à Paris dans les années cinquante. Il y avait beaucoup de petites barques amarrées le long des quais de l'île, et des gens pêchaient à la ligne à toute heure du jour ; en face, on voyait encore la grande halle aux vins. J'ai connu le Quartier latin au temps de Jean-Paul Sartre et de Capoulade, vous savez… » – Capoulade ? Qui était-ce ? Un écrivain, un philosophe ? Je me tus, préférant cacher mon ignorance. Je me renseignerais ; Chambaz devait savoir cela. « Mais en définitive, continua-t-il (et je fus frappée de sa manière de dire « en définitive », comme l'un de mes professeurs de français au lycée), cela n'a pas tellement changé. »

Je ne connaissais presque rien au sujet du Maroc, sinon, tout de même, quelques images du roi Hassan II. Il était mort pendant l'été ; j'avais lu cette nouvelle dans les journaux, en Bretagne, à Belle-Île, à la terrasse d'un café du port de Sauzon. Il devait être onze heures du matin, le soleil brillait, et à la faveur de la marée haute, quelques bateaux quittaient le port d'échouage. Dans mon enfance, j'avais vu Hassan II à la télévision, à deux reprises, quand il avait été l'invité d'honneur de « L'Heure de vérité » et plus tard de « Sept sur Sept ». Mes parents manquaient rarement ces grandes émissions politiques, mais avaient regardé d'un œil perplexe et sombre ce monarque qui avait muselé toute opposition dans son pays, qui avait enfermé ou contraint à l'exil les leaders syndicalistes, et à qui cependant les autorités françaises, de quelque bord qu'elles fussent, déroulaient sans sourciller le tapis rouge ; mais je me gardai bien de détailler tout cela à M. Eljarib. Je lui dis que, dans mon souvenir, Hassan II parlait par énigmes, un peu comme François Mitterrand, et qu'il avait, je crois, cité Blaise Pascal. « Oui, c'est une chose possible, me dit Eljarib, car feu Sa Majesté était lettrée. » Mais voilà tout ce que je pouvais dire à propos de Hassan II, et c'était, je dus l'avouer, bien peu de chose. Il semblait, quant à lui, l'avoir bien connu, et il me promit de m'en parler plus en détail, un autre jour ; pour l'heure, il devait s'en aller.

Combien de conversations avons-nous eues au total, à la fin de l'automne, dans ce café des Deux-Ponts où nos habitudes nous réunissaient chaque semaine ? Autour d'une dizaine, sans doute ; et certaines furent brèves. Il m'apprit qu'il avait une fille de vingt-cinq ans, qui vivait à Londres avec sa mère depuis de nombreuses années. Il ne parla pas beaucoup de Hassan II, finalement, sauf le dernier jour où je le vis. Il m'informa qu'il avait publié des livres, en particulier un recueil de poèmes qui s'intitulait *Élégies barbaresques*, longtemps auparavant, « une éternité », me dit-il, et il ajouta que l'ouvrage était bien difficile à trouver, maintenant. J'allai demander à des librairies du Quartier latin que je savais spécialisées dans la littérature du monde arabe – L'Harmattan, le Tiers Mythe, Avicenne – si elles avaient des livres de M. Eljarib. Je n'en trouvai nulle part. L'un des libraires me répondit avec un geste sec, qui me parut signifier non pas qu'il ignorait ce nom, mais qu'il lui déplaisait d'en entendre parler ; cela me fit de la peine. La bibliothèque de l'Institut du monde arabe n'en détenait pas davantage, ce qui était encore plus curieux, car il travaillait là ; mais je décidai de ne pas l'interroger à ce propos, pour ne pas commettre d'indélicatesse, et parce qu'il m'aurait peut-être gentiment tancée en apprenant que j'avais été là-bas sans lui signaler ma présence. Un jour, sans lui raconter mes recherches infructueuses, je lui dis que j'aurais aimé lire son recueil de poèmes, avec l'espoir qu'il m'en apporte un exemplaire – et je parlai d'élégies « mauresques », au lieu de « barbaresques ». Il ne m'en voulut pas, cela sembla même l'amuser, et il me dit que je n'étais pas la première à commettre cette méprise. Je ne pus m'empêcher, cependant, de lui raconter que, dans une de ces librairies spécialisées, j'avais demandé où était le rayon « Maroc », que je n'avais pas su repérer par moi-même, et que l'on m'avait obligeamment orientée vers le recoin le plus obscur et le moins accessible de la boutique, où j'avais dû m'agenouiller et me plier en quatre pour voir quels ouvrages consacrés à ce pays étaient coincés là, sur deux pauvres étagères ; et je crus montrer finement à mon interlocuteur que je n'ignorais pas la géopolitique du Maghreb, et en particulier le vieux différend qui opposait le Maroc à son principal voisin, en disant que cette librairie devait être tenue par des Algériens. Il rit beaucoup, me répondit tout d'abord que mon hypothèse n'était pas absurde, et qu'elle aurait pu être juste, mais poursuivit en disant que je m'étais en l'espèce fourvoyée, car elle appartenait à un ancien secrétaire d'État du shah d'Iran, avec qui il avait d'ailleurs des amis en commun ; et il se promit d'éclaircir le mystère de la disgrâce qui frappait son royaume dans ces rayonnages.

Chambaz, à qui j'en avais parlé, ne connaissait pas d'auteur du nom d'Abderrahmane Eljarib. Pourtant, il n'était pas ignorant de la littérature du Maghreb, comme l'étaient encore beaucoup d'universitaires, en ce temps-là ; il m'avait conseillé de lire *Le Polygone étoilé* de Kateb Yacine ; c'était écrit, selon lui, « dans une langue admirable ». Quand je lui demandai qui était Capoulade, et qu'il comprit qu'il devait s'agir dans mon esprit d'un penseur ou d'un écrivain, il eut une sorte de fou rire ; car c'était, en réalité, le nom d'un grand café qui était autrefois situé à l'angle de la rue Soufflot et du boulevard Saint-Michel, à gauche en regardant le Panthéon, là où se trouvait maintenant un fast-food de la chaîne Quick – j'y avais dîné un soir de septembre, seule, en sortant de l'un de ces séminaires de maîtrise où j'avais depuis lors cessé d'aller. Capoulade avait été une institution du Quartier latin pendant de très nombreuses années ; je n'en avais jamais entendu parler, et mes camarades non plus. Chambaz ne sut me dire quand ce café avait fermé.

Un autre jour, Eljarib me présenta à cet ami avec qui je le voyais quelquefois attablé. C'était un Iranien, qui s'appelait Abdolreza Ansari. Il avait été un proche conseiller du shah, avant la révolution. « Ministre à trente-quatre ans », m'avait dit Eljarib, et j'avais cru percevoir, dans ses paroles, de l'admiration et de l'amertume. Ansari avait soixante-quinze ans désormais ; il vivait en exil dans le seizième arrondissement, non loin de la place du Trocadéro. Ils se voyaient aussi dans ce quartier, me dit-il, où beaucoup d'Iraniens habitaient. J'avais à l'École normale, dans ma promotion, deux amis issus de ces grandes familles qui avaient fui le régime de Khomeiny. L'un d'eux me dit plus tard que le nom d'Abdolreza Ansari ne lui était pas inconnu ; l'autre, que ses parents avaient plusieurs fois dîné avec lui. Le premier m'avait aussi dit, dans une autre circonstance, avec un large sourire – plus tard, je m'aperçus que c'était même une plaisanterie qu'il faisait souvent –, que tous les Iraniens de Paris avaient été, à les en croire, conseillers ou médecins du shah avant de s'exiler, ce qui faisait tout de même beaucoup. Mais tous les chauffeurs de taxi russes, en 1920, n'avaient-ils pas été princes ou archiducs sous le règne de Nicolas II ?

Plusieurs fois la conversation s'engagea spontanément autour de ce que j'étais en train de lire, et c'était, souvent, l'édition jaune des *Mille et Une Nuits*. Un jour, je me trouvai plongée dans la succession d'histoires que différents personnages racontent au sultan de Casgar, et quand je vis arriver M. Eljarib, je ne pus m'empêcher de lui faire part de mon amusement ; il me pria de lui remettre cet épisode en mémoire. Cela commençait par l'histoire du petit bossu, bouffon du sultan, qui mourait étouffé par une arête de poisson, tandis qu'il dînait chez un tailleur ; lequel, redoutant d'être accusé de cette mort, avait transporté le corps chez quelqu'un d'autre, qui s'en était défait à son tour ; la même scène s'était plusieurs fois reproduite, jusqu'au moment où, le dernier homme de cette chaîne macabre ayant été arrêté et condamné à mort, tous ceux qui l'avaient précédé s'étaient eux-mêmes dénoncés, l'un après l'autre, pour qu'on n'ôte pas la vie à un innocent à leur place. Le sultan de Casgar, informé de cette histoire, en avait acquitté tous les protagonistes, et l'avait jugée si singulière qu'il avait ordonné à son historiographe particulier de l'écrire en lettres d'or, et de la verser aux archives du royaume ; c'est alors que l'un des personnages impliqués dans l'affaire, peut-être trop heureux de se voir tiré de ce mauvais pas, avait bien imprudemment dit au sultan qu'il connaissait une histoire encore plus extraordinaire que celle du bossu ; or le sultan avait au contraire trouvé cette histoire moins bonne, et, fort mécontent, avait finalement décidé de mettre à mort les protagonistes qu'il avait laissés libres, lesquels, tour à tour, j'en étais là de ma lecture, étaient en train de quémander la vie sauve, comme Shéhérazade, en promettant une histoire plus singulière que celle du bossu. Mais chaque fois le sultan jugeait défavorablement ces nouvelles histoires qu'ils lui racontaient.

« Souvent, dans ces contes des *Mille et Une Nuits*, me dit Eljarib, les personnages se mettent par imprudence, ou sous l'effet d'une curiosité irrépressible, dans un péril mortel dont ils se tirent en racontant une histoire ; ce sont comme de petits miroirs de la situation où se trouve Shéhérazade. Dans cet épisode dont vous me faites me ressouvenir, c'est l'histoire, le récit, qui met le narrateur en danger, et ne le sauve pas. D'ailleurs, entre nous, il faut bien avouer que certains contes sont en effet moins bons que d'autres, et quelquefois franchement ennuyeux. Mais cela, vous ne pouvez pas le dire, naturellement, dans votre mémoire… L'*alma mater* vous rejetterait comme une fille indigne… »

Je saisis l'occasion de lui apprendre peut-être quelque chose, lui qui m'avait chaque fois donné le sentiment d'être plus savant que moi. La veille, à la bibliothèque de l'École normale, j'étais tombée sur une édition de Galland qui datait du début du dix-neuvième siècle, et m'avait intriguée par quelques différences qu'elle présentait avec mon volume des Classiques Garnier ; j'avais regardé la fin, qui s'était révélée fort étonnante. J'avais emprunté le livre, que je sortis de ma sacoche pour le montrer à Eljarib. Après les dernières lignes du texte de Galland, on trouvait ceci, dont je lui fis lecture : « N.B. : Le dénouement qu'on vient de lire est de l'invention de Galland, qui, sans doute, n'en connaissait pas d'autre. Le dénouement réel des *Mille et Une Nuits* est plus ingénieux et surtout plus naturel. Il a été retrouvé, en 1801, dans un manuscrit arabe par M. de Hammer, et traduit tout récemment par M. G.-S. Trébutien, de Caen, à la suite de ses *Contes inédits des Mille et Une Nuits*. »

Cet autre dénouement suivait. Eljarib me pria de lui prêter le livre, et lut à haute voix cette phrase, qui le fit presque rire aux éclats : « C'est assez, dit le sultan des Indes ; qu'on lui coupe la tête, car ses dernières histoires surtout m'ont causé un ennui mortel. » Alors Shéhérazade faisait appeler les trois enfants que Schahriar lui avait donnés pendant toutes ces nuits, mais qu'elle lui avait cachés ; et c'est seulement en leur faveur qu'il l'épargnait et la gardait à ses côtés. « Je n'avais jamais entendu cette version, qui est tout de même un peu burlesque, dit Eljarib.

On dirait presque un canular, monté par un de vos petits camarades du siècle passé. Dans la version de Mardrus, plus proche que celle de Galland des textes originaux, il est question des trois enfants, mais ils confortent le caractère heureux du dénouement, sans en être la cause. Galland, si je me souviens bien, n'en parle pas du tout. — Non, dis-je, il avait dû trouver cela invraisemblable, farfelu, presque inconvenant. — Dites plutôt, me répondit-il, qu'il se fait une haute idée de la littérature et qu'il ne croit qu'à la vertu enchanteresse du récit. Pour lui, seules les histoires peuvent être la source du salut. — C'est très moderne, d'une certaine manière, dis-je. C'est le règne du texte, du signifiant, du Livre avec un grand "L", comme chez Mallarmé, Blanchot, Sollers ou Jean Ricardou… » Il feignit d'acquiescer, mais revint aux *Mille et Une Nuits* et me demanda pourquoi je préférais la version de Galland à celle de Mardrus. Beaucoup avaient reproché à celle-ci de justifier par l'honnêteté philologique une précision fort grande dans la description des épisodes licencieux. Proust était surtout rebuté par ses tournures archaïques. Pour ma part, ce qui m'en rendait la lecture moins plaisante, c'étaient toutes ces phrases qui commençaient par « et », ou par « alors ». Cela donnait au texte un ton naïf, presque biblique, bizarrement. Le beau langage de cour de Galland était, quant à lui, comme un filtre qui faisait voir à tour de rôle l'Orient arabe et le règne de Louis XIV dans la lumière et l'apparat de l'autre monde. Eljarib sembla approuver, d'un hochement de tête. « Je suppose, me dit-il, que vous êtes sensible à la poésie des protocoles. » Il me pria de lui prêter mon édition des contes, et je le vis feuilleter la notice introductive de Gaston Picard, où était racontée la vie d'Antoine Galland ; et lisant que celui-ci était mort en 1715, la même année que le roi, il fut comme frappé, et me dit qu'il n'y avait jamais prêté attention. Il me demanda si j'avais entendu parler d'un certain Pétis de La Croix, qui était pour ainsi dire l'interprète officiel de Louis XIV et de sa cour, pour l'arabe, le turc et le persan, et qui avait voulu rivaliser avec Galland, en publiant d'autres contes orientaux, sous le titre de *Mille et Un Jours* ; je lui répondis que non, il me promit de m'en parler une autre fois, ce qu'il n'eut pas l'occasion de faire.

En revanche, dès le lendemain, nous mîmes à l'étude la question de savoir si Saint-Simon avait lu *Les Mille et Une Nuits* de Galland – ce que la chronologie rendait possible – et si, dans cette hypothèse, ces contes avaient pu avoir quelque influence sur la composition de ses mémoires. Je n'avais, pour le moment, rien lu à ce sujet dans les études universitaires que j'avais consultées. Ce qui rapprochait les deux œuvres, c'était naturellement leur aspect « fleuve », interminable, infini, toutes ces nuits d'écriture, de récit dont parlait Proust, passées à lutter contre la mort, jusqu'à la mort ; mais cela était loin d'établir une quelconque influence. Du point de vue du style, les deux livres étaient fort différents ; ou plus exactement, celui de Saint-Simon différait des *Mille et Une Nuits* comme il différait de tout son siècle. Le style de Galland, mesuré et concis, aérien et musical, était pour ainsi dire la quintessence du style classique au tournant du dix-huitième siècle. Celui de Saint-Simon, au contraire, tout en déséquilibre et verdeur, comme projeté par une énergie indomptable, rappelait des époques de la langue antérieures aux siècles de Louis XIV et de Louis XV, celles de Montaigne, de Ronsard et d'Agrippa d'Aubigné. « Au fond, c'est un baroque attardé, dit Eljarib. Je me demande toujours comment ses contemporains l'auraient jugé, s'ils avaient eu l'occasion de le lire. J'ai le sentiment qu'ils auraient été nombreux à le trouver maladroit et peu supportable. L'écart qu'il s'octroie par rapport à la norme est immense. Il fallait cette lointaine postérité qui avait connu le romantisme non seulement pour le redécouvrir, mais pour reconnaître son importance. » Nous tombâmes d'accord que s'il y avait eu une influence significative, elle aurait dû réduire cette divergence considérable de leurs styles.

Cependant, Eljarib me fit remarquer qu'il avait souvenir d'un épisode, dans les *Mémoires* de Saint-Simon, dont le ton et l'atmosphère lui avaient très singulièrement fait penser aux *Mille et Une Nuits*. C'était une histoire qui mettait en scène M. de Charnacé, l'un des courtisans les plus fripons, dont les mauvais tours avaient souvent diverti le roi, jusqu'au jour où il l'avait fait emprisonner pour fausse monnaie. Je n'avais pas encore eu l'occasion de la lire ; Eljarib m'en fit le résumé. Ce Charnacé avait un château en Anjou, avec une grande allée principale, au beau milieu de laquelle se trouvait depuis toujours une petite maison, que son habitant n'avait jamais voulu lui céder. Comme celui-ci était tailleur de son état, et vivait seul, Charnacé résolut un jour de lui commander une livrée particulière, en feignant d'en avoir besoin au plus vite ; et pour s'assurer qu'elle soit réalisée dans les meilleurs délais, il le pria de venir chez lui, et l'installa très confortablement, durant le temps qui serait nécessaire à son travail. Aussitôt il ordonna qu'on démonte son encombrante maisonnette pierre à pierre et qu'on la rebâtisse à bonne distance de l'allée du château, en prenant soin que le moindre objet, à l'intérieur, se retrouve exactement à sa place. Quand le tailleur voulut rentrer chez lui, il fut fort surpris de la disparition de sa maison, et plus encore de la retrouver à l'identique, un peu plus loin. Il se crut victime d'une sorcellerie, fut la risée de la région, apprit enfin ce qui s'était passé, et voulut demander justice ; mais sa plainte ne fut pas reçue, sinon par d'autres moqueries, et le roi, ayant appris cette histoire, en rit beaucoup.

J'accordai sans la moindre réserve à Eljarib qu'on aurait pu lire une telle anecdote dans *Les Mille et Une Nuits*, et je fis remarquer que le roi, à la fin, réagissait tout comme aurait pu le faire le calife Haroun al-Rachid : l'un et l'autre étaient des souverains magnanimes, bienveillants avec les faibles, mais ils savaient aussi, de temps à autre, se réjouir de bon cœur de canailleries bénignes. On pouvait d'ailleurs supposer que, dans sa traduction, Galland avait donné à Haroun al-Rachid quelques traits de caractère directement inspirés de Louis XIV. Eljarib approuva cette hypothèse.

Ainsi l'automne s'écoula-t-il, studieux sans être morose, au rythme de ces conversations érudites qui s'interrompirent plus longtemps qu'à l'accoutumée, lorsque j'allai passer une dizaine de jours à Oxford puis à Cambridge, où quelques-uns de mes amis avaient été recrutés comme *lecteurs* pour une année.

La dernière fois que je vis Abderrahmane Eljarib, ce fut juste avant les vacances de Noël. Nous n'étions plus qu'à quelques jours de l'an 2000 ; et je me souviens qu'il me parla des inquiétudes provoquées au Maghreb, dans le peuple comme chez les savants, par l'approche de l'an 1000 de l'hégire, qui correspondait, selon le calendrier européen, à l'année 1622 ; Jacques Berque, me dit-il, avait écrit quelque chose d'intéressant là-dessus, dans un de ses nombreux livres. – En avais-je lu ? Aucun ; mais je connaissais ce nom.

Puis il se saisit prestement de mon petit volume d'extraits de Saint-Simon, dans la collection des classiques illustrés Vaubourdolle, publiée par la librairie Hachette – c'était un vieux livre d'écolier aux pages jaunies, qui datait de 1951 et avait appartenu à ma mère – et se lança, tout en le feuilletant, dans un long monologue. Il lut tout d'abord à haute voix la présentation de la page de garde : « *Avec une notice biographique, une notice littéraire et des notes explicatives par Louis Terreaux, professeur agrégé au lycée d'Évreux*... Professeur agrégé au lycée d'Évreux, en 1951... Une 4CV Renault, des cigarettes sans filtre... La vie est là, simple et tranquille... Évreux... Jamais été... Et vous ?... Non plus ?... » Il parcourut les quelques pages introductives rédigées par M. Terreaux, et tomba en arrêt sur un passage. « *Saint-Simon classe les hommes en deux catégories : ceux qui méritent son estime personnelle et ont des titres à sa reconnaissance, tel le duc de Bourgogne. Les autres, qui ne valent rien, parce qu'il les juge indignes. Ceux-là il les poursuit de sa haine implacable. Il ne laisse aucun répit à Vendôme, aux bâtards, aux parlementaires.* . Eh bien ! Quelle phrase ! *Il ne laisse aucun répit à Vendôme, aux bâtards, aux parlementaires*... On dirait que le duc de Saint-Simon a fortement déteint sur notre professeur au lycée d'Évreux... Le sang de l'auteur coule dans les veines du commentateur... Oh ! les *sujets de devoirs* sur la dernière page... Ça c'est extraordinaire... *Étudiez l'art du peintre chez Saint-Simon... Saint-Simon et La Bruyère peintres de mœurs... Que faut-il entendre par réalisme dans les portraits de Saint-Simon ?... On a parlé du romantisme de Saint-Simon. Qu'en pensez-vous ?... Expliquez ces paroles de Chateaubriand : "Saint-Simon a écrit à la diable pour la postérité"*.. Jolie citation... Je l'avais déjà lue... C'est peut-être ce sujet que je préfère... Que de souvenirs ! Que de vieux tourments d'écoliers !... Vous avez quatre heures... Mais il manque un sujet... Votre sujet... *Comparez l'art de Saint-Simon et celui des conteurs arabes des* Mille et Une Nuits... Non, attendez... *Marcel Proust fait un parallèle entre les* Mémoires *de Saint-Simon et* Les Mille et Une Nuits. *Qu'en pensez-vous ?*... Eh oui, qu'en pensez-vous ? Vaste sujet... Vous avez quatre heures... Hé hé... Alors il faut plonger dans l'eau froide... » Eljarib s'arrêta un instant, comme un écolier sûr de ses forces qui se concentre et rassemble ses idées, avant de rédiger sa copie d'une plume alerte, en enchaînant les parties et les sous-parties avec une régularité inflexible. « Notons, reprit-il – et il imitait à la perfection le ton docte –, notons, de façon préliminaire, que nous avons déjà traité la question d'une éventuelle influence directe de Galland sur Saint-Simon, pour d'ailleurs la juger secondaire… *Confer supra*, une discussion précédente… Mais cela n'épuise nullement le sujet du parallèle… Et donc, si je devais m'y confronter pour ma part, en quatre heures, je crois que je choisirais pour angle d'attaque le thème de la vérité… Car à la fin des *Mille et Une Nuits*, mais vous ne trouverez pas cela dans la version de Galland, il est dit : *Allah seul peut distinguer dans tout cela ce qui est vrai et ce qui n'est pas vrai.* Alors que Saint-Simon… – et il trouva tout de suite, parmi les extraits choisis, la conclusion des *Mémoires* – Saint-Simon proclame haut et fort qu'il dit la vérité. Tenez : *Me voici enfin parvenu au terme jusqu'auquel je m'étais promis de conduire ces mémoires. Il ne peut y en avoir de bons que de parfaitement vrais, ni de vrais qu'écrits par qui a vu et manié lui-même les choses qu'il écrit, ou qui les tient de gens dignes de la plus grande foi, qui les ont vues et maniées ; et de plus, il faut que celui qui écrit aime la vérité jusqu'à lui sacrifier toutes choses… C'est même cet amour de la vérité qui a le plus nui à ma fortune. Je l'ai senti souvent ; mais j'ai préféré la vérité à tout, et je n'ai pu me ployer à aucun déguisement ; je puis dire encore que je l'ai chérie jusque contre moi-même…* Eh bien, je crois que cela pourrait nous inspirer un autre sujet de composition, ou même de doctorat… *Orgueil et vérité chez Saint-Simon…* » Il poussa un léger soupir, et dit : « Pour moi, dans tout ce à quoi j'ai été mêlé ou dont j'ai été le témoin à la cour du roi de mon pays, je serais la plupart du temps bien en peine de distinguer ce qui est vrai et ce qui n'est pas vrai. »

Je m'aventurai à disserter sur les différences culturelles qui, du point de vue du rapport à cette notion de vérité, pouvaient séparer l'Orient et l'Occident, mais il m'arrêta ; avec un large sourire, il prit *Le Canard enchaîné* dans sa pile de journaux, il le déploya en me montrant la page deux, celle dite de « la mare aux canards », où fourmillent des propos de personnalités politiques tenus en privé, et il dit : « Là-dedans aussi, Allah seul peut distinguer ce qui est vrai et ce qui n'est pas vrai. » Je voulus protester, car *Le Canard enchaîné*, que mon père lisait et que je lui empruntais quand j'étais au lycée, avait la réputation de ne s'appuyer que sur des sources fiables. « Je n'en doute aucunement, me répondit-il ; mais plus une source est fiable, plus elle peut faire croire ce qu'elle veut aux journalistes qui l'écoutent. » Il me demanda si je voulais, comme lui, un second café, et j'acquiesçai ; il attrapa le regard du garçon derrière le comptoir, et le pria de nous apporter deux autres cafés.

Puis, manipulant encore une fois mon livre, il tomba sur l'extrait où était relatée la disgrâce de Jean Racine. Je le vis s'absorber dans cette lecture, et pâlir. Je me souvenais de l'anecdote : Racine, se trouvant avec le roi et Madame de Maintenon, qui l'avaient en amitié et en estime, avait malencontreusement prononcé devant eux, et sans le moins du monde y entendre malice, tandis que la conversation roulait sur la littérature, le nom de Scarron, l'auteur comique qui avait été, autrefois, le mari de Madame de Maintenon. Eljarib lut à haute voix cette phrase : *Le roi s'embarrassa ; le silence qui se fit tout à coup réveilla le malheureux Racine, qui sentit le puits dans lequel sa funeste distraction le venait de précipiter.* Il commenta admirativement la manière dont Saint-Simon avait suggéré par ces quelques mots le sentiment soudain de la disgrâce ; mais je crus percevoir que ce passage lui procurait une émotion qui n'était pas seulement littéraire ; et comme s'il se parlait à lui-même, plutôt qu'à moi, il dit : « Alors, c'est peut-être cela qui s'est produit… »

Nos cafés, entre-temps, étaient arrivés sur la table. Il but une gorgée du sien. Puis, comprenant qu'il faisait allusion à des choses qui m'étaient inconnues, il m'expliqua que le roi avait été dans sa jeunesse très épris d'une actrice française, et qu'au moment d'accéder au trône, il avait dû cesser à jamais d'espérer vivre avec elle. C'était, me dit-il, la conséquence d'une tradition implacable, à laquelle se sont pliées bien des nations, comme on peut le voir, par exemple, dans l'histoire de l'empereur Titus, contraint de sacrifier, au nom de la raison d'État, son amour pour Bérénice ; et il récita deux vers de la tragédie que Racine avait tirée de ce sujet :

Rome, par une loi qui ne se peut changer,
N'admet avec son sang aucun sang étranger...

Deux autres vers de cette tragédie me restaient en mémoire, et je les récitai comme pour lui donner la réplique :

Dans un mois, dans un an, comment souffrirons-nous,
Seigneur, que tant de mers me séparent de vous ?

Il salua d'un sourire et d'un hochement de tête notre numéro improvisé. Je dis : « Le fantôme d'Aurélien doit nous chérir. » Il avait l'air songeur ; il me sembla que mon allusion au roman d'Aragon le laissait indifférent ; et je le laissai retourner à ses souvenirs, dont j'étais curieuse de connaître la suite. « J'ignore, dit-il, les titres des films où cette actrice est apparue et les noms des réalisateurs pour qui elle a tourné à l'époque ; il m'est peut-être arrivé, un jour ou l'autre, de prononcer des mots qui pouvaient y faire allusion, sans que je puisse en avoir conscience. Qui sait... »

Je me demandai si M. Eljarib était tombé en disgrâce. Son sort, pourtant, ne me semblait pas misérable ; et chaque fois qu'il avait évoqué le roi, cela avait été avec respect et affection, du moins l'avais-je perçu ainsi. Je sentais obscurément qu'il pouvait y avoir là un sujet délicat, et je me retins de l'interroger davantage ; mais ce qu'il me dit fut comme une réponse à la question que je n'avais pas osé lui poser.

« À la fin, le roi ne pouvait plus conduire ses innombrables voitures, toutes luxueuses et rares. Il ordonnait à un serviteur de le faire devant lui, dans une grande cour du palais. Il les regardait tourner en rond, lentement, absorbé dans une étrange méditation. Savez-vous ce qu'est une Rolls-Royce Corniche ? Oui ? Rassurez-vous, je n'y connais pas grand-chose en voitures, moi non plus ; je dois avouer, pourtant, que c'est un très joli coupé. Celui-ci était l'un des premiers modèles de la série ; il datait de 1971 ou 1972. La carrosserie était marron sombre, presque rouge, une couleur de vieille armoire, ou de violoncelle, ou de campagne en automne – en tout cas, très *british*, comme aurait dit le roi. La dernière fois que je l'ai vu, au mois de juillet, quelques jours avant sa mort, il m'a fait demander, à moi, de conduire cette voiture sous ses yeux. Devais-je considérer cela comme un honneur ? Drôle d'honneur, tout de même, pour un homme de mon rang ; mais je savais que c'était une question à laquelle il était impossible de répondre, et qu'il valait mieux ne pas se poser. Un fauteuil avait été installé sur la terrasse. Il était assis là, vêtu d'un complet beige, dans lequel il flottait légèrement, car il avait maigri depuis quelques années ; sur sa cravate bleu marine scintillait une épingle en or. À ses côtés, un peu en retrait, un serviteur tenait une ombrelle pour le protéger du soleil. Un cendrier était posé sur un pilier d'argent, vers lequel, de temps à autre, il tendait son fume-cigarette. Je fis plusieurs tours. Le silence de ces moteurs Rolls-Royce est impressionnant ; je n'entendais que le crépitement des gravillons sous les roues. À un moment, je vis que le roi riait ; puis, de la main, il me fit signe de m'arrêter et de venir à lui. Je sortis et j'allai m'incliner devant lui, en lui baisant la main des deux côtés. « Abderrahmane, mon ami, mais tu es fou ! me dit-il. Tu veux faire le chauffeur, maintenant ? » Peut-être était-ce une mauvaise plaisanterie – la dernière intrigue dérisoire où j'aurais été mêlé à la cour. Peut-être était-ce le roi lui-même qui me l'avait faite, cette mauvaise plaisanterie. Cela aussi, Dieu seul peut le savoir. Le roi nous rendait fous. Mais il est dans l'ordre des choses qu'un roi soit entouré de fous, n'est-ce pas ? »

Ce furent les derniers mots que j'entendis d'Abderrahmane Eljarib. Il les avait prononcés avec un léger sourire, qui me sembla masquer une gêne – celle qu'il venait peut-être de ressentir, s'il s'était dit qu'il avait un peu trop parlé. Il me quitta en me demandant si je serais là trois jours plus tard, le jeudi ; je lui répondis que oui, c'était seulement le lendemain que je partirais rejoindre mes parents à la campagne, dans une ferme qu'ils avaient réaménagée, aux confins du Perche. Il me dit qu'il m'apporterait quelque chose qui m'intéresserait peut-être.

Ce jeudi de la fin décembre était l'un des jours les plus courts de l'année, peut-être le plus court ; ce fut aussi l'un des plus gris, l'un de ces jours d'hiver si maussades que l'on se réjouit de voir tomber la nuit au plus vite, car c'est alors seulement que reviennent, avec les lumières de la ville, la couleur et la vie. Quelques fragiles flocons de neige voltigèrent, mais ne laissèrent aucune trace sur les trottoirs. Tout le monde dans Paris semblait déjà parti, ou replié dans ses foyers. Le café des Deux-Ponts était plus désert que jamais ; la patronne me dit qu'elle était sur le point de fermer, quand j'entrai vers cinq heures. Elle avait la certitude que personne ne viendrait, désormais – elle ne semblait pas envisager la possibilité que je m'installe à l'une de ses tables – et voulait en profiter pour faire quelques achats de Noël. Eljarib n'était pas là ; elle me dit qu'il avait laissé un paquet pour moi et, l'ayant pris derrière le comptoir, elle me le tendit. C'était une grosse enveloppe, sur laquelle en était scotchée une autre, beaucoup plus petite, qui devait contenir une lettre. Je repartis. Depuis deux jours, j'avais songé qu'Eljarib me remettrait peut-être un exemplaire de ses *Élégies barbaresques* ; mais je m'étais trompée. Il semblait y avoir dans la grosse enveloppe les feuillets d'un texte imprimé. Peut-être ce bon génie des *Mille et Une Nuits* avait-il écrit à ma place mon mémoire de maîtrise, et cette idée farfelue me fit sourire.

J'ouvris la petite enveloppe quand je fus rentrée chez moi ; j'y trouvai en effet une lettre, que je n'ai pas conservée. Elle était brève ; Eljarib y écrivait, en substance, qu'il s'agissait dans ce paquet d'un manuscrit de ses mémoires, qui ne couvrait cependant qu'une partie de sa vie ; et il m'enjoignait, tout en veillant à ce qu'il ne soit pas perdu, de ne le lire qu'après sa mort. – Mais comment pensait-il que me parviendrait la nouvelle de sa mort ?

Cette exigence me mit si mal à l'aise que je n'eus aucun mal à m'y plier. Je pouvais naturellement la comprendre, et la comparer à la volonté qu'avait eue Saint-Simon de ne rien publier de son vivant ; mais j'étais fâchée d'en être malgré moi la dépositaire. Je pensai à ces nombreux contes des *Mille et Une Nuits* dans lesquels les personnages paient au prix de mésaventures inouïes une curiosité qu'ils n'ont pas su contenir, malgré tous les avertissements qui leur ont été donnés. Je me souvins de l'histoire du médecin grec, injustement condamné à mort par le roi qu'il avait soigné, et qui se venge au moyen d'un livre dont il a imprégné les pages de poison ; le roi, à qui le médecin avait dit qu'il y trouverait des révélations importantes, tourne avidement ces pages, humectant à chaque fois le bout de son doigt avec sa langue. Par quel cruel châtiment serais-je punie de ma curiosité, si je lisais ce manuscrit avant le délai funeste qui m'était assigné ? Je rangeai donc sans être tentée de l'ouvrir, dans un dossier, l'épaisse enveloppe qui m'avait été confiée.

D'autres circonstances encore, qui n'avaient aucun lien avec cette affaire, m'éloignèrent du café des Deux-Ponts. L'amie qui me louait son studio sur la montagne Sainte-Geneviève interrompit brutalement son année à Oxford, à la suite de difficultés personnelles, et je dus le lui restituer en urgence à la fin des vacances de Noël. Je retournai alors passer quelque temps dans la maison du Perche, et bien que j'eusse assez vite retrouvé un appartement à Paris, je me rendis là-bas de plus en plus souvent, car je m'aperçus que je travaillais mieux dans ces paysages de campagne, où les cieux étaient sévères et la terre grasse ; j'y écrivis même, outre mon mémoire académique, l'ébauche d'un roman. Mon nouveau studio était situé plus loin de la Seine, entre Alésia et porte d'Orléans, si bien que, même lorsque j'étais à Paris, je venais moins souvent dans le cinquième arrondissement. Il se trouva en outre que la tempête du 26 décembre avait déraciné plusieurs grands arbres dans la cour aux Ernests ; celle-ci resta fermée pendant plusieurs mois, ce qui ôta à la perspective d'aller travailler à l'École normale une grande partie de son charme.

Plus tard, deux années passées à enseigner comme lectrice de français aux États-Unis, à Baltimore et à Chicago, puis la préparation fastidieuse du concours de l'agrégation, où je ne fus reçue qu'à ma seconde tentative, l'écriture d'une thèse de doctorat sur Henri de Régnier (les études proustiennes, m'avait-on dit, étaient trop encombrées désormais et l'on m'avait conseillé, pour espérer un recrutement à l'université, « d'investir un champ moins défriché »), enfin mon installation à Rennes, où je fus nommée maîtresse de conférences en 2009, reléguèrent au plus profond de ma mémoire le souvenir d'Abderrahmane Eljarib et de son manuscrit.

Il en fut ainsi jusqu'au jour où, pour préparer un article sur « l'orientalisme dans le conte fantastique en France au dix-neuvième siècle », qui nécessitait de remonter à cet événement littéraire considérable qu'avait été la publication des *Mille et Une Nuits* de Galland, j'eus envie de consulter les notes que j'avais prises lors de mon année de maîtrise. Je fis à la recherche de ces papiers un bref voyage dans la maison du Perche, où j'allais moins souvent qu'autrefois. Tout était rassemblé dans deux grands dossiers Esselte, en carton bleu et blanc ; mon père les alignait en nombre dans son bureau, à l'époque, et m'en laissait quelques-uns de temps à autre, quand j'avais des papiers à ranger. Sur la tranche, j'avais écrit à la main : *Maîtrise, 1999-2000, 1/2, 2/2*. À l'intérieur du premier dossier, je retrouvai mes notes manuscrites, classées par chemises de couleur, et deux exemplaires reliés de mon mémoire. Le second contenait les photocopies des notes prises lors des séminaires de maîtrise par des camarades plus assidus que moi – mais il y avait aussi une grosse enveloppe marron en papier kraft, dans laquelle on sentait la présence d'une masse imposante de feuillets au format A4. Elle était scellée par une bande adhésive qu'on semblait avoir ajoutée pour être bien sûr que personne ne l'ouvrirait. Rien n'était écrit dessus ; et j'avais à peine commencé à en déchirer le bord que je me rappelai soudain ce dont il s'agissait. Le commandement testamentaire de M. Eljarib revint au même instant à ma mémoire, et m'empêcha de plonger précipitamment ma main dans l'enveloppe. Presque vingt ans avaient passé ; je me demandai s'il était toujours de ce monde, ou bien si sa mort, peut-être survenue entre-temps, me déliait enfin du serment que j'avais, je m'en rendais compte à l'instant, observé pendant tant d'années – sans que je puisse en tirer orgueil, car c'est la force de l'oubli qui avait été redoutablement efficace, beaucoup plus que celle de mes scrupules.

Je fis ce geste que nous faisons tous désormais, mais qui était encore assez rare à la fin des années quatre-vingt-dix, et n'aurait d'ailleurs donné à cette époque, j'en suis sûre, aucun résultat probant : j'inscrivis le nom d'Abderrahmane Eljarib sur la barre de recherche de Google, dont les facultés sont presque aussi inouïes que celles des mages des *Mille et Une Nuits*, et trouvai instantanément, sur le site de *Jeune Afrique*, parmi les archives mises en ligne, une notice nécrologique qui datait du mois de janvier 2000. Il n'aurait donc pas fallu attendre très longtemps l'autorisation du destin qui était requise pour lire son manuscrit. Peut-être en avait-il obscurément eu l'intuition quand il me l'avait fait transmettre.

« Abderrahmane Eljarib, était-il écrit, est décédé à son domicile parisien de la rue Le Regrattier, sur l'île Saint-Louis, le 21 décembre 1999, d'une chute brutale dans l'escalier. Il était né la même année que feu Sa Majesté Hassan II, dont il avait été l'un des condisciples au Collège royal, et qui l'avait nommé historiographe du royaume à la fin des années soixante. On lui doit quelques livres, notamment un recueil de poèmes, *Élégies barbaresques*, qui attira favorablement l'attention des critiques. À partir de 1972, après le "coup d'État des aviateurs", qui fut tout près de faire chuter le régime chérifien, il prit subitement une place importante dans l'entourage du roi. Il cessa alors de publier des ouvrages de littérature. Il écrivit, en revanche, une biographie élogieuse de Sa Majesté, où il célébrait son génie visionnaire, au plus fort de la période de répression dite des “années de plomb”. L’opposition le tint dès lors pour l’une des âmes damnées du roi. Beaucoup ne lui pardonnèrent jamais de n’avoir rien fait pour empêcher, en cette même année 1972, ni l’interdiction de la revue *Souffles*, qui avait pourtant publié plusieurs de ses textes par le passé, ni l’arrestation du poète Abdellatif Laâbi.

À la fin des années soixante-dix, pendant environ deux ans, il disparut totalement. Certains disent qu’il aurait vécu à l’étranger, d’autres qu’il aurait été mis au secret dans un établissement psychiatrique, peut-être même jeté dans un cachot ; d’après une rumeur, il aurait commis la folie de soutenir qu’il était le “jumeau hétérozygote” du roi. Cette mystérieuse période de sa vie, sur laquelle il ne s’est jamais exprimé, prit fin peu après la mort du ministre de l’Intérieur Ahmed Dlimi, que l’on tenait pour le numéro deux du régime, dans un accident d’automobile. On vit alors Eljarib reparaître auprès du roi et du nouveau “connétable”, Driss Basri.

Après la mort de Hassan II, il fit partie, avec Basri, des personnalités écartées par Mohammed VI à cause de leur trop grande proximité avec son père et des mauvais souvenirs qu’elles pouvaient inspirer à l’opinion publique. Nommé directeur des publications de l’Institut du monde arabe, il partit s’installer à Paris, où son exil n’aura donc duré que quelques mois ; en dépit de cette ultime mise à l’écart, il ne cessa de proclamer sa fidélité à la dynastie chérifienne. »

Du même auteur :

L'ŒIL ET L'ATTENTE. SUR JULIEN GRACQ, Comp'Act, 2003.

YVES BONNEFOY : IMAGE ET MÉLANCOLIE, La Dame d'Onze Heures, 2008.

LA RÉFORME DE L'OPÉRA DE PÉKIN, Rivages, 2013. Prix Décembre.

FRAGMENTS D'UNE MÉMOIRE INFINIE, Grasset, 2016.

NOTES SUR LASCAUX, Éditions du Sandre, 2018.

ÉLOGE DE PARIS, Rivages, 2019.

PAPIER À BASE DE FIBRES CERTIFIÉES

Le Livre de Poche s'engage pour l'environnement en réduisant l'empreinte carbone de ses livres. Celle de cet exemplaire est de :
250 g éq. CO_2
Rendez-vous sur
www.livredepoche-durable.fr

Composition réalisée par PCA

Achevé d'imprimer en France par
CPI BRODARD & TAUPIN (72200 La Flèche)
en janvier 2022
N° d'impression : 3046448
Dépôt légal 1re publication : février 2022
LIBRAIRIE GÉNÉRALE FRANÇAISE
21, rue du Montparnasse – 75298 Paris Cedex 06

48/3687/3